다른 학교 얼음공주를 구했더니, 친구부터 시작하게 되었습니다

After helping "Ice Princess" from another school, decided to start as a friend.

Hiryu Satsuki
사츠키 히류
Illustration◇미스미

"전철을 타고 있는 동안,
옆에 있어……
주지 않겠어요?"

시노노메 나기

소우타와는 다른 학교에
다니는 소녀.
차가운 태도와 미모로 인해
【얼음공주】라 불리고 있다.

"혹시, 남성을
무서워하는 거야?"

미노리 소우타

나기와 같은 전철로
통학하는 평범한 고등학생.
그녀를 치한에게서 구해주며
이야기를 나누게 되는데…….

"……그, 래요.
……저기, 소우타 군."

"왜 그래?"

나기는 그 손을 들더니
자기 가슴 근처에 올려뒀다.

"손, 잡아주지 않겠어요?"

 미노리 군, 도시락은 어땠나요?

아, 맛있었어.

에이지가 부러워해서 큰일이었다니깐.

 마키사카 씨에게 조금 나눠줬나요?

아니, 안 줬어.

시노노메가 나한테 만들어준 거잖아.

 ……그런가요.

 후후.

……왜 그래?

 아뇨, 아무것도 아니에요.

 그런 부분이에요.

……?

제1장

덜컹덜컹 흔들리는 전철 안. 찌는 듯한 공기 탓에 피부에 땀이 뱄다. 공기가 탁해서 숨만 쉬어도 기분이 나빠졌다.

매일 학교에 가는 게 싫어져도 이상할 게 없다. 하지만 나는 이 시간을 싫어하지 않는다.

왜냐하면 항상 같은 역에서 이 전철에 매일 타는 미소녀 덕분이다.

머리카락은 새하얗고 눈은 아름다운 푸른 색을 띠고 있다. 이목구비는 반듯하며 차가운 분위기가 감돈다. 그 눈매는 항상 날카롭고 표정은 거의 변함이 없다. 주위에 존재하는 모든 것을 적대시하는 것처럼 보일 정도였다.

그녀가 자신에게 말을 걸어온 상대에게 매몰찬 응대를 하는 광경을 실제로 몇 번이나 봤다. 하지만 그 매몰찬 응대조차 한 폭의 그림처럼 보일 만큼 미인이었다.

딱히 그녀에게 말을 걸지는 않았다. 친해지고 싶다는 생각 또한 한 적 없다.

그녀에게 말을 걸려던 다른 학생이 그대로 거절당하는 것을 봤기 때문이기도 했다. 남녀를 불문하고 그녀에게 다가간 이는 그 분위기에 압도되거나…… 헌팅이나 다름없는 짓을 했다가 따끔하게 차여서 다른 칸으로 이동했다.

덕분에 이 칸에는 학생이 타지 않는다.

그녀에게 말을 걸 수 없는 이유는 그 외에도 있었다. ……뭐라고 할까. 그녀는 사는 세계가 다르달까. 텔레비전에 나오는 아이돌이나 여배우 같은 분위기를 지녔다.

적어도 나는 좋아하는 탤런트가 눈앞에 있더라도 말을 거는 타입이 아니다.

애초에 여성은 타인의 시선에 민감하다고 하니 평소 자기를 힐끔힐끔 쳐다보던 남자가 불쑥 말을 걸어오면 공포에 질릴 것이다.

그래서 나는 일부러 말을 걸지는 않았다.

그런 나날이 몇 달이나 이어지는 가운데, 그녀를 보면서 눈치챈 점이 있다.

예를 들자면 어느 날의 일이다.

웬일로 이른 아침 시간대에 할머니가 전철을 탔다. 이 시간대에는 사람이 많아서 자리에 앉을 수 없다.

노약자석을 보니 한 학생이 자리를 차지하고 있었다. ……우리 학교 학생이었다. 주의를 주려고 그쪽으로 가려 했지만 나보다 먼저 그녀가 움직였다.

"……."

그의 눈앞에 선 그녀는 푸른 눈동자를 가늘게 뜨며 날카롭게 상대방을 노려보았다.

"윽."

그 학생은 어깨를 부르르 떨더니 거북한 듯이 눈을 돌렸다.

"……."

전철 안은 사람들이 많아서 후덥지근했다. 하지만 이 칸의 온도가 몇도 내려간 듯한 착각에 사로잡혔다.

"히익."

작은 비명소리가 들려오더니 그 학생의 얼굴이 점점 새파랗게 질렸다.

"자, 잘못했습니다."

작은 목소리로 그렇게 중얼거린 그는 도망치듯 자리를 벗어났다.

"할머니, 앉으세요."

그때 그녀의 목소리를 처음 들었다.

매우 맑고 방울이 굴러가는 듯한 가벼운 목소리였다. 무심코 납득하며 고개를 끄덕일 뻔했을 정도로 그녀에게 잘 어울리는 목소리였다.

"고맙구나."

할머니는 그녀에게 고맙다는 말을 건넸고 그녀는 고개를 끄덕였다.

아아, 저런 면도 있구나, 하고 생각했다. 그녀 새로운 일면을 알게 되어서 왠지 기뻤다.

다른 어느 날의 일이다. 그날은 드물게도 하굣길에 그녀와 같은 전철을 탔다.

"다~, 아~!"

갓난아기를 안고 있는 어머니가 같은 차량에 있었고 사람들은 그 모습을 보며 훈훈한 표정을 짓고 있었다. 그 어머니는 아기가 시끄럽게 구는 탓에 주위 사람에게 미안해하고 있지만 저런 모습을 보니 마음이 치유되는 것 같았다. 그러니 너무 미안해하지 말아줬으면 싶었다.

"아~! 바~!"

그런 갓난아기가 그녀를─ 그 아이를 보며 웃었다.

"후후."

눈을 의심했다. 그녀가 웃는 순간은 처음 봤다.

그녀의 미소는 너무나도, 너무나도 아름다웠다. 그리고 상냥했다.

갓난아기가 기쁜 듯이 손을 흔들자 그녀 또한 살며시 손을 흔들어줬다. 그 기품 있는 모습에 눈길을 빼앗기고 있었다.

저런 면도 있구나, 하고 생각했다. 이때부터 그녀와 이야기를 나눠보고 싶다는 마음이 싹텄다. 하지만 무시당하는 미래가 눈앞에 어른거렸기에 딱히 말을 걸진 않았다.

그런 나날이 계속 이어졌다. 졸업 때까지 이런 나날이 이어지리라고…… 생각했다.

9월이 시작되고 얼마 지나지 않아 사건이 일어났다.

항상 봐왔기 때문인지 나는 곧 그녀의 이변을 눈치챘다.

그녀의 표정이 딱딱했다. 아니, 표정은 평소에도 딱딱하지만 아무튼 평소와 어딘가 달랐다.

뭔가 싫은 일이라도 있는 것일까.

그런 생각을 하고 있을 때 나는 어떤 사실을 눈치채고 말았다.

……그녀의 근처에 서 있는 중년 남성의 손이 그녀의 엉덩이에 닿아 있었다.

—치한이다.

말리고 싶지만 아침의 전철 안은 사람들로 가득 차 있어서 다가갈 수 없었다.

……못 본 척할까? 그래도 될까?

그녀에게서는 평소에(허락을 받은 건 아니지만) 기운을 얻어왔다. 이대로 아무것도 하지 않는 것은 인간의 도리가 아니란 생각이 들었다.

문득, 일전의 기억이 머릿속을 스쳤다.

—할머니에게 자리를 양보하고 갓난아기를 향해 미소 짓는 그녀의 미소. 그런 그녀의 얼굴이 지금은 일그러져 있다.

그 미소를 더는 못 보게 되는 건, 싫다는 생각이 들었다.

쿵쾅거리는 심장을 무시했다. 그리고 숨을 크게 들이마신 후…….

"치한이 있어요!"

그렇게 외쳤다. 나 자신도 놀랐다. 나는 이렇게 큰 목소리를 낼 수 있구나.

고개를 들어보니 그녀를 희롱하던 남성은 어깨를 부르르 떨면서 그 자리를 벗어났다. 주위 사람은 성가셔하면서도 그 남성을 막지 않았다.

저 사람이라고 외칠지 말지 고민했지만 그녀의 얼굴을 보고 관뒀다.

—그녀는 내 쪽을 쳐다보면서 작게 고개를 젓고 있었다.

"그러고 보니 아침에 이 근처 전철에서 치한이 나왔었다더라고. 아는 거 없어?"

"……몰라."

친구인 마키자카 에이지가 그렇게 말하자 나는 시선을 돌리며 대꾸했다.

"그래? 모르는구나. 네가 사랑해 마지않는 님께서 탄 차량이었다는 소문을 들었거든. 모르는구나."

"사랑하지도, 나의 님도 아닌데…… 아무튼, 치한이 나온 줄은 몰랐어."

"몰랐으면 됐어. 네가 그런 짓을 할 리도 없으니까."

"내가 왜……."

예전에 『그녀』에 관해 에이지에게 이야기한 적이 있다. 같은 전철에 예쁜 여학생이 타고 있었다, 라고 말이다. 입을 잘못 놀렸을 뿐이었지만 에이지가 「네 취향인 애였어?! 자세히 이야기해 봐!」 하고 성화라서 어쩔 수 없이 그녀의 특징을 이야기해 줬다. 그녀는 인상적인 외모를 지녔고 에이지는 발이 넓다. 그래서 그녀에 대해 아는 것 같았다. ……그리고 내가 그녀를 좋아한다고 단정 지은 것 같았다.

"그【얼음공주】가 있는 칸에서 그런 짓을 하는 바보가 있을리 없다. 하물며【얼음공주】가 그런 짓을 당할 리 없잖아."

"……얼음공주, 라."

【얼음공주】.

그것은 그녀의 별명 같은 것이다.

항상 표정에 변화가 없다. 말을 걸면 퉁명한 대답만 하며 친해지려고 다가가면 무시당한다. 고백이라도 하려고 했다간 마음이 꺾이고 말 것이다.

그런 소문이 우리 학교까지 퍼져 있다란 말을 에이지에게 들었다. 참고로 그녀의 이름은 에이지도 모르는 것 같았다.

하지만 【얼음공주】란 별명은 그녀에게 어울리지 않는다고 생각했다. 그렇게 차가운 사람 같아 보이지 않았는데…… 내가 이러쿵저러쿵할 일도 아니지만 말이다.

"만약 네가 탄 차량에서 【얼음공주】가 그런 일을 당한다면, 네가 구해줄 거잖아?"

심장이 멎는 줄 알았다.

볼에 경련이 일어난 상태에서 「그럴 수 있다면 좋겠는걸」 하고만 대답했다.

"뭐, 농담이야. 하지만 만약 그 애가 그런 일을 겪는다면 꼭 구해주라고. 그런 일을 계기로 청춘이 시작되거든. ……너, 이제 슬슬 여친 만들 마음이 생겼어?"

"어이…… 만들고 안 만들고, 가 아니라 못 만드는 거야."

"하아아아~ 고등학생 때 여친도 안 만들면서 청춘을 즐길 생각이 있긴 한 거냐?"

"여친의 유무로 청춘을 즐기는지를 결정하지 마. ……뭐, 있는 편이 즐겁기는 하겠지. 하지만 나는 적당히 놀고 공부하는 것으로 충분하거든. 좋아하는 사람이 생긴다면 이야기가 달라지겠지만 말이야."

하지만 슬프게도 좋아하는 사람은 없다.

"응? 【얼음공주】를 좋아하는 거 아니있어?"

"히죽거리지 마. 몇 번이나 말했지? 사는 세계가 다르다고. 나는 아이돌이나 여배우를 좋아하더라도 연애할 생각은 못 하는 타입이거든. 불가능, 이란 단어가 머릿속에 떠올라서 말이야. 게다가 그렇게 예쁜 애면 남친 정도는 있지 않겠어?"

"하긴, 그것도 그래."

에이지는 그렇게 말하더니 뭔가를 생각하듯 먼 곳을 쳐다봤다.

"……하지만, 없을 것 같은데 말이야."

"……뭐? 미안하지만, 못 들었어. 방금 뭐라고 한 거야?"

"응? 아무것도 아니니까 신경 쓰지 마. 그것보다 오늘 노래방 안 갈래?"

"아, 좋지. 가자."

"오케이."

오늘은 이런저런 일이 있었지만 내일부터는 다시 일상으로 되돌아갈 것이다.

─당시의 나는 그렇게 생각했다.

덜컹덜컹, 덜컹덜컹.

다음 날. 흔들리는 전철 안에서 나는 스마트폰을 만지작거리고 있었다. 오늘은 운 좋게도 내가 탄 타이밍에 빈자리가 있었고 주위를 둘러봤지만 아무도 앉으려 하지 않아서 그 자리에 앉았다. 그리고 상식적인 나는 자리가 필요한 사람이 오면 양보할 생각이었다.

다음 역에 도착하자 옆자리에 앉아 있던 회사원이 내리기 위해 자리에서 일어났다. 그와 동시에 여고생으로 보이는 누군가가 자리에 앉았고, 자리가 필요한 사람이 없는지 주위를 둘러보던 바로 그때였다.

"좋은 아침이에요."

옆에서 들린 목소리에 나는 심장이 멎는 줄 알았다.

고개를 그쪽으로 돌리려 하니 끼긱 하고 녹슨 기계 같은 소리가 날 것만 같았다.

가장 먼저 눈에 들어온 것은 푸른 눈동자. 바다처럼 푸르고 한없이 빨려 들어갈 듯한 눈동자다.

이어서 눈에 들어온 것은 첫눈처럼 새하얀 머리카락과 피부였다. 물론 머리카락이 더 하얗지만 우유처럼 하얀 피부는 순진무구한 어린이를 연상케 했다. 그런 새하얀 이미지가 병약한 느낌을 자아내지는 않았고 예를 들자면 설탕 공예품 같은 섬세함과 투명함이 감돌고 있었다.

그리고 아름다운 얼굴에는 늠름함이 어려 있었다. 그 표정은 평소와 딱히 다르지 않았다. 아름답게도 귀엽게도 보였다.

"……저기……."

그녀의 방울이 굴러가는 듯한 부드러운 목소리를 듣고 나는 겨우 정신을 차렸다.

맙소사, 넋 놓고 쳐다봤다.

"……무슨, 일이죠?"

어찌어찌 목소리를 쥐어 짜내서 그렇게 말했다. 여유는 없다. 옆자리에 앉은 그녀와 허벅지가 맞닿아 있었다. 그것을 의식하지 않으려 노력하면서 그녀와 시선을 마주했다.

─가깝다. 나란히 앉아서 이렇게 얼굴을 마주하니 매우 가까웠다. 좋은 향기가 느껴졌고 하얀 눈이 소복하게 쌓인 듯한 새하얗고 긴 속눈썹이 눈에 들어오자…… 심장이 크게 뛰었다.

"저기……. 어제, 저를 구해줬잖아요. 감사하다는 말이 하고 싶어서……."

"아, 아하. 신경 쓰지 마……세요."

때때로 선생님과 이야기를 나누기도 하니 존댓말에는 익숙하다고 생각했다. 하지만 말이 잘 나오지 않았다. 여자와 이야기를 나눈 경험이 적은 탓일까.

그래도 어찌어찌 그렇게 말했다.

"아뇨. 그때는 정말…… 무서웠어요. 주위 사람들도 도와주기는커녕, 음흉한 시선만 보내왔거든요."

"그랬, 나요."

"네. 정말 감사합니다."

그렇게 말한 그녀는 고개를 살며시 숙였다. 그러자 여자애 특유의 달콤한 향기가 코끝을 간지럽혔다.

같은 또래 여자애에게 감사 인사를 받는 건 처음이라, 뭐라고 답하면 좋을지 몰랐기에…….

"처, 천만에요?"

……나는 그렇게 대답하고 말았다.

그녀는 그 말을 듣더니 웃음을 흘렸다.

평소의 늠름한 표정과는 약간 달랐다. 귀여움이 강조된 웃음이다. 일전에 갓난아기를 향해 지었던 그 웃음이었다.

……아아. 나, 이 미소를 지켰구나. 그렇게 생각하고 있을 때, 그녀의 말을 듣고 정신이 번쩍 들었다.

"죄송해요. 『천만에요』란 말은 거의 들어본 적이 없어서요. 하지만 저는 감사의 뜻을 받아주는 사람을 싫어하지 않아요."

"그, 그거 다행이네……요?"

"네. 그리고 반말을 써도 돼요. 이 말투는 제 버릇 같은 것이고, 저는 고등학교 1학년이니까요. 아마 당신보다 연상은 아닐 거예요."

"아, 아하. 고마워요."

"……그게 평소 말투인가요?"

"아, 아니…… 고마워. 나도 1학년이니까 동갑이야."

나는 문득 생각했다. 왜 나는 항상 멀리서 볼 수밖에 없었던 그녀와 이야기를 나누고 있는 것일까. 어제 일에 감사를 표하고 있다는 건 알지만 말이다.

……어째선지 식은땀이 났다.

이대로 있다간 평소의 자신이 아니게 될 듯한 느낌이 들었다.

그녀를 보며 기운을 얻고 학교를 향한다. 때때로 돌아오는 길에도 같은 칸에 탔고 그런 날은 운이 좋았다고 여기며 집으로 돌아갔다. 그런 거리감이 무너진다면…… 어떻게 될까? 어떤 계기로 이제까지 그녀에게 말을 건 이들처럼 미움을 받는다면?

대화를 나눠서 기쁘지만, 동시에 불안 또한 점점 커졌다. 어렴풋이 느껴지는 비현실감 탓에 꿈이라도 꾸고 있는 것 같았다. 차라리 도망칠까 하고 생각하면서도 그럴 수 없었다.

"저기…… 당신에게 부탁하고 싶은 일이 있어요."

푸른 눈동자가 응시하자 가위에 눌린 것처럼 꼼짝도 할 수 없었다. 그녀 옆에 더 있고 싶다는 마음이 강해지면서 그 감정이 불안과 힘겨루기를 시작했다. ……하지만 그녀의 얼굴을 보니 그런 음흉한 생각과 불안이 안개처럼 흩어졌다.

"뭔데?"

그녀의 얼굴은 비통함에 일그러져 있었다. 나는 가능한 한 상냥한 표정으로 응답하려고 노력했다.

그녀는 나를 보고 얼굴에 들어간 긴장감을 약간 누그러뜨렸다. 그리고 나를 지그시 응시했다.

"저기, 부탁이 뭐냐면……."

머뭇머뭇 말을 잇던 그녀는 내 눈을 지그시 바라 보면서…….

"전철을 타고 있는 동안, 옆에 있어…… 주지 않겠어요?"

……그렇게 말했다.

나는 머릿속이 새하얗게 변했다.

왜?

어째서?

머릿속에 존재하는 의문을 억누르며 계속 생각했다.

그러자, 하나의 대답이 머릿속에 떠올랐다.

"혹시, 남성을 무서워하는 거야?"

그렇게 말하자 그녀는 솔직하게 고개를 끄덕였다.

이상하게 여기지는 않았다. 치한을 당한 사람이 가해자와 같은 성별을 지닌 사람에게 공포를 품은 것이니 말이다.

"어제, 모르는 사람이 제 몸에 손댄 후로, 전철이 무서워졌어요. 그뿐만 아니라…… 하, 학교에서도. 남자의 시선이 무서웠고…… 아침에, 집을 나서는 것도 무서워요."

그 말에서는 공포가 묻어나왔다. 내 마음 또한 옥죄어드는 것만 같았다.

하지만 동시에 그 말에서 위험함을 느꼈다.

"……솔직하게 말하겠어. 네가 고르려는 선택지는 너무 위험해. 어쩌면 전부 나의 자작극일지도 몰라. 흑심이 있어서 이런 일을 꾸민 걸지도 몰라. 나는 생판 남이자, 네가 두려워해야 마땅한 남자야."

어째서 나 자신이 이렇게 필사적인 건지 알 수가 없다.

일상이 부서지는 것이 무서운 것일까. 그녀에게 미움받고 싶지 않은 것일까.

"다시 한번, 잘 생각해 봐. 동성 친구에게 부탁을 해보거나, 믿을 만한 남자를……."

"없어요."

하지만 그녀는 내 말을 도중에 끊었다.

"당신밖에 없어요."

그 목소리는 내 귀에 똑똑히 전해졌다.

"부끄럽지만, 저는 신뢰할 수 있는 친구가 없어요. ……당신을 믿는다. 이것은 제 일생일대의 도박이기도 해요."

그녀의 손이 내 가슴에 살며시 놓였다.

"시간이 언젠가 해결해 줄 것이다. 저도 그 생각을 했어요. 하지만 그『언젠가』 탓에 저는 가까운 장래에 커다란 기회를 놓칠지도 몰라요. 인간관계나 학업, 혹은 수험……. 어쩌면 그런 것 이외의 중요한 기회일지도 몰라요."

나는 작게 숨을 삼켰다.

"……그 모든 것은 이 자리에서 당신에게 거절당했을 때, 의 이야기지만 말이죠."

그 말은 마치―.

"협박 같은걸."

"그렇게 받아들여도 상관없어요. 이건 제 인생을 인질로 삼은 **협박**이라고 할 수 있으니까요."

함부로 입을 열 수는 없었다. 그녀가 진심이란 것은 표정에서 묻어났기 때문이다.

"저는 이 공포심을 극복해야만 해요. 그러니, 당신을 믿고…… 제 인생을 걸어보기로 결심했어요."

그녀의 얼굴에는 약간의 죄책감이 묻어나고 있었다. 나는 그녀의 얼굴에서 눈을 떼지 못한 채, 어느새 말라버린 목으로 목소리를 쥐어 짜냈다.

"왜, 나인 거야?"

"이유는 간단해요. 당신은 다른 사람과 달리, 저의 얼굴만 쳐다봐요. 이렇게 저와 제대로 눈을 마주하며 이야기를 나누기 때문이에요."

푸른 눈동자가 나를 꿰뚫었다. 내 마음을 들여다보려는 듯이…….

"저는 당신을 믿고 싶어요. 당신이 무리라면…… 포기하겠어요. 전부 다 말이죠."

슬며시 눈을 돌리는 그녀의 표정은 매우 쓸쓸해 보였다. 외톨이인 어린아이처럼.

―정신을 차리고 보니 거절할 이유가 사라졌다. 아니, 거절해선 안 된다는 생각이 들었다.

그녀의 상냥함을 알고 말았다. 할머니에게 자리를 양보하고 갓난아기를 향해 상냥하게 미소 짓는 그녀가…… 미래를 포기한다니…….

―절대로 안 된다.

그녀에게 미움받는다거나, 일상이 변하고 만다거나, 그런 불안이 머릿속에서 빠져나갔다.

그녀가 나에게 인생을 걸려 한다면 나는 그 기대에 부응하고 싶다. 진심으로 그렇게 생각했다.

"알았어. 전철을 타고 있는 동안, 네 옆에 있겠어."

"고마, 워요."

내가 고개를 끄덕이자 그녀는 안도한 듯이 미소 지었다.

이어서 그녀는 아, 하고 낮은 탄성을 흘렸다.

"아직 자기소개를 안 했군요."

"……그러고 보니……."

그녀는 어험 하고 작게 헛기침을 한 후 내 눈을 지그시 바라봤다.

"제 이름은 시노노메 나기예요. 외국인으로 보이지만 일본인이신 부모님의 양자라서 이름은 이렇죠. 외모 말고는 일본인과 다를 바 없어요."

—시노노메 나기.

어째서일까. 외모는 외국인 그 자체지만 이 이름이 잘 어울린다고 생각했다.

"내 이름은 미노리 소우타라고 해."

"네. 앞으로 잘 부탁드려요. 미노리 군."

그렇게 말하며 머뭇머뭇 내민 그녀의 손을 나는 움켜쥐었다.

그러자 그녀는— 시노노메는 미소 지었다.

그것은 이제까지 본 적 없을 만큼 부드럽고 따뜻한 미소였다.

심장이 격렬하게 뛰었다.

……그날부터 내 일상은 크게 바뀌고 말았다.

아침에 전철을 탔다. 평소에는 구석으로 향했지만 오늘은 아니다.

출입구 근처에 서서 매번 하차하는 사람을 위해 전철에서 내렸다가 다시 타기를 반복했다.

그렇게 몇 정거장을 이동한 후 전철에 탄 소녀에게 말을 건넸다.

"시노노메."

"……아."

그녀는 나를 보고 곁으로 다가왔다.

그러자 나는 그녀와 함께 구석으로 이동했다. 벽 쪽에 그녀를 세우고 그 앞에 내가 섰다.

"감사, 해요."

"신경 쓰지 마."

남자와 부딪치지 않도록 배려하고 있는 것을 들켰으리라. 나는 그렇게 말한 후 입을 다물었다.

우리 사이에 침묵이 흘렀다. ……뭐, 나는 옆에 있어 달라는 부탁을 받았을 뿐이다. 그 외에는 마음대로 해도 될 것이다. 아니, 입 다물고 있는 게 정답이다. 괜히 말을 걸면 그녀가 곤란할 테니까.

……그런 생각은 그녀가 말을 걸어오면서 산산이 박살 났다.

"저기……."

아름답기 그지없는 가늘고 긴 손가락이 내 어깨를 톡톡 두드렸다.

"왜?"

"저기, 죄송한데…… 미노리 군만 괜찮다면 이야기를 나눌까 해서요."

이야기. 나는 그 말을 듣고 자신이 얼마나 눈치가 없는지 반성했다.

"미안해. 거기까지 생각이 미치지 않았어. 그래. 조금씩이라도 극복해 나가야만 하겠지."

"네. 그러니, 부탁 좀 드려도 될까요?"

"좋아."

그런데 이야기라. 어떤 이야기를 하려는 걸까.

시노노메는 내 눈을 지그시 응시하며 생각에 잠기듯 턱에 손을 댔다.

"……미노리 군."

그녀는 뭔가를 결심한 듯이 나를 응시했다.

"이럴 때는 어떤 이야기를 나누면 될까요?"

나는 그 자리에서 고꾸라질 뻔했다.

"어, 어떤 이야기?"

"죄송하지만, 저는 이런 경험이 부족한 편이라서요. 어떤 이야기를 나누면 될지 모르겠어요."

"……그래. 나도 여자애와 이야기를 나눠본 적이 거의 없긴 해."

흐음. 그렇다면 정석이라 할 수 있는 그것뿐일까.

"그래. 시노노메는 취미 같은 게 있어?"

소개팅하냐, 하고 자기 자신에게 마음속으로 태클을 날리면서 그렇게 물었다.

"취미, 말인가요. 그래요. 일본 무용을 배우고 있어요. 그리고 다도와 꽃꽂이도 해요."

"오오…… 대단한걸."

일본 무용과 다도, 꽃꽂이. 자신과 인연이 없는 것들이다. 하지만 시노노메가 취미로 삼고 있다는 말에는 왠지 납득이 됐다.

시노노메의 외모는 외국인 그 자체. 하지만 늠름함이라고나 할까. 일본의 전통적인 요조숙녀다운 분위기가 감돌고 있었다.

"미노리 군의 취미는 뭔가요?"

"시노노메처럼 남들에게 자랑할 만한 건 아냐. 애니메이션이나 만화 같은 걸 즐기는 정도거든."

남들과 별반 다르지 않은 취미. 그런 생각으로 말한 것이지만 시노노메는 내 말을 듣고 눈썹을 살짝 찌푸렸다.

"멋진 예술 작품이라고 생각해요. 사람의 마음이 담긴 작품, 그리고 사람의 마음을 흔드는 작품에 귀천은 없으니까요."

뜻밖이라고 말하면 실례일지도 모르지만 그녀의 그 말에 나는 놀랐다.

"……미안해."

"아뇨, 괜찮아요. 그렇게 생각하는 사람도 있다는 건 이해하고 있으니까요."

시노노메는 그렇게 말하며 약간, 아주 약간 입가를 말아 올렸다.

"그리고, 솔직하게 사과하는 사람은 싫어하지 않아요."

아주 약간 심장이 뛰었다. 무심코 시선이 흔들린 나는 그 사실을 숨기려는 듯이 앞을 바라봤다.

바로 그때 전철이 정거장에 도착했다.

"아, 저는 여기서 내려요."

"그래. 알았어."

시노노메가 전철에서 내리려 해서 나는 문까지 배웅했다.

"감사해요. 미노리 군은 상냥하군요."

"당연한 일을 했을 뿐이야. 딱히 상냥한 건 아냐."

"……그 당연한 일을 할 수 있는 사람이 적어요."

시노노메가 작은 목소리로 한 말을 놓치지 않으려고 귀를 기울이면서도 그 말에 대꾸할 수 없었다.

시노노메는 전철에서 내린 후 푸른 눈동자로 다시 나를 응시했다.

"그러면 내일 봐요, 미노리 군."

"내일 봐."

살며시 손을 들어 보이는 시노노메를 향해 마주 손을 든 후 그녀가 시야에서 사라지자 나는 작게 한숨 돌렸다.

……하아, 긴장됐어.

"들었어? 축구부의 무라타까지【얼음공주】에게 차였나 봐."

"정말? 하지만 걔는 부모가 사장이고, 자기가 차기 사장이라며 떠들고 다니지 않았어?"

"맞아. 무지 웃기지 않아? 그렇게 우쭐대고 다니더니 말이야."

교실 구석에서 들려온 목소리에 읽고 있던 책에 집중하던 의식이 흐트러지고 말았다.

한숨을 삼키며 다시 책에 집중하려 했지만 목소리가 계속 들려왔다.

"하지만 무라타가 무리면 누구든 가망 없는 거 아냐?"

"좋아. 다음에는 내가 해봐야지."

"무리야, 무리. 하늘과 땅이 뒤집혀도 무리거든?"

그렇게 말하며 웃는 남학생들에게서 느끼는 『공포』를 지우려는 듯이 점점 마음이 차가워지는 게 느껴졌다.

남자는 거북하다. 원래 거북했지만 지금은 더 거북하다. ……그렇다고 여성이 괜찮은 것도 아니다. 어쩌면 남자 못지않게 거북할지도 모른다.

싫은 과거를 떠올린 나머지 삼켰다고 생각한 한숨이 입 밖으로 새어 나왔다.

―오늘 아침의 그는 상냥했어.

나쁜 일을 지워주는 듯한 기억. 『당연한 일을 했을 뿐이다』라고 말하는 그를 떠올리자, 거칠어졌던 마음이 신기하게도 진정되기 시작했다.

그렇다. 그는 다른 사람과 다르다.

애초에 그는 이상한 사람이었다.

전부터 그의 시선은 느끼고 있었다. 하지만 남들과는 다른 시선이었다.

그는 내 얼굴…… 특히 눈을 쳐다봤다. 반대로 다른 부위에는 시선이 느껴지지 않았다.

내 몸에는 외국인의 피가 흘러서 그런지 발육이 다른 학생에 비해 좋은 편이다. 적어도 기모노를 입을 때 가슴에 천을 둘러야 할 정도로 말이다.

하지만 그는 자신의 가슴을 쳐다보지 않았다. 오늘도 그랬다.

"……."

거기까지 생각한 나는 책을 들고 자리에서 일어났다. 도서실에 가자고 생각하면서…….

교실에 더 있어봤자 기분이 나빠질 뿐이다. 기왕이면 좋은 기분으로 하루를 보내고 싶다.

바로 그때, 시야 구석에 있던 한 학생이 움직였다. 그녀는 방금 이야기를 나누던 남학생들에게 다가갔다.

"저기, 목소리 너무 크거든? 교실 전체에 다 들리는데, 부끄럽지도 않아?"

금실처럼 아름답고 눈길을 끄는 머리카락을 포니테일 스타일로 묶은 미소녀다. 피부는 약간 타서 건강미가 있어 보였다.

하야마 히카루 양. 그녀가 그들에게 한마디 했다.

"아, 응. 미안해."

"조심 좀 해. 솔직히 말해 불쾌하거든?"

나는 무심코 그쪽을 쳐다봤고 그 바람에 자기 자리로 돌아가는 그녀와 눈이 마주쳤다.

"……!"

그녀는 나를 보며 빙긋 웃으며 엄지를 치켜들었다. 초목을 비추는 해님을 연상케 하는 환한 미소였다.

"감사, 해요."

나는 작은 목소리로 그렇게 중얼거리며 자리에서 일어났다.

"그런 일이 어제 있었어요."

"흐음, 잘됐잖아."

다음 날, 시노노메가 할 말이 있다면서 이런 이야기를 들려줬다.

"……솔직히 말해, 당황스러워요. 이런 일은 처음이라서요."

"순수하게 받아들이면 되지 않을까?"

그렇게 대답했지만 시노노메의 표정은 여전히 어두웠다.

"하지만……."

"나는 믿어줬잖아?"

"일생일대의 도박을 연달아 할 만큼, 저는 도박사가 아니에요."

예상했던 것보다 훨씬 묵직한 말이 되돌아왔다. 아니, 방금은 내가 잘못했다.

"……미안해. 내 배려가 부족했어."

"아뇨. 괜찮아요."

그러고 보니 그녀는 신뢰할 수 있는 동성 친구도 없다고 말했다. 뭔가 이유가 있는 걸지도 모른다.

하지만 그렇다면 너무…… 너무 외롭지 않을까.

나는 머릿속으로 무슨 말을 할지 생각했다.

"저기, 나한테는 마키자카 에이지란 친구가 있어."

나는 뜬금없이 그렇게 말했지만 시노노메는 조용히 듣고 있었다.

"나도 친구가 적은 편이야. ……아니, 거의 없다고 해도 과언이 아니겠지."

"뜻밖이에요."

"그래? ……뭐, 아무튼 제대로 된 친구라 할 수 있는 녀석은 에이지가 처음이었어."

시노노메는 고개를 끄덕였다. 시간을 생각하면 짤막하게 이야기해야겠는걸.

"입학식 다음 날, 나는 지갑을 잃어버렸어."

"지갑, 말인가요?"

"그래, 처음 겪는 일이라 무지 당황했다니깐."

그때 일을 떠올린 나는 무심코 미소 지었다.

"에이지는 내 앞자리였는데, 내가 어딘가 이상하다는 것을 눈치채고 같이 지갑을 찾아줬어. 해가 질 때까지."

"대단하군요."

"나도 몇 번이나 돌아가라고 말했지만, 찾을 때까지 도와줬어. 그래서 집에서 학교까지의 길을 세 번이나 왕복했다니까. ……내 지갑은 파출소에 있었는데 에이지가 없었으면 거기까지 생각이 미치지 않았을 거야."

감회에 젖을 뻔한 나는 고개를 가볍게 저은 후 다시 말을 이었다.

"그 후에 같이 패밀리 레스토랑에 가서 저녁을 먹으며 친해졌어. ……무슨 말을 하고 싶은 건지 모르겠지?"

그쯤에서 회상을 마친 나는 시노노메와 시선을 마주했다.

"세상에는 상냥하지 않은 사람이 있어. 게다가 적지 않지. 하지만 상냥한 사람도 있거든. 그러니 한 번만 더 믿어보는 게 어때?"

그리고…….

"만약 배신당한다면, 내 탓을 해도 돼."

"……어째서……."

시노노메는 푸른 눈동자로 나를 지그시 응시했다.

"어째서, 이렇게까지 해주는 건가요?"

나는 그 말을 듣고 생각했다. 생각하고 말았다.

『시노노메의 웃는 얼굴이 보고 싶으니까.』

……이런 말을 하는 건 무리다.

"으음, 그게 말이지."

나는 다른 적당한 말이 없을까 싶어 머릿속을 뒤졌다.

"그게, 나도 사람을 못 믿는다……고 할 정도는 아니지만, 친구 같은 건 만들고 싶지 않다고 생각하던 시기가 있었어. 하지만 친구가 한 명 생기고 나니 생각이 바뀌지 뭐야."

그렇다. 이게 정답이다.

"이 세상에는 나쁜 사람만 있는 건 아니라고, 지금은 생각하게 됐어."

말할 수 있는 범위 안에서 나는 내 생각을 솔직하게 들려줬다.

"시노노메도 이 마음을 느껴줬으면 해."

말하고 나서 눈치챘다.

실수했다. 너무 솔직하게 말했다.

이것은 자신의 소망을 상대방에게 강요하는 것에 지나지 않는다. 문제가 생겼을 때 상처 입는 건 시노노메인 것이다.

"미안해. 너무 오지랖을 부렸어. ……잊어줘."

허둥지둥 사과했지만 나는 목소리 톤이 작아졌다.

결국 사고 친 건가.

나는 샘솟아 나오는 한숨을, 토하지 못했다. 그녀의 말에 막힌 것이다.

"……아뇨. 당신의 말은 큰 도움이 됐어요. 그러니 그런 표정 짓지 마세요. 이쪽을 쳐다봐 주세요, 미노리 군."

자기도 모르게 고개를 숙이고 있었던 나는 시노노메의 그 말을 듣고 한숨을 삼키며 고개를 들었다.

그러자 눈앞에 시노노메의 푸른 눈동자가 있었다. 자신을 지그시 응시하고 있는 바다 밑바닥처럼 푸른 눈동자. 거기에 빛이 스며들었다.

"확실히 저도 좀 비굴해진 것 같아요. 미노리 군이 그렇게 말한다면…… 조금만 노력해 볼까 해요."

"……시노노메!"

그 말이 기쁜 나머지, 나는 무심코 그녀의 이름을 부르고 말았다. 그러자 시노노메는 빙긋 웃었다.

웃음을 흘린 그녀는 검지로 내 가슴을 두드렸다.

"그 대신, 만일의 경우에는 저를 위로해 주세요."

"윽……."

그런 행동 하나하나에 뇌가 끓어오르는 것만 같았다. 얼굴에 피가 쏠리면서 귀까지 달아올랐다.

그때 목적지에 도착했다는 것을 알려주는 안내 방송이 들려왔다.

"아, 곧 도착하네요."

"그래. 그리고 보니 시노노메, 하교할 때는 괜찮은 거야? 너만 괜찮다면, 하교 때도……."

"그, 그래도 될까요?!"

내 말이 끝나기도 전에 시노노메가 그렇게 외쳐서 나는 약간 놀랐다.

시노노메는 얼버무리듯 작게 헛기침했다.

"어험. 죄, 죄송해요. 흐트러진 모습을 보였네요."

"아니, 그건 괜찮은데……. 이제까지는 어떻게 했어?"

"그, 그게…… 가능한 한 여성이 많은 칸에……."

"……노력했구나."

"그, 래요. 좀…… 아니, 꽤 노력했어요."

나는 그 말을 듣고 땀에 젖은 손바닥을 바지에 닦았다. 실은 거절당하면 어쩌나 싶어 긴장하고 있었다. 하지만 그녀는 예상보다 훨씬 긍정적인 반응을 보였다.

"그러면 하교 때도 옆에 있어 줄게. 몇 시에 전철을 타?"

"네 시 반 전철에 타요. 칸은 같고요."

"알았어. 그 시간이면 나도 크게 문제없어."

그 타이밍에 전철이 섰기에 그녀를 출입구까지 배웅했다. 내리기 직전, 시노노메는 나를 힐끔 쳐다봤다.

"미노리 군과 같이 있으면 참 즐거워요. 하교 때를 고대하고 있을게요."

"그……래? 나도, 고대할게."

"네. 그러면 나중에 봐요."

그녀가 살며시 손을 흔들자 나도 덩달아 손바닥을 들어 보였다.

목소리가 떨리지 않은 나를 칭찬해 주고 싶다.

그건 그렇고…….

"방금 그건 반칙이잖아."

작은 목소리로 그렇게 중얼거린 후 그녀를 향해 들었던 손으로 얼굴을 감싸 쥐었다.

내 얼굴은 좋아죽겠다는 듯이 한동안 계속 씰룩거렸다.

아침에 비해 꽤 한산해진 전철 안. 나는 문 근처에서 대기하고 있었다. 그리고 목적지에 도착해서 플랫폼 쪽을 쳐다봤다.

문 너머에 있는 그녀와 눈이 마주쳤다. 그와 동시에 문이 열리자 나는 한 걸음 물러났다.

"이 시간대에는 안녕하세요, 라고 말해야겠군요. 미노리 군."

"그래. 안녕, 시노노메."

오늘 들어 두 번째 인사를 그녀와 나누면서 같은 자리로 이동했다. 하교 때는 아침보다 학생이 많아서 꽤 주목을 모았다. ……하지만 나나 시노노메와 같은 학교에 다니는 학생은 거의 없었다. 다른 칸에는 있는 것 같지만……. 그 이유는 그녀에게 돌격했다가 격침당한 자가 상당수 존재하기 때문이리라. 다른 학교에 다니니 가능성이 있지 않을까, 라고 생각한 이가 많았던 것이다.

"이 시간대에 미노리 군과 만나는 건 처음, 아니, 오랜만이죠?"

"응. 때때로 본 적이 있긴 해."

등교 때라면 몰라도 하교 때 그녀를 보는 일은 적었다. 에이지와 놀거나 당번 및 종례가 길어진 바람에 더 늦은 시간대에 전철을 탔기 때문이다.

"마지막으로 본 건 여름 방학 전이었을 거야."

"……그런 걸 용케 기억하네요."

"실례인 건 알지만, 쭉 너를 봐왔거든."

그래서 기억하는 것이다. 그렇다고 그녀를 본 모든 날짜를 생생히 기억하는 건 아니지만.

바로 그때, 아침의 일이 생각났다.

"참, 시노노메. 아침에 이야기했던 그건 어떻게 됐어?"

"아, 네. 안 그래도 미노리 군에게 이야기할 생각이었어요. 아직 그녀를 완전히 이해한 건 아니지만 말이죠."

"누군가를 완전히 이해하는 건 불가능하다고 생각해. 그래도 어떻게 됐는지 들려줬으면 좋겠는걸."

시노노메는 고개를 끄덕인 후 이야기를 시작했다.

"야호~ 지금 시간 돼~? 시노노메."

어느 타이밍에 말을 걸지 아침부터 고민하고 있을 때 상대방이 말을 건네왔다.

금색 머리카락과 커다란 눈. 몸매 또한 뛰어난 그녀는 사람들의 눈길을 끄는 존재였다.

"하야마 양. 무슨 일인가요?"

그렇게 대답하는 자신의 목소리에는 경계심이 진하게 묻어나고 있었다. 게다가 사과의 말도 입에서 나오지 않았다. 『남에게 약한 모습을 보이지 마라』란 아버지의 가르침이 몸에 밴 것이다. 그것이 옳다고 생각하지만 신경이 곤두선 탓에 심장이 따끔거렸다.

"저기~ 시노노메와 이야기 좀 나누고 싶거든."

"······좋아요."

하야마 양은 빙긋 웃으면서 손짓했다. 자리에서 일어난 나는 그녀를 따라갔다.

두 사람이 도착한 곳은 인적 드문 뒤뜰이었다. 어디로 향하는지는 짐작하고 있었으나 그래도 몸이 딱딱하게 굳었다.

"무슨 일이죠?"

"너무 겁먹지 마. 딱히 잡아먹으려는 건 아냐. 그리고 볼일이 있는 건 내가 아니잖아?"

나는 그 말의 의미를 골똘히 생각하려다, 좋지 않은 버릇이다 싶어서 관뒀다.

"그게 무슨 말인가요?"

"아, 오늘 시노노메한테서 시선이 계속 느껴져서 말이지~."

숨을 삼키고 말았다. ······아니, 그렇기는 했다. 언제 말을 걸지 생각하며 나는 몇 번이나 그녀를 노골적으로 쳐다봤었다.

"몇 번이나 쳐다봐서 죄송해요."

"괜찮아~ 괜찮아~. 그래도 무슨 일인가 궁금하더라니깐~. 그리고 시노노메가 먼저 나한테 말을 걸어오면 괜히 눈길을 끌 것 같았어~."

"……배려해 줘서 고마워요."

"아니, 진짜로 신경 안 써도 돼~. 그래도 내 생각이 맞았네. 혹시 내 자의식 과잉이라면 무지 창피했을 거야~."

볼을 살짝 붉히며 미소 지은 그녀는 매우 매력적이어서 넋을 잃고 쳐다볼 뻔했다. 역시 하야마 양은 아름다운 사람이다. 나는 문득 그렇게 생각한 후에 입을 뗐다.

"어, 어제 일을 감사드리고 싶어서요."

"아~ 역시 그랬구나. 괜히 안 그래도 되는데~."

"그럴 수는 없어요."

『남에게 약한 모습을 보이지 마라』란 아버님의 가르침은 『남에게 은혜를 입지 마라』란 의미는 아니다.

사람은 혼자서 살아갈 수 없다. 필연적으로 누군가에게 도움을 받을 필요가 있다. 특히 학생 시절에는 그것이 중요하다고, 얼마 전에 아버님이 말했다.

"어제 도와주셔서 정말 고마워요."

"응, 오케이~. 나도 걔들이 눈에 거슬렸거든."

손을 내젓는 하야마 양은 약간 멋쩍어 하는 것처럼 보였다. 그녀를 보면서 느슨해지려 하는 표정을 약간 굳혔다.

"……그리고 하야마 양에게 부탁을 하나 드리고 싶어요."

"응~? 뭔데~?"

"저, 저는 하야마 양과 친해지고, 싶어요."

긴장한 탓에 말이 목에 걸리고 말았다. 들키지 않았기를 바랐지만 들키지 않았을 리가 없기에 볼이 달아오르기 시작했다.

하지만 하야마 양은 즐거운 듯이 환한 미소를 지었다.

"좋아!"

시노노메의 말을 듣고 자기도 모르게 입가에 미소를 머금었다. 마음속 깊은 곳에서 온기가 퍼져나갔다.

"아하. 그렇게 친구가 생긴 거구나."

"아뇨. 친구는 아니에요."

"뭐?"

하지만 친해지고 싶다는 말을 들은 하야마 양이 승낙을……어?

"지인 이상 친구 미만, 이라고 할까요."

"으음…… 어째서야? 그냥 친구로 여기면 되지 않아?"

시노노메는 희미하게, 아주 희미하게 웃음을 흘렸다. 새하얀 피부와 아름다운 대비를 이루는 분홍빛 입술이 벌어지자, 그 사이에서 빨간 혀가 슬며시 모습을 드러냈다.

"그 이유가 뭐라고 생각해요?"

통통 튀는 듯한 그 목소리가 내 고막을 매만지듯 귓속으로 스며들었다. 그 탓에 심장이 크게 뛰더니 머릿속에는 말도 안 되는 선택지가 떠올랐다.

"……모르, 겠는걸."

"그런가요. 유감이에요."

유감, 이라고 말하는 그녀의 목소리에서는 낙담한 기색이 느껴지지 않았다. 그뿐만 아니라, 아주 약간 즐거워하는 것처럼 느껴졌다.

"그럼, 알게 되면 가르쳐 주세요."

상상했던 대답이 아니어서 내 입에서 작은 한숨이 흘러나왔다.

"가르쳐주진, 않는 거구나."

"후후. **아직은** 비밀이에요."

시노노메는 입술 앞에 손가락을 하나 세우며 웃음을 흘렸다.

심장이 두근, 하고 크게 뛰었다.

"……맞다. 시노노메에게 물어볼 게 있었어."

그 심장을 무시하며 나는 화제를 바꿨다. 그러자 시노노메는 고개를 살짝 갸웃거렸다.

"문득 궁금해진 건데, 시노노메는 고백을 받아줄 생각이 눈곱만큼도 없는 거야?"

"없어요."

시노노메는 주저 없이 그렇게 답했다. 예상하지 못했던 것은 아니다.

"아, 죄송해요. 이제까지 저한테 고백한 사람은 하나같이 고민할 가치도 없어서…… 눈곱만큼도 없다, 란 말은 적절하지 않을지도 모르겠어요."

갑자기 시노노메는 생각에 잠기듯 자기 턱에 손을 댔다.

"절차를 지키며 고백한다면, 생각을 해볼 거예요. 하지만 이제까지는 대뜸 사귀자고 말하는 사람뿐이어서……. 하다못해, 친구가 되고 나서 고백해 줬으면 좋겠어요."

"그렇구나."

"하지만 이제까지는 친구가 될 생각도 없었으니까요. 연인을 만들 생각이 없었다고 해도 과언은 아닐 거예요."

그러고 보니 그녀는 신뢰할 수 있는 친구가 없다고 말했었다. 친구를 만들지 않는 이유가 있더라도 이상한 것은 없다.

다른 질문은 없나요? 하고 묻는 그녀의 눈동자를 응시하며 나는 고개를 끄덕였다.

"그렇다면 이번에는 제가 질문하겠어요. 오늘 하루를 돌이켜 보면서 깨달은 게 하나 있어요."

시노노메가 나를 지그시 응시했다. 화제를 바꾼 덕분에 진정됐던 심장이 다시 격렬하게 뛸 준비를 하기 시작했다. 나는 슬며시 가슴에 손을 얹으며 마음을 진정시켰다.

"미노리 군에게는 너무 큰 은혜를 입었어요. 어떻게든 은혜를 갖고 싶어요."

"은혜는 무슨. 신경 쓰지 마."

"그래선 제가 곤란해요."

그렇게 말하며 눈썹이 살짝 처진 시노노메는 옅은 미소를 머금었다. 나는 그 모습을 보면서 생각했다.

은혜를 갖고 싶다, 라. 정말 신경 쓰지 않아도 되는데 말이다. 그러고 보니…….

『시험 싫어~. 키리카한테 가르쳐줘야 하는데, 나도 머리가 좋은 편은 아니거든. 혹 떼려다 혹 붙인 격이 되면 비웃어 달라고.』

에이지가 그런 말을 했었다. 2주 후면 중간고사인 것이다.

"시노노메는 머리가 좋아?"

"이래 봬도 전교에서 손꼽히는 수준이에요. 영어 말고는요."

시노노메가 뜻밖의 말을 해서 나는 무심코 입을 꾹 다물며 그녀의 입술을 응시했다. 그러자 시노노메는 아름다운 분홍빛 입술을 꼭 다물었다.

"……이렇게 생겨서 영어를 못한다니, 이상하죠?"

"누구한테나 적성에 맞지 않는 과목이 한두 개쯤 있지 않겠어? 뭐, 좀 의외이긴 하지만."

"그 바람에 여러모로 힘들어요. 외국 분이 저한테 길을 물어보면 허둥지둥한다니까요."

"아~ 그렇구나. 외모만 보면 영어가 통하리라고 생각할 테니까. 나도 외국 사람과 이야기를 잘 나눌 자신은 없어.”

나는 그 말에 동의하면서 시노노메를 지그시 응시했다.

“참고로 고전 과목은 잘해?”

“영어를 제외한 대부분의 과목은 자신 있어요.”

“……그렇구나. 그렇다면, 시노노메만 괜찮다면 공부를 가르쳐줬으면 해.”

시노노메는 눈을 살짝 치켜뜨더니 이어서 고개를 끄덕였다.

“알겠어요. 저한테 맡겨주세요. 그러면 지금 바로—.”

시노노메가 가방을 열려던 바로 그때, 목적지에 도착했다는 것을 알리는 안내 방송이 들려왔다.

“벌써, 도착했군요. 미노리 군과 같이 있으면 시간이 빨리 흐르는 것 같아요.”

“맞아. 그러면 다음 기회에 부탁할게.”

“네. 그러면 내일 봐요.”

“응. 내일 봐.”

시노노메를 문까지 배웅한 나는 살며시 손을 흔들면서 생각했다.

이 시간이 끝나는 것이 너무나도 아쉽다고 말이다.

“……그렇게 해서, 이 답이 나오는 것이에요.”

"아, 그런 거구나. 알겠어. ……그래서 다음에 이 답이 나오는 거라고 알면 되는 거지?"

"그래요. 역시 미노리 군은 머리가 좋군요. 기초도 탄탄하고요."

"시노노메가 잘 가르쳐주는 거야."

빈말이 아니라 진심이다. 학교 수업과 다르게 중요한 부분만 중점적으로 배우고 있기도 하고. 그래도 시노노메는 모르는 부분을 명확히 하면서 그것을 언어화해서 가르쳐주는 것에 매우 능했다.

하지만 딱 하나, 중대한 문제점이 있었다.

"그러면 다음은 이 부분이군요."

그 목소리에 섞인 숨결이 손등에 닿자 등골을 간지럽혀지는 듯한 착각에 사로잡혔다.

그렇다. 가깝다. 어마어마하게 말이다.

교과서 한 권을 같이 보고 있으니까, 라는 이유도 있다. 전철에 사람이 많으니까, 라는 이유도 있다.

하지만…….

"미노리 군. 잠시 실례할게요. 여기에—."

시노노메의 가늘고 아름다운 손가락이 교과서에 닿았다. 그러자 달콤하면서도 상쾌한 향기가 감돌았다. 향수 향기일까, 샴푸 향기일까……. 아니면 다른 무언가인지 알 수 없었다.

"미노리 군. 알겠나요?"

"미안한데, 잘 안 들렸어."

"정말, 어쩔 수 없네요. 다시 세세하게 설명해 드릴게요."

시노노메의 목소리에 다시 귀를 기울였다. 하지만 얼굴과 다른 부위가 맞닿을 정도로 밀착해 있는 탓에…… 내 심장은 쉴 틈이 없었다.

"……휴우. 재미있는 이야기였어요."

정적 속에서, 시계 소리와 종이를 넘기는 소리만이 울려 퍼지던 방. 목욕을 마친 후에 책을 한 권 읽고 잠자리에 든다. 그것이 나의 루틴이다.

책을 두고, 내일 준비를…….

그렇다. 내일은 토요일. 휴일이다.

토요일은 학교도 쉬는 날이다. 즉, 그를 만날 수 없다.

갑자기 온몸에서 힘이 빠진 나는 그대로 침대에 뻗었다. 아까까지의 의욕이 어디 간 건지 지금은 전기를 끌 기력조차 없었다.

"미노리 군을, 만나고 싶어."

그런 말이 입에서 흘러나왔다.

……어?

내가 방금 뭐라고 했지?

방금 기억을 떠올린 순간, 얼굴이 새빨갛게 달아올랐다.

"아, 아냐. 아니에요. 그런 뜻으로 한 말이……."

자기 자신을 타이르듯 그렇게 중얼거린 나는 옆에 있던 베개를 꼭 끌어안았다.

그렇다. 아니다. 그런 의미가 아니다.

그는 이제까지 만난 이들 중에서도 이질적인 존재다.

상냥하지만 흑심이 없다. 무례한 시선을 보내지도 않고 자기 자신을 제어할 줄 아는 사람이다.

그리고 같이 있으면 마음이 편안하고 즐겁다. 그래서 같이 있고 싶다는 생각을 해도 이상할 게 없다. 이상할 게 없을 것이다.

"앗."

바로 그때, 좋은 생각이 났다.

"같이 공부하자고 하면, 쉬는 날에도 같이 있을 수 있을 거예요."

이번 주는 그와 만나는 것을 포기하더라도 다음 주에는…….

"스, 승낙해줄, 까요. 휴일이니, 스자카 씨를 잘 구슬리면 괜찮을 거예요."

문득 불안에 사로잡혔다. 마음이 술렁거리면서 졸음에 사로잡혀 있던 눈이 번뜩 뜨였다.

"이, 일단 오늘은 이만 자도록 하죠."

고개를 내저으며 그 생각을 관두려 했다. 하지만 뜻대로 되지 않는다는 듯 베개를 꼭 끌어안았다.

그런 내 머릿속은 그의 생각으로 가득 차면서 즐거워졌다. 그 바람에 잠드는 데 시간이 조금 걸리고 말았다.

그래서일까. 그런 꿈을 꾸고 말았다.

눈처럼 새하얀 머리카락. 그리고 바다처럼 푸른 눈동자. 하지만 체구는 눈에 익은 그 모습에 비해 훨씬 작았다.

어린 그녀는 뭔가를 두려워하듯 눈길을 돌렸다. 그런 그녀의 눈동자가 크게 흔들렸다.

무언가에 도움을 청하듯 손을 뻗으려 했지만 직전에 관뒀다.

(쓸쓸해.)

그 감정이 흘러들어왔다. 너무나도…… 아니, 그 정도로 익숙하진 않은 감정이었다.

이윽고 그녀는 체념한 듯 고개를 숙였다. 바로 그때였다.

"이리 오렴, 나기."

"저희의 가족이 되어주지 않겠어요?"

어둠 속에서 손 두 개가 모습을 보였다.

약간 투박한 것은 남자의 손. 새하얗고 아름다운 것은 여자의 손이다.

그녀는 머뭇머뭇 그 손을 향해 자기 손을 뻗었다. 그 조그마한 손이 감싸듯 움켜쥐어지자 그녀는 이 세상에서 사라졌다.

이제는 이 어두운 세계에서 나는 외톨이가 됐다.

흐릿해지는 의식 속에서 누군가가 또 손을 내민 듯한 느낌이 들었지만…… 아마, 기분 탓이리라.

알람이 울리기 전에 눈을 떴다. 아까까지 꿈속에 있는 것처럼 의식이 멍했지만 지금은 머릿속이 맑았다.

잠들기 전에 느꼈던 그 고양감은 이미 사라졌다.

"저는 바보예요."

한때의 감정에 휘둘려 소중한 것을 잊을 뻔했다.

눈을 감고 자기 내면의 감정을 차갑게 식혔다.

"오늘 하루도 힘내겠어요. 아버님. 어머님."

나를 구원해 준 두 사람을 위해서.

시노노메기 어딘가 이상했다.

그것은 오늘 아침에 처음 본 순간에 눈치챘다.

"왜 그렇게 빤히 쳐다보는 거죠?"

"너야말로 왜 그래? 왠지 거리를 두는 것 같은데."

시노노메는 나와 한 걸음 떨어진 곳에 있었다. 하지만 물리적인 거리보다 정신적인 거리가 더 멀어진 듯한 느낌이 들었다.

이유를 생각해 보려 했지만 그녀의 마음을 가늠하려는 행위 자체가 무례한 짓이라는 생각이 들어서 관뒀다. 직접 물어보는 편이 빠를 테니 그렇게 하자.

"딱히 아무 일도 아니에요."

……저런 대답을 들으니 할 수 있는 게 없었다.

하지만 힘든걸. 좀 친해졌다고 생각했는데 이렇게 거리를 두니 말이다.

한숨을 참고 있을 때 전철이 흔들렸다. 다들 손잡이를 향해 손을 뻗었다.

그때 나는 눈치챘다. 시노노메의 옆에 회사원이 있었다.

"으……."

"시노노메……! 이쪽으로 와."

시노노메의 어깨가 크게 흔들렸다. 딱히 상대방이 그녀를 만진 것은 아니었다.

회사원에게 눈짓으로 사과를 건넨 후, 시노노메에게 자기 쪽으로 와달라는 시선을 보내며 손을 내밀었다. 하지만 그녀의 눈에는 공포의 기색이 어려 있었다.

"……네가 그런 눈길로 보니, 조금 상처 입을 것 같아."

"아…… 죄송해요."

"괜찮다고 말하고 싶지만, 일단 그 사과는 받아두겠어. 시노노메, 물어볼 게 하나 있는데."

괜히 돌려 말해봤자 의미가 없다. 이미 마음에 상처를 입을 것 같다고 했고…….

나는 머릿속을 정리하면서 내 손을 잡고 눈앞으로 와준 그녀를 응시했다.

"나는 시노노메를 절대로 배신하지 않아."

다시 그 사실을 밝혔다. 시노노메에게만이 아니라 자신에게도 맹세하듯 말이다.

"무슨 일이 일었는지는 모르겠고, 묻지도 않겠어. 하지만 너와 한 약속만은 지키게 해줘. 부탁이야."

"죄, 죄송, 해요. 저…….."

시노노메는 잠시 생각에 잠긴 후 입을 다물었다.

그리고 그녀는 머뭇머뭇 이야기를 시작했다.

"아버님의, 가르침이요. 저는 아버님 같은 사람이 되고 싶어서, 어릴 적부터 어떻게 하면 아버님처럼 될 수 있는지, 뭘 조심하면 되는지 물어봤어요. 그때 아버님께서 해주신 대답 중 하나가 『남에게 약한 모습을 보이지 마라』였어요. 그 후로 저는 누구에게도 약한 모습을 보이지 않기 위해 저 자신을 꾸몄어요."

그렇게 된 건가.

"그래서【얼음공주】인 거구나."

"……언제부터인가, 그렇게 불리게 됐죠."

그녀는 잠시 말을 멈춘 후 주위를 둘러봤다.

"미노리 군을, 당신을 만난 후로, 이상해졌어요. 자기도 모르는 사이에 이 가면이 벗겨졌어요. 표정이 느슨해졌죠."

그 갑작스러운 말을 듣고 나는 딱딱하게 굳어버렸다. 뒤늦게 심장이 크게 뛰었다.

"그래서, 거리를 두려고 했어요. ……당신을 믿는다고 말해놓고 말이죠. 정말 죄송해요."

"아냐. 자초지종은 알겠어."

나는 천장을 올려다보며 휴우, 하고 한숨을 내쉬었다. 머릿속을 가득 채운 열기를 전부 토하려는 듯이 말이다.

"그렇게 자기 자신을 계속 꾸미면 피곤하지 않아?"

"그건…… 아버님 같은 사람이 되기 위해서니까요. 이 정도는 해내야만 해요."

"그렇구나."

나는 잠시 말을 멈춘 후 그녀를 응시했다. 그렇게 고결하고 늠름하던 그녀는 지금 이 자리에 존재하지 않는다. 그녀 또한 평범한 여자아이니까 당연했다.

어쩌면 나는 잘못된 선택을 하려는 건지도 모른다.

"시노노메."

하지만 내 직감은 그편이 낫다고 말하고 있다.

"시노노메의 아버지는 하루 24시간 동안 항상 자기를 꾸밀까? 시노노메가 없는…… 네 어머니와 단둘이 있을 때도 쭉 그러실까?"

"그건······."

"거꾸로 묻겠는데, 시노노메는 온종일, 집에 있을 때도 그렇게 자신을 꾸미는 거야?"

그렇게 묻자 시노노메는 대답하지 않았다. 부정하지 않는다는 건 긍정을 의미하리라. 시노노메의 아버지도 언제 어디서나 자신을 꾸미란 의미에서 한 말은 아닐 것이다.

"쉬지 않고 계속 달리다간 언젠가 숨이 턱까지 찰 거야. 그렇게 되면 다시 달릴 수 있게 될 때까지 시간이 걸릴 테고, 효율도 나쁘다······고 나는 생각해."

나한테 이런 말을 듣고 기분이 좋지는 않을 것이다. 하지만 지금 내가 말해두지 않으면 언젠가는 그녀가 쓰러져버리고 말 것 같았다.

"나는 시노노메를 절대로 배신하지 않아. 그러니, 평소 모습을 보여줬으면 해."

시노노메의 눈동자는 흔들리고 있었지만 그 안에 존재하던 『공포』의 기색은 어느새 사라졌다.

"그리고 나는 【얼음공주】인 시노노메보다 평소의 시노노메, 미소 짓고 있는 시노노메를 더 좋아하거든."

······.

잠깐만. 내가 방금 뭐라고 했지?

"어……?"

시노노메는 이제까지 보여준 적 없는 깜짝 놀란 표정을 지었다. 그 모습은 귀엽지만 지금은 그런 생각을 할 때가 아니다.

"아, 아니, 저기, 방금 한 말은 그런 의미가 아니라……."

"아, 아닌 건가요?"

시노노메가 약간 쓸쓸한 투로 그렇게 말해서 나는 부정할 수 없었다.

"아, 아닌, 게 아니랄까……. 본모습을 보여주는 편이 기쁘다는 의미랄까……."

머릿속이 빙글빙글 돌면서 말이 잘 나오지 않는 탓에 당황하고 말았다. 그 모습을 본 시노노메의 입술에 미소가 어렸고 그녀는 기품 있게 손으로 자신의 입가를 가렸다.

"후후."

방울이 굴러가는 듯한 맑고 아름다운 웃음소리였다. 손으로 가리고 있지만 그녀의 표정은 필설로 형용할 수 없을 만큼 찬란히 빛나고 있었다.

"알겠어요. 당신 앞에서는 저 자신을 꾸미지 않겠어요."

시노노메는 미소를 지으며 그렇게 말했다. 그와 동시에 안내 방송이 들려왔다. 전철이 시노노메가 내리는 역에 도착한 것이다.

"벌써 도착했군요. 여전히 금방 도착하네요."

그 말에 퍼뜩 정신을 차린 나는 시노노메를 입구까지 안내했다. 그녀는 전철에서 내리기 직전에 나를 돌아보았다.

"그러면 학교 때 봐요."

시노노메는 눈을 가늘게 떴고 입가가 살짝 말려 올라갔다. 또 넋을 놓고 그녀를 쳐다볼 뻔한 나는 관자놀이를 세게 주무르며 의식을 유지했다.

"그래. 나중에 봐."

이러면 된 걸까, 하고 내 마음이 나에게 물어봤다.

이 정도면 충분해, 하고 나는 내 마음에게 답했다.

왜냐하면 저 미소를 다시 볼 수 있는 것이다. 그녀가 미소 짓게 됐으니 그것으로 충분하다.

"어이, 소우타. 나쁜 뉴스와 나쁜 뉴스가 있어. 어느 쪽부터 들을래?"

"갑자기 무슨 소리야? 게다가 둘 다 나쁜 뉴스잖아. 듣기 싫어."

에이지가 심각하기 그지없는 표정으로 그렇게 말하자, 나는 들어볼 수밖에 없다고 생각하며 그를 쳐다봤다.

"대체 뭐야. 아무튼 첫 번째 나쁜 뉴스부터 말해봐."

"그래."

에이지는 그렇게 말하며 진지한 표정을 지었다. 그의 이런 표정은 이제까지 본 적이 없기에 나도 마음을 다잡았다.

"【얼음공주】에게 남친이 생겼다는 소문이 돌고 있어."

"……."

나는 무심코 입을 다물었다. 머릿속에 온갖 생각이 떠올랐지만 눈을 감고 생각을 정리했다.

"으음~ 그 소문의 출처가 어디야? 아니, 왜 그런 소문이 돌고 있는 건데?"

"그게 말이지? 다른 학교 애한테 들은 이야기인데, 바로 그 【얼음공주】가 전철 안에서 한 남학생과 훈훈한 시간을 보내는 광경이 목격됐나 봐."

"……그렇구나."

머리가 지끈거렸다.

그 상대는 아마 나야, 하고 말할 수는 없어서 일단 하늘을 우러러봤다. 천장밖에 안 보이지만 말이다.

"소우타, 문뜩 든 생각인데 말이야."

"응?"

"너, 여친 생겼지?"

"윽…… 쿨럭, 쿨럭. 대, 대뜸 무슨 소리를 하는 거야?"

너무 뜻밖의 말이라 사레가 들리고 말았다. 설마 시노노메와 함께 있는 모습을 본 걸까 하고 생각하고 있을 때 에이지가 피식 웃음을 흘렸다.

"네가 예상만큼 충격을 받은 것 같지 않거든. 그리고 너 요즘 즐거워 보이더라? 여자 냄새가 풀풀 난다고."

"네가 무슨 개냐."

"어? 혹시 딩동댕이야?"

"땡이야."

틀렸다고 말했지만 에이지는 계속 히죽거렸다. 딱밤이라도 한 대 먹여줄까. ……아니다. 오해를 푸는 게 우선이다.

"미리 말해두겠는데, 여친 같은 건 아냐. ……친구, 라고 불러도 될지 모르겠네."

그것도 그럴 것이 친분을 쌓게 된 계기 자체가 너무 특수했다. 게다가 공교롭게도 여사친은 한 명뿐인 데다 에이지의 여친이기에, 더욱 특수한 패턴이다.

"흐음? 좋아하는 거야?"

"콜록. ……야."

"하하. 별일도 다 있단 말이지. 아무튼, 어때?"

헛기침을 몇 번 하며 호흡을 가다듬은 나는 휴우 하고 숨을 토했다.

"……좋아하는 건 아냐."

"너는 참 알기 쉬운 녀석이야."

"시, 시끄러워."

에이지에게 대꾸하는 와중에도 얼굴이 달아오르는 게 느껴졌다. 하지만 에이지는 나를 보며 심각한 표정을 지었다. 또 놀리려는 줄 알았는데…….

"어이. 하나 물어볼 게 있어."

"뭔데?"

"너, 이용당하고 있는 건 아니지?"

그의 입에서 그런 불온한 말이 흘러나왔다. 장난이나 농담 삼아서 하는 말은 아닐 것이다.

"나는 너를 꽤 높이 평가해. 비정상적으로 상냥한 녀석이잖아."

"무슨 소리를 하는 건지 모르겠네."

"미아를 도와주거나, 모르는 할머니의 짐을 집까지 들어다 줘. 그리고 자기가 속한 위원회가 아닌데도 빠진 학생이 있다면 대신 참석해 주지. 그런 모습을 자주 봐왔거든."

"전부 당연한 일이잖아. 그렇게 안 하면 나중에 찝찝하다고."

"바로 그런 점이야……. 딱히 돈을 뜯으려는 게 아니라도 말이지? 남이 속는 모습을 보며 즐거워하는 인간들도 이 세상에는 있어."

"충고는 고맙지만, 진짜로 그런 게 아니야."

"……네가 그렇게 말한다면 됐어."

에이지가 괜한 참견 삼아 이런 말을 하는 게 아니라는 건 안다. 하지만 시노노메가 거짓말을 할 이유가 없다. 게다가…….

그녀가 나를 믿어주는 만큼, 나도 그녀를 믿고 싶다.

"기분 나쁘게 했다면 사과할게."

"신경 쓰지 마."

이쯤에서 화제를 바꾸리라고 생각했지만…….

"마지막으로 하나만 물어봐도 돼?"

"뭔데?"

입가는 히죽거리고 있어도 눈빛은 진지했다. 그런 기묘한 표정을 지은 에이지에게 나는 다음 말을 재촉했다.

"가능성은 있는 것 같아?"

아무래도 내 착각이었던 것 같았다. 나는 땅이 꺼지도록 한숨을 내쉬었다.

"없어. 애초에 사는 세상이 다르거든."

"또 나쁜 버릇 나왔네~. 자신감 좀 가지지 그래? 아무튼, 진짜로 없어? 예를 들어 너한테만 보여주는 표정 같은 게 있다거나?"

"……없어."

"너, 진짜 거짓말 못 하네."

"시끄러워."

이렇게 되면 내가 화제를 돌릴 수밖에 없다. 마침 적당한 화제가 있었다.

"아까부터 신경 쓰였는데, 또 하나의 나쁜 뉴스는 뭐야?"

"아, 그것 말인데……. 잠시만 기다려봐."

에이지는 잠시 생각하는 시늉을 하더니 뭔가 꿍꿍이가 있는 미소를 지었다.

"안 해."

"아직 아무 말도 안 했거든?!"

"왠지 불길한 예감이 들어서 말이야."

내가 그렇게 말하자 에이지는 히죽 웃었다.

"뭐~ 별거 아냐. 그것보다, 하던 이야기나 계속한다?"

"그래. 어디 해봐."

"단순히 말이지? 나와 키리카의 성적이 위험해."

평소 같으면 『리얼충 폭발해라』 같은 소리를 하며 넘어갔겠지만 에이지의 표정은 꽤 심각했다.

"그렇게나?"

"응. 이대로 있다간 나까지 유급할 거야."

"그 정도인 거냐."

별일도 다 있다 싶었다. 확실히 에이지는 공부를 잘하는 편이 아니지만……

"그러니까, 공부 모임 안 할래? 아니, 좀 가르쳐줘……! 진짜로 답이 안 나온다고."

"공부 모임, 이라."

잠시 생각에 잠겼다. 그렇다면……

"우리 집에서 할까?"

"그래도 돼?! 그러고 보니 너는 혼자 살지?!"

"그래. 재워주는 건 무리지만. 그래도 이틀 정도 같이 공부하면 어떻게든 될 거야."

"오오, 구세주님이시여."

그 말을 듣고 무심코 쓴웃음을 머금었다. 하지만 결국 그가 무슨 꿍꿍이를 품고 있는 건지는 알아내지 못했다. 지나친 생각일까.

"아, 맞다. 혹시 다른 볼일이 생기면, 그쪽을 우선해도 돼."

"⋯⋯응? 뭐, 알았어."

"이, 이번 주말에, 공부 모임을, 하지 않겠어요?"

하교 때의 전철 안. 시노노메가 그렇게 말했다. 그 말을 들은 순간 정말, 정말 가슴이 아팠다.

누가 보기에도 용기를 쥐어 짜내고 있었다. 볼을 희미하게 붉힌 시노노메는 조마조마한 표정으로 대답을 기다리고 있었다. 그리고 보니 아까 전철 문의 밖에서 입을 뻐끔거리며 예행연습도 하고 있었다.

정말, 정말 가슴이 아팠다.

"⋯⋯혹시, 다른 볼일이 있는 건가요?"

"어~ 아니~, 저기⋯⋯. 괘, 괜찮아. 시간 낼 수 있어. 하루 정도는 어찌어찌⋯⋯."

"이야기해 보세요."

"아, 넵."

에이지와의 일을 순순히 이야기했다. 토요일과 일요일에 우리 집에서 공부 모임을 하기로 했으며, 그 두 사람이 유급 위기에 처했다는 것까지 말이다.

"그렇군요. 선수를 빼앗긴 거네요."

"잠깐만 있어 봐. 지금 에이지에게 이야기를……."

"아뇨, 미노리 군."

내가 스마트폰을 꺼내려 하자 시노노메가 말렸다. 윽, 하는 소리가 내 목에서 흘러나왔다.

"지극히, 지극히 유감스럽지만…… 이번에는 포기하겠어요. 정말 유감스럽지만 말이죠."

"면목 없어."

"미노리 군은…… 아니, 누구도 나쁘지 않아요. 그저 타이밍이 나빴을 뿐이죠. 아침에 이 말을 꺼내지 않은 제 볼을 확 꼬집어주고 싶은 심정이지만, 어쩔 수 없어요."

시노노메의 말은 고마우면서도 가슴 속 깊숙이 박히는 느낌이 들었다.

"즐거운 공부 모임이 되길 빌겠어요."

"저기, 걔들한테 이야기해서 시노노메도……."

"안 돼요. 설령 미노리 군의 지인일지라도, 미노리 군이 아니니 무리예요."

"큭. 판단 기준이 너무 엄격한걸. 뭐, 어쩔 수 없지……."

이렇게 되면 선택지는 단 하나뿐이다.

"이 빚은 다음에 꼭 갚을게."

"그럼 다음 주……면 시험이 끝나겠군요."

"언제든 말만 해. 나는 평소 한가하니까, 당일에 말해도 시노노메를 우선할게."

"네. 그러면 이만 실례할게요."

바로 그 타이밍에 전철이 역에 도착했고 시노노메는 전철에서 내렸다.

"좋은 아침이에요, 미노리 군. 휴일은 어땠나요?"

"아. 좋은 아침이야, 시노노메. 죽도록 공부만 했어. 시노노메 덕분에 잘 가르쳐준 것 같아."

"미노리 군이 평소에 제 이야기에 집중했단 증거예요. 오늘도 공부 열심히 하죠."

시노노메는 미소를 지으며 가방을 열었다. 요즘 들어 이 미소가 기본값이 되어가고 있다. 좋은 경향이다.

"시노노메. 너만 괜찮다면 영어를 가르쳐주고 싶어."

그렇게 말하자 시노노메는 눈을 살짝 치켜떴다,

"정말요?"

"응. 나, 영어 하나는 자신 있거든."

"그러면 부탁드릴게요, 미노리 군."

시노노메에게 많은 것을 배웠다. 이번 시험에서 만점을 받을 수 있겠다는 생각이 들 정도로 말이다. 효율적으로 암기하는 방법도 배운 만큼 이번에는 답례를 하고 싶다.

"그러면, 이 영어 문장에 관해 물어봐도 될까요?"

시노노메는 영어 교과서를 꺼내서 펼쳤다.

……가깝다. 아니, 지난주부터 가까웠지만 왠지 더 가까워진 느낌이 들었다.

어깨가 닿고 머리카락이 팔을 간지럽혔다. 꽃을 연상케 하는 상큼하고 달콤한 향기가 느껴져서 가슴이 술렁거렸다.

"아~ 이 부분은 이해하기 어려울 거야. 번역하자면—."

시노노메는 간단한 단어는 알고 있는데, 굳이 따지자면 문법이나 품사 쪽을 어려워했다.

"……아! 그런 거군요, 미노리 군."

시노노메는 눈을 반짝이며 나를 응시했다. 거리가 가까워서 그런지 저 바다처럼 푸른 눈동자에 내 모습이 반사됐다.

"으, 응. 그런 거야."

"왜 그러세요?"

내가 무심코 시선을 돌리자 의아하게 생각한 시노노메가 내 얼굴을 응시했다. 하지만 그 바람에 그녀의 자세가 불안정해졌다.

"혹시 몸이 안 좋은…… 꺄앗!"

"시, 시노노메!"

시노노메가 균형을 잃었다. 이렇게 붐비는 전철 안에서 넘어지면 대참사가 벌어질 것이다. 그런 이유를 떠올리기도 전에 몸이 먼저 움직였다.

달콤한 향기가 더욱 진하게 느껴졌다. 나는 온몸으로 따뜻하고 부드러운 물체를 감싸안았다.

"고, 고마워요."

"……그래."

심장이 격렬하게 뛰고 있었다. 이거, 들리지 않을까. 아니, 들릴 것이다. 거의 제로 거리, 그것도 내 가슴 언저리에 시노노메의 얼굴이 있으니까.

그런 생각을 하는 와중에도 심장은 진정되지 않았다. 오히려 더 커지고 있었다. 호흡마저 멈추니 몸 안에서 느껴지는 심장 박동이 더욱 선명해졌다. 그것은 어째서일까.

그녀가 나한테서 떨어지려 하지 않았기 때문이다.

"시, 시노노메……?"

폐에서 공기를 쥐어 짜내 갈라진 목소리로 그녀의 이름을 불렀다. 하지만 대답이 없었다. 나는 시선을 아래편으로 돌렸다.

"……."

숨 쉬는 것을 잊고 말았다.

품속에서 그녀가 너무나도 평온한 얼굴로 내 가슴에 귀를 대고 있었다.

"따뜻, 해요."

그 말은 너무나도 부드럽고 그녀의 표정 또한 평소에는 상상도 못 할 만큼 온화했다.

시간이 멎은 듯한 착각이 들었다. 주위의 광경은 전혀 눈에 들어오지 않았다.

영원히 이대로 있고 싶다는 생각마저 들었다.

정신을 차리고 보니 나는 그녀의 머리를 향해 손을 뻗고 있었다. 더는 안 된다고 타이르는 이성을 무시하며…….

띠링.

스마트폰에서 알림음이 들려왔다. 심장이 멎는 줄 알았다. 시노노메 또한 온몸을 부르르 떨었다.

시노노메가 고개를 들자 그녀의 백옥처럼 아름다운 피부가 점점 붉은 색으로 물들어 갔다.

"죄, 죄죄죄, 죄송해요! 저, 저기, 미노리 군의 품속이 너무 기분 좋아서…….."

이 애는 너무 솔직하잖아. 하아, 정말. 얼굴이 더욱 달아올랐다.

"시, 신경 쓰지 마. ……내 앞에서는 자기 자신을 숨기지 않아도 된다고 말했잖아?"

나는 숨을 가다듬으면서 미친 듯이 뛰는 심장을 진정시키기 위해 가슴에 손을 댔다.

"그, 그러고 보니 방금 스마트폰이 울리지 않았나요?"

"맞아. 잠시 실례할게."

나는 호주머니에서 꺼낸 스마트폰의 화면을 확인했다. 에이지한테서 메시지가 와 있었다.

『부탁이 하나 있어. 키리카와 함께 파르페를 먹으러 가주지 않겠어?』

……또 뜬금없는 소리인걸. 왜 에이지가 같이 가지 않는 건데?

『에이지가 가면 되잖아?』

『아, 나는 단 게 별로인데, 걔는 혼자 가기 싫어하거든. 무슨 몽블랑 페어라는 게 내일 끝나나 봐. 내일 같이 가주지 않겠어?』

그러고 보니 전에 에이지한테서 난것을 좋아하지 않는다는 말을 들었던 것 같다. 하지만, 아무리 그래도…….

『여친이 다른 남학생과 파르페 먹으러 가는 건 싫지 않아?』

『다른 사람이 아니라 소우타니까 이런 부탁을 하는 거야. 그리고 키리카도 공부 모임의 답례를 하고 싶대.』

그 말에 놀라는 한편으로 조금 기뻤다.

하지만 승낙할 수는 없다.

"미노리 군, 좀 기뻐 보여요."

나는 시노노메의 말을 듣고 고개를 들었다. 시노노메도 조금 진정된 건지 새빨갛던 볼이 옅은 분홍빛으로 변해 있었다.

"아, 에이지한테서 온 연락이야."

"괜찮다면, 무슨 일인지 들려주시겠어요?"

나는 어떻게 할지 고민했다.

"여의치 않으면 말 안 해도……."

"아, 괜찮아. 에이지가 나한테 자기 여친과 파르페를 먹으러 가달라고 부탁했어. 물론 그럴 만한 이유가 있긴 해."

영문을 모르겠다는 표정을 짓고 있던 시노노메는 내 얼굴을 쳐다보고 고개를 끄덕였다.

"우선, 에이지는 단 것을 싫어해. 그리고 에이지뿐만 아니라 여친도 커뮤니케이션 능력이 뛰어나. 남녀 가리지 않고 사이좋게 지내는 타입이야."

"흐음. 하야마 양과 비슷하군요."

"듣기로는 그런 것 같네. 그래서 그런지, 혼자보단 다른 사람과 같이 노는 걸 좋아해."

"아하. 무슨 말인지 알 것 같아요."

"그렇지? 게다가…… 그 두 사람은 사이가 좋아. 서로를 신뢰한다고 말하는 편이 옳으려나. 그리고 일전의 공부 모임의 답례를 하고 싶다네."

"이해했어요."

그녀의 눈에서 의문이 사라진 것을 확인한 나는 안도했다.

"그러면 갈 건가요?"

"아니, 안 갈 거야. ……내일 가자고 했거든. 듣자 하니 오후에 가자는 것 같은데, 선약이 있잖아."

나는 시노노메가 괜히 신경 쓰지 않도록 그렇게 말했다. 하지만 그녀는 난처한 표정을 지었다.

"……저 때문이면, 괜찮아요."

"시노노메?"

"그렇게까지 저를 신경 쓰진 말아 달라는 마음도 있어요. 하지만, 그것만은 아니에요."

시노노메는 푸른 눈동자로 나를 응시하며 말을 이었다.

"지금은 시험 기간이라, 레슨이 없어요. 통금시간도 없으니, 조금 늦는다고 미리 말해두면 별문제 없을 거예요."

"하지만…… 괜찮겠어?"

"물론이에요. 저보다는 친구분을 우선해 주세요. 시험 전에는 릴랙스가 중요하니까요."

나는 그 말을 듣고 한순간 눈썹을 찌푸릴 뻔했다. 그 말투는 마치…… 아니, 내가 아직 그녀의 눈에 차는 존재가 아닌 건가.

그리고 바로 그때 전철이 도착하고 말았다.

"그러면, 시간이 정해지면 알려주세요."

"……알았어."

이만 실례할게요, 그렇게 말하는 그녀의 목소리는 왠지 평소보다 조금 가라앉은 것처럼 들렸다.

다음 날. 학교가 끝나자, 나는 역으로 향했다.

『아마 2, 30분 정도면 끝날 거야.』

아침에 그는 그렇게 말했다. 그 정도라면 전혀 문제없다고 생각했다. 아침에는 말이다.

역 플랫폼에서 기다린다. 아직 연락처를 교환하지 않았기에 끝나면 그가 이곳으로 오겠다고 말했다.

처음에는 앉아 있었지만 정신을 차리고 보니 어느새 서 있었다.

"……마음이 진정되질 않아요."

무심코 혼잣말을 중얼거릴 만큼, 내 마음은 술렁거리고 있었다.

"어쩔 수 없군요. 가볼까요."

시험을 앞둔 만큼, 이런 정신 상태인 것은 좋지 않다.

그가 올 때까지 공부라도 하고 있을 생각이었지만 어쩔 수 없다.

전철에 타는 것이 아직 무섭지만 그의 도움 덕분에 당시보다는 나아졌다.

미노리 군이 있는 곳으로 향하는 전철이 와서 내 발은 문 쪽으로 향했다.

"좋지 않군요……. 저는 지금 냉정하지 못해요."

애초에 미노리 군이 향한 곳이 어디인지 듣지 못했다. 어쩌면 다른 역일 가능성도 있다. 아니, 그럴 가능성이 크다.

한숨을 한번 내쉬었다. 이건 나답지 않은 행동이다.

하지만 나는 어쩔 수 없다고 여기며 걸음을 내디뎠다.

이 근처에는 와본 적이 없었다. 눈에 익지 않은 경치가 주위에 펼쳐져 있었다.

"미노리 군과 함께 왔다면 더 즐거웠을까요."

문득 그런 생각을 하고 말았다. 그가 이 자리에 있다면 이곳 저곳을 안내해 줬을까, 하고 말이다. 아니, 그저 옆에 있어 주기만 해도 마음이 안심되며 즐거울 거란 생각이 들었다.

하지만 지금 내 옆에는 그가 없다. 그렇게 생각하니 바늘에 찔린 듯한 통증이 가슴에서 느껴졌다.

나는 입을 꾹 다문 후 다시 걸음을 내디뎠다.

첫 번째 가게가 눈에 들어왔다. 언뜻 보기에는 평범한 카페 같았다. 하지만 조금 달랐다. 유심히 보니, 그곳은 디저트 전문점 같았다.

밖에 세워놓은 깃발을 보니 몽블랑 페어를 오늘까지 하는 것 같았다. 나는 문득 이렇게 생각했다.

"……미노리 군과 같이 와보고 싶었어요."

무심결에 그렇게 중얼거린 나는 곧 고개를 저었다. 이곳은 그가 다니는 고등학교 근처다. 그와 함께 이곳을 찾았다간 괜한 오해를 받을지도 모른다. 안 그래도 요즘 들어 미노리 군과의 관계가 주위에 알려지려 하고 있었다. 그에게 폐를 끼치고 싶지는 않다.

이제 그만 돌아가자고 생각한 바로 그때였다.

나는 보고 말았다.

"……미노리 군."

그가 아름다운 여성과 즐겁게 몽블랑 파르페를 먹는 모습을.

밤색 머리카락을 풍성한 느낌으로 꾸민 활발해 보이는 여성.

아아. 바로 여기가 그가 말한 장소구나.

꽈악. 마치 마음이 옥죄어드는 것처럼 아팠다.

허락한 사람은 나다. 그 정도는 알고 있다.

그리고 그 선택이 옳다는 것도 말이다. 나를 위해 그를 옭아 매어선 안 된다. 옭아매고 싶지 않다. 그러니, 이 아픔은 무시해야만 한다.

하지만 아프다. 자칫하면 신음을 토할 정도로 아프다. 어째서, 란 말은 입에 담고 싶지 않다. 그 목소리는 입안에서 스러지듯 사라졌다.

숨을 쉬는 법마저 망각한 듯한, 그런 착각이 들었다.

그대로 나는…… 어느새 걸음을 내딛고 있었다.

그리고 정신을 차려보니 나는 학교 근처의 역으로 되돌아와 있었다.

그날부터 시노노메가 어딘가 이상했다.

말을 걸면 평소와 다름없는 반응을 보였지만 때때로 얼이 나가 있거나 뭔가를 골똘히 생각하는 기색을 보였다.

……역시, 화가 난 것일까.

예를 들어 내가 시노노메의 입장이라면 어떤 생각이 들까.

만약 시노노메가 다른 남학생과 식사를 한다면…….

"윽……."

그 순간, 마음속에서 거무튀튀한 응어리 같은 것이 샘솟았다. 그와 동시에 소름이 돋았다.

"……이러면 안 되는데."

이래서야 그녀에게 엉큼한 시선을 보내는 남자와 다를 바 없다. 고개를 내저으며 잡념을 떨쳐냈다.

하지만, 만약 이것이 원인이라면…….

시험 마지막 날이지만 만약 오늘도 어딘가 이상하다면 물어봐야 할 것이다.

그렇게 결의를 다지며 곧 있으면 시노노메가 탈 전철에 탑승했다.

하지만…….

"좋은 아침이에요, 미노리 군."

예상과 다르게 시노노메는 방긋 웃으며 인사를 건네왔다.

"아, 응. 좋은 아침?"

그 모습은 평소와 다름없었다. ……아니, 평소보다 기분이 좋아 보였다.

"요즘 제가 좀 이상해 보였죠? 죄송해요. 고민이 있었거든요. 하지만 어제 같은 반인 어느 분과 상의했더니 해결됐어요."

"그랬구나."

시노노메는 고개를 끄덕인 후 내 얼굴을 지그시 응시했다.

"왜 그래?"

"아무것도 아니에요. 빨리 가죠, 미노리 군."

"으, 응. 알았어."

그리고 평소 자리로 이동하려 했다. ……하지만…….

왠지 평소보다 그녀와의 거리가 가까워진 느낌이 들었다.

같이 공부할 때처럼 나란히 서 있는데…… 손등이 닿았다. 그 정도로 밀착해 있었다.

"그러고 보니, 미노리 군."

하지만 시노노메는 그런 것을 개의치 않는다는 듯이 내 이름을 불렀다.

……아니, 유심히 보니 볼과 귀를 붉힌 것 같은데.

하지만 푸른 눈동자에는 그 점을 신경 쓰는 기색이 없었다. 그녀는 나를 한 번 쳐다보더니 작게 고개를 갸웃거렸다.

"우산 안 가져왔나요? 오늘은 오후부터 비가 내린다던데요."

"……정말이야?"

나는 무심코 얼빠진 목소리로 그렇게 말했다. 하늘을 보니 지금은 그렇게 흐리지 않았다.

그리고 시노노메를 다시 쳐다봤다. 그녀는 새하얀 우산을 들고 있었다.

"맙소사. ……집에서 나올 때, 빨래를 널어놓고 왔어."

"일기 예보는 꼼꼼하게 확인해야 해요. 부모님은 두 분 다 출근하셨나요?"

"응? 그러고 보니 말 안 했구나. 나, 시골에서 상경했어. 그래서 혼자 살아."

"그렇군요. ……그렇다면 저로서는 잘 됐군요."

"……어? 그게 무슨 소리야?"

"아, 신경 쓰지 마세요."

조금 신경 쓰였지만 신경 쓰지 말라니 괜히 캐묻지는 않기로 했다. 나는 창밖을 쳐다봤다.

시노노메가 방금 말한 것처럼 일기 예보를 확인할 걸 그랬다.

이제 해서 후회한들 뾰족한 수는 없다. 한숨을 내쉬면서 시노노메 쪽을 쳐다보니 그녀의 푸른 눈동자가 나를 꿰뚫듯이 응시하고 있었다.

"미노리 군. 괜찮다면……."

시노노메는 무슨 말을 하려다 말았다. 저러니 더 궁금해졌다.

"왜 그래? 할 말이 있으면 사양할 필요 없어."

"아뇨, 아무것도 아니니 신경 쓰지 마세요."

볼과 귀가 새빨개진 그녀가 그렇게 말했다. 아까보다 더 묻지 말기를 바라는 것 같으니 괜히 캐묻지 않는 편이 좋겠지.

……정말 그래도 괜찮을까? 그녀가 괜찮아진 것과 관련이 있는 것 아닐까?

하지만 내가 다시 묻기도 전에 시노노메가 먼저 입을 열었다.

"미노리 군은 형제분이 계시나요?"

"응? 없어."

"그런가요……. 참고로 부모님은 어떤 일을 하시나요?"

"아버지는 지방 공무원이고, 어머니는 전업주부야. ……갑자기 왜 그런 걸 묻는 건데?"

느닷없이 그런 질문을 받고 놀란 나는 그렇게 물었다. 그러자 시노노메는 아뇨, 하고 말했다.

"생각해 보니 저는 미노리 군에 대해 아는 게 전혀 없다 싶어서요. 괜찮다면, 더 가르쳐주셨으면 해요."

저 말, 그리고 저 미소의 이면에는 아무것도 존재하지 않는 것 같았다. 그저 순수하게 나에 대해 알고 싶어하는 건가 싶어 마음이 흔들렸다.

"아, 응. 좋아. ……뭐부터 이야기해 줄까?"

"그럼, 고향은……."

그 후로는 그녀의 질문 타임이 이어졌다. 시험 당일이지만 공부는 충분히 했다. 하지만 내가 질문을 하기도 전에 전철은 시노노메가 내리는 역에 도착하고 말았다.

"그러면, 나중에 봐요."

"……응, 나중에 봐."

헤어질 때 보여준 미소가 머릿속에서 떠나가지 않는 바람에…… 역 앞 편의점에서 우산을 사는 것을 깜빡하고 말았다.

"어, 오늘 진짜로 비 오는 거야?"

"진짜인가 봐. 일기 예보에서 그렇게 말했다더라고."

학교에 와서 평소처럼 에이지와 이야기를 나눴다. 보아하니 에이지도 나처럼 우산을 가지고 오지 않은 것 같았다.

"맙소사. 키리카한테 마중 와달라고 해야겠네."

"이 리얼충 녀석."

"하하. 분하면 너도 여친을 만들어."

"그렇게 분하진 않아. 남들 눈길을 끌고 싶지도 않고."

"지금은 분통을 터트릴 타이밍이거든?"

그런 평소와 다름없는 이야기를 나누면서 나는 생각했다.

오늘 하교 때 어떻게 할까. 역까지 냅다 뛸 수밖에 없나, 하고 말이다.

"진짜로 비 내리네."

나는 에이지와 함께 현관에 서서 그렇게 중얼거렸다.

밖에서는 강렬한 빗줄기가 지면을 때리고 있었다.

"그것도 폭우잖아. ……하아, 이 세상 주부 여러분은 지금쯤 빨래 걷느라 바쁘겠는걸."

"나처럼 빨래를 널어놓고 나온 사람들을 지금쯤 울고 있겠지."

"진짜야? 기운 내."

먹구름이 낀 하늘과 억수같이 쏟아지는 비. 아직 여름의 기운이 완전히 가시지 않은 탓에 건물 밖에 나오니 더위가 엄습했다. 이 비 덕분에 내일은 날씨가 시원할지도 모른다.

이제 와서 뛰어가더라도 편의점까지는 거리가 꽤 멀다. 나 같은 사람이 몰린 바람에 우산이 다 팔렸을 가능성도 있으려나. 그렇게 되면 역에 도착해서 전철로 이동한 후 집까지 또 뛰어가야 한다. 아마 감기에 걸릴 것이다. 내일이 토요일이라 그나마 다행이다.

"으음~ 키리카가 오면 우리가 네 우산을 사다 줄까?"

"아니, 괜찮아. 나를 기다리는 사람이 있거든."

약속 시간이 되려면 아직 멀었다. 하지만 두 사람이 우산을 사다 줄 때까지 기다리면 늦을지도 모른다.

에이지는 눈을 가늘게 뜨더니 교문 쪽을 쳐다보며 중얼거렸다.

"아, 왔나 보네."

교문 쪽에서 분홍색 우산이 보였다. 나는 모르겠지만 에이지는 키리카의 저 우산이 눈에 익은 걸지도 모른다.

우산 아래에서 밤색 눈동자가 모습을 보였다.

"헬로~ 에이지. 일기 예보 제대로 체크 안 하면 감기 걸려~. 미노링도 화요일만이네. 그런데 미노링도 우산 깜빡했어? 의외네."

한 미소녀가 손을 흔들며 달려왔다.

니시자와 키리카.

보브컷 스타일의 갈색 머리카락을 지닌, 활발함이란 단어를 온몸으로 표현하고 있는 듯한 미소녀였다. 동작 하나하나가 크며 지금도 손을 힘차게 흔들고 있었다.

저런 미소녀가 내 옆에 서 있는 에이지의 여친이다. 누가 보기에도 잘 어울리는 한 쌍의 커플이다.

"나도 우산을 깜빡할 때가 있거든? 그리고 따지고 보면 야무지지 못한 편이지."

"그래? 좀 의외야."

집은 깨끗하지만 요리는 전혀 하지 않는다. 매일 외식 아니면 편의점 도시락으로 식사를 해결한다.

에이지는 그 점을 알기에 쓴웃음을 머금었다. 나는 그대로 두 사람을 배웅했다.

"그러면 에이지, 다음 주에 봐……. 내가 감기로 뻗지 않기를 빌어줘."

"괜찮겠어? 진짜로 우산 사다 줄 수 있거든? 그렇게 귀찮은 일도 아니고, 급한 일이 있다면 우리도 서두를게."

"아마 이 근처 편의점은 학생들로 붐빌 거야. 그 마음만…… 뭐야?"

바로 그때 교문 쪽에서 이변이 발생했다. 사람들이 어마어마하게 몰려 있었다. 선생님이 고함을 지르며 주의를 줬지만 다들 들은 척도 하지 않았다.

우산을 펼치려던 니시자와도, 그 옆에 서 있는 에이지도 내 목소리를 듣고 교문 쪽을 쳐다봤다.

"뭐야? 우리 학교 학생의 가족이 여배우나 아이돌인 듯한 느낌 아냐?"

"묘하게 가능성이 있는걸."

이윽고 선생님이 길을 막은 학생들을 물러서게 하자 새하얀 우산을 쓴 한 여학생이 모습을 보였다.

어, 저 교복 익숙한데? 저 우산도 어디서 본 적 있어.

마음이 술렁거리기 시작했다.

설마. 아니, 그럴 리가 없다.

하지만 그런 내 생각과 달리, 눈에 익은 교복을 입은 여학생이…….

……분위기만으로도 미소녀라는 것을 알 수 있는 그녀가 나를 향해 곧장 걸어왔다. 주위의 시선이 점점 집중됐다. 에이지와 니시자와도 무슨 일인가 싶어 쳐다봤지만 우산이 그녀의 얼굴을 가리고 있었다.

이윽고 그녀는 내 눈앞에서 멈춰 섰다.

"미노리 군."

그녀는 내 이름을 입에 담으며 우산을 접었다.

똑, 똑 하며 우산의 물기가 방울져서 지면에 떨어졌다. 등까지 기른 새하얀 머리카락은 흐린 하늘과 대조적일 만큼 눈부셨다.

"마중 왔어요."

사고회로가 정지됐다. 손바닥이 땀으로 젖은 뒤 온몸에서 땀이 뿜어져 나왔다.

"……시, 시노노메?"

그녀는 장난을 치는 데 성공한 어린아이처럼 웃었다. 예전의 그 어른스러운 표정과도, 요즘 보여주는 미소 띤 표정과도 달랐다. 처음 보는 표정이었다.

시노노메 나기.

이곳에 나타날 리 없는 그녀가 눈앞에서 즐거운 듯 웃고 있었다.

"네, 저예요. 미노리 군."

그녀의 목소리는 방울 소리처럼 경쾌하고 평소보다 3할은 더 발랄했다. 그래서 나는 아직도 상황을 파악하지 못했다.

화요일 밤으로 거슬러 올라가서.

"하아……."

욱신거리는 가슴을 손으로 억눌렀다. 아무리 시간이 흘러도 아픔은 잦아들지 않았다. 오히려 점점 더 아픈 느낌마저 들었다.

저녁 식사를 남긴 바람에 부모님도 걱정하셨다.

빨리 어떻게든 해야 한다. 알고 있지만 머릿속은 그에 관한 생각으로 지배당하고 있었다.

"저는 참 나쁜 애예요."

스스로 그렇게 생각하며 몇 번째일지 모를 한숨을 내쉬었다. 그 이유는 명확했다.

"미노리 군."

그가 어느 여성, 듣기로는 절친의 연인이라는 분과 파르페를 즐겁게 먹는 모습을 봤기 때문이다.

그 광경을 떠올릴 때마다 숨쉬기 힘들어지더니 마음이…… 심장이 아팠다.

"오늘 밤은 잠들지 못할 것 같아요."

욱신거리는 가슴을 억누른 채 고통이 가시길 바라며 천장을 올려다봤다.

"……미노리 군."

무심코 그의 이름을 입에 담았다.

그의 목소리를 듣고 싶다.

그와 시선을 마주하고 싶다.

문득 넘어질 뻔한 자신을 그가 끌어안았을 때를 떠올렸다.

그의 몸은 태양처럼 따뜻했다. 그리고 자신과 마찬가지로 그의 심장이 두근두근하고 빠르게 뛰고 있었기에 아주 조금 안심이 됐다. 땀 스프레이의 상큼한 향기에 섞여서 느껴지는 그의 체취가 참 마음에 들었다. 시간이 멎었으면 좋겠다, 같은 어울리지 않는 생각도 했다.

—또, 그에게 안기고 싶다.

나는 볼에 손을 댔다.

"제가 지금 무슨 생각을 하는 거죠."

휴우, 하고 열기를 머금은 숨결을 토했다.

오늘 그를 너무 생각한 나머지, 잠드는 데 시간이 더 걸릴 것 같다.

"시노노메, 잠시 나 좀 봐~."

목요일 아침. 학교에 일찍 온 김에 시험공부라도 해야겠다 생각하고 있을 때, 하야마 양이 나를 불렀다. 너무 갑작스러운 일이라 그대로 얼어붙고 말았다.

"무, 무슨 일인가요?"

"일단 따라와 봐~. 너한테도 나쁜 일은 아닐 거야."

그 발언은 수상했다. 상대가 하야마 양이 아니었다면 의심했을 것이다.

하지만, 이제 와서 그녀를 의심하지는 않는다. 아니, 의심하고 싶지 않다.

"알았어요."

나는 고개를 끄덕인 후, 그녀를 따라갔다. 어디로 향하는지는 대충 짐작됐다.

그리고 그 예상대로 나는 그녀와 함께 뒤뜰에 도착했다.

"저기, 무슨 일 있었지?"

그렇게 말하는 그녀의 목소리에는 확신이 담겨 있었다.

"무슨 일, 없어요."

"그건 무슨 일 있는 사람이 하는 소리거든? 그러면 단도직입적으로 물어볼게."

무슨 말을 들을지 몰라 긴장하고 있을 때, 그녀의 입에서 뜻밖의 말이 나왔다.

"시노노메 말이야. 사랑을 하고 있지?"

"……어?"

그 탓에 그런 얼빠진 소리를 내고 말았다. 하야마 양은 나를 지그시 응시하더니 씨익 웃었다.

"시노노메도 그런 표정을 짓는구나?"

"조, 좀 놀랐을 뿐이에요."

꽤, 괜찮다. 포커페이스는 특기다.

"그런 것치곤 얼굴이 벌게졌거든?"

특기, 지만…… 얼굴의 열기를 분산시키는 연습은 아직 해본 적 없다.

"흐음~? 뭐, 좋아. 아무튼 어떻게 된 거야? 남친과 다투기라도 했어?"

"나, 남친 아니에요!"

무심결에 큰 목소리로 그렇게 말한 나는 허둥지둥 자기 입을 손으로 막았다. 그러자 하야마 양은 입을 씰룩거리더니—.

"풉, 아하하!"

즐거운 듯이 웃음을 터뜨렸다.

"하하, 아하하! 뭐야. 이런 표정도 짓는구나."

약간 화가 날 뻔했다. 하지만 하야마 양이 바로 사과해서 참았다.

"미안, 미안~. 좀 뜻밖이랄까, 기뻐서 말이야. 시노노메도 인간이긴 하구나."

"저는 피가 흐르는 인간이에요."

"응. 후후, 그래. 어엿한 인간이네. 인간이니까, 그런 표정도 짓는 거야."

하야마 양은 입가를 말아 올린 채 말을 이었다.

"그러면 어디 시노노메의 러브스토리를 들어볼까~."

말 자체는 가볍지만, 그녀의 눈빛은 진지했다.

"들려주지 않겠어? 의외로 그런 건 너무 끌어안으면 나중에 큰일 나는 법이야."

"……."

잠시 생각해 봤다. 말해도 괜찮을까.

"미리 말해두겠는데, 나는 입 하난 무거운 편이야."

그것은 알고 있다. 그녀는 함부로 이야기를 퍼뜨리고 다니는 타입이 아니다.

……이야기하자. 이대로 시간만 소비할 수는 없다.

"실은, 말이죠……."

나는 그와의 일을 이야기했다.

나를 도와준, 남자. 처음으로 생긴 소중한 사람.

그가 다른 여성과 즐거운 시간을 보내는 모습을 보고, 마음이 아팠다는 것을 말이다.

"그랬구나."

하야마 양은 웃지 않고 이야기를 들어줬다. 시종일관 진지한 표정을 유지했다.

"오케이. 우선 말해두고 싶은 게 있는데, 그래도 돼?"

"뭔가요?"

꿀꺽, 하고 침을 삼키는 소리가 들려왔다. 그것이 자기 입에서 난 소리라는 것을 눈치채지 못했다.

"시노노메는 지금 완전 사랑을 하고 있어."

"윽……."

목구멍이 확 옥죄어드는 느낌이 들었다. 아니라고 말하고 싶지만 말이 입에서 나오지 않았다.

하야마 양은 내 반응을 보고 뭔가를 확신한 듯이 고개를 끄덕였다.

"시노노메는 사랑을 해본 적 없지?"

"……네, 그래요."

사랑. 그것을 주제로 한 소설은 읽어본 적이 있다. 하지만 그것을 경험해 본 적이 있느냐면 고개를 끄덕일 수 없었다.

"그래서 혼란에 빠진 것 같네. 그러면 질문~. 그와 같이 있을 때, 가슴이 두근두근거린 적 있어?"

"두근두근, 말인가요?"

잠시 생각에 잠겼다. 그와 함께 있으면서 가슴이 두근두근거린 적이 있던가.

뇌리를 스친 것은 그때 일이다. 그의 품에 안겼을 때의 기억. 지금도 기억하고 있다. 그의 체온을, 체취를, 심장의 고동을…….

그리고 내 심장이 더 빠르고 뛰고 있었다는 것을 말이다.

"있나 보네."

"……없다고 말하면, 거짓말이겠죠. 하지만, 그것만이 아니에요."

그 외에도 그와의 기억은 잔뜩 존재한다. 그리고 그 기억의 대부분을 채우고 있는 것이 있다.

"그와 같이 있으면 안심이 돼요. 불안과 긴장 같은 것이 전부 사라지죠."

그리고 하나 더 있다. 그와 같이 있으면 마음에 씌워둔 가면이 벗겨진다. 자신을 숨기지 않게 된다. 『남에게 약한 모습을 보이지 마라』란 가르침을 잊고 사죄의 말이 자연스럽게 입에서 나온다.

거기까지 말하지는 않았지만 하야마 양은 고개를 끄덕였다.

"오호~라? 연애보다는 결혼 노선이네."

"겨, 결혼?!"

또 큰 소리를 낸 나는 또 손으로 입을 막았다. 하야마 양은 부드러운 미소를 머금었다.

"응. 엄마한테 들은 거지만 말이야. 그래도 아직 확실치는 않겠네. 지금 자각한 것 같으니 이제부터 연애 쪽으로 방향을 전환하려나."

하야마 양은 잠시 생각에 잠긴 후 말을 이었다.

"아, 하지만 그가 다른 여성과 같이 있는 건 싫은 거지? 응, 좋아하는 거야. 좋아한다기보다, 사랑하는 거네."

그 말에 당혹스러워하면서도 나는 아직 중요한 이야기를 듣지 못했다는 것을 눈치챘다.

"으, 으음. 저기, 그건 일단 제쳐두고 말이죠. 저는 해결 방법을 알고 싶어요."

"아, 미안해. 그쪽 말이구나. ……잠깐만 있어봐. 하나 더 말해둘 게 있어."

말해둘 것. 그게 뭔지 상상이 안 됐다.

"아까 말한 그 남자애의 친구. 그리고 그 친구의 여친에 관한 거야."

"그의 친구분과 여친분 말인가요?"

나는 무심코 고개를 갸웃거렸다. 그러자 하야마 양은 고개를 끄덕이며 설명해 줬다.

"이건 내 직감인데, 그 친구는 시노노메가 어떤 애인지 가늠하려는 것 같아."

"저를 가늠한다고요?"

응, 하고 말한 하야마 양은 말을 이었다.

"아마 그는 시노노메를, 으음, 지금만 【얼음공주】라고 말할게. 【얼음공주】와 친해졌다는 걸 자기 친구에게 말하지 않았을 거야."

"그래요. 아마 전하지 않았을 거예요."

미노리라면 말하지 않을 것이다. 만약 말한다면 그의 성격상 미리 나에게 말할 게 분명하다.

"아, 그러면 맞겠네. 【얼음공주】라는 것은 밝히지 않고 시노노메에 관해 전했을 것 같은 해? 소중한 친구, 로서 말이야."

"소, 소중…… 그건 모르겠지만 【얼음공주】가 아니라 한 명의 친구로서라면 제 이야기를 했더라도 이상하지 않죠."

"뭐, 말했겠지. 시노노메조차도 이렇게 변했는걸. 그 애도 분위기가 변해서 친구에게 들켰더라도 이상할 게 없어."

나는 그 말을 듣고 고개를 끄덕였다. 그도 변했다면…… 좋겠다고 생각했다.

"참고로, 그와 그 친구는 사이가 좋은 것 같아?"

"……때때로 친구 이야기를 하는 것을 보면, 사이가 좋은 것 같아요."

하야마 양은 머릿속으로 생각을 정리하듯 몇 번이나 고개를 끄덕였다.

"흐음~? 역시 이건 시노노메한테 잽을 날리는 느낌이네?"

"잽, 말인가요?"

"응, 잽. 시노노메를 가늠하면서, 혼란을 일으키고 있다는 게 내 판단이야."

"……역시 저는 눈치가 부족한가 봐요."

"아, 내 망상도 섞여 있거든. 그래도 왠지~ 맞을 것 같네. 아마 상대방은 나와 비슷한 타입인 듯 해."

그렇게 운을 뗀 그녀는 본론에 들어갔다.

"나는 시노노메한테 연인이 생긴다면, 좋은 사람이길 바라거든."

"고, 고마워요?"

"응, 그런 느낌으로 말이지? 사이 좋은 사람, 그리고 소중한 사람이 행복해지기를 바라는 게 정상 아니겠어?"

"그건 그런데…… 아, 그런 의미인가요."

나는 이제야 이해했다.

"그래. 그의 친구는 시노노메가 어떤 사람인지 캐고 있는 거야. 정확하게는 시노노메가 그에게 호의를 품고 있는지를 말이지. 시노노메가 질투하는지 안 하는지 시험해 본 것 같아."

하야마 양은 손가락을 꼽으면서 자기 추측을 들려줬다. 나는 그것을 곱씹으면서 깊이 이해하려 했다. 하야마 양이 정리해 준 말을 들으며 그것이 올바른지 음미했다.

"시노노메가 그를 어떻게 생각하는지 시험한 거야. 그리고 그 친구도 시노노메에게 관심이 있는 것 같네. 그가 다른 여자애와 같이 논 것을 알고 기분 나빠하며 접촉해 온다면, 그 기회에 시노노메가 어떤 사람인지 파악할 수 있잖아. 접촉해 오지 않더라도, 그와 시노노메의 관계가 진전되도록 도모할 수 있어. 그때는 그의 이야기를 들으며 다음 수를 쓸 수 있을 거야. ……아무튼 아무 생각 없이 혼란을 일으키고 있는 건 아냐. 나쁜 결과로 이어지지 않게 신경 쓰고 있어. ……어쩌면 상대방도 책사일지 모르겠네."

이야기를 들으면 들을수록 얼굴이 달아올랐다. 얼굴로 달걀 부침을 만들 정도였다.

"일단 전부 추측이긴 해. 어쩌면 아무런 생각이 없을지도 몰라."

"그, 그렇군요. 하지만, 이건…… 그가 저, 저를 좋아한다는 전제하에서의 행동 아닐까요?"

"응. 바로 그거야~. 그리고 그런 상황에서 시노노메를 좋아하지 않게 되는 사람이 오히려 적지 않으려나~?"

내가 더듬거리면서 한 말을 들은 하야마 양이 빙긋 웃으며 그렇게 답했다.

"이제부터 『사랑』으로 발전한다, 는 가능성도 없지는 않겠지만? 평범하게 생각해 보면 호의 정도는 품고 있으리라고 생각해."

……얼굴에서 느껴지는 열기는 더위 탓, 인 것으로 해두겠다.

일단 생각을 정리해 보니 신경 쓰이는 점이 하나 있었다.

"그 말이 사실이더라도 말이죠. 그 친구 여친 분의 입장이 곤란해지지 않을까요?"

"맞아. 어쩌면 그 여친 쪽에서 계획을 세운 걸지도 모르겠네. 여친의 협력 없이는 이런 일을 못 벌이거든."

그리고, 하고 말한 하야마 양은 미소를 지웠다.

"아무튼, 시노노메한테 싸움을 거는 건 틀림없어."

약간 흉흉한 발언이었기에 나는 눈썹을 살짝 좁혔다. 하지만 하야마 양은 개의치 않으며 설명을 이어갔다.

"아까도 말했다시피, 어쩌면 거기까지 생각하지 않았을 가능성도 있어. 아~무 생각 없이 그냥 둘이 함께 놀러 갔을 가능성도 있거든? 공부 모임의 답례란 말도 아마 진짜일 거야."

하야마 양은 훗 하고 웃음을 흘렸다.

"하지만 내가 보기엔, 그의 친구는 혼란을 일으켜서 시노노메가 어떻게 나오는지 살피는 게 틀림없는 것 같아. 만약 그게 사실이라면, 상대방의 손바닥 위에서 놀아나고 있는 거야. 그건 싫지 않아?"

하야마 양은 즐거운 듯이 눈을 반짝이고 있었다.

"상대가 잽을 날렸으니까, 화끈하게 오른손 스트레이트를 꽂아주는 게 어때?"

하야마 양은 자세를 잡더니 오른손 주먹을 쭉 내밀었다.

나는 그녀의 말을 듣고 웃음을 흘렸다.

실은 나 또한 그 건으로 며칠 동안 끙끙 앓았다. 그래서 그녀의 말에 동의하듯 고개를 끄덕이면서…….

"알았어요. 실은 저도 상의하고 싶은 일이 있어요."

나는 각오를 다질 준비에 착수했다. 그렇다.

그를 『사랑』하게 될 각오를 말이다.

"어, 어어어,【얼음공주】?! 어, 아니…… 그렇게…… 된, 거냐."

미노리의 옆에 서 있던 친구는 당황한 반응을 보이더니 곧 이해한 것처럼 고개를 끄덕였다. 옆에 서 있던 친구의 연인 같아 보이는 사람도 아연실색하고 있었다.

그렇다. 우선 인사부터 해야 한다.

"만나서 반가워요. 당신이 미노리 군의 친구분이시군요. 이야기는 자주 들었어요."

그의 친구는 움찔했다. 미노리 군이 나를 지그시 응시했지만 아직 두고 볼 생각인 것 같았다. 그사이에 나는 자기소개를 이어갔다.

"저는 시노노메 나기라고 해요. 미노리 군에게 도움을 받은 후로, 그와는 가깝게 지내고 있죠. 앞으로 잘 부탁드려요."

그렇게 말하며 인사를 건넸다. 그들이 허둥대는 소리가 들려오자 나는 무심코 미소를 지을 뻔했다.

"어, 아니, 저기, 저는, 마키자카 에이지라고 하외다?"

"네가 무슨 중세 부사냐. 평범하게 인사해."

그런 두 사람의 대화를 듣고 이번에는 빙긋 웃었다. 그리고 나는 옆에 있는 여성을 바라봤다.

"일전에 미노리 군이 신세를 졌다고 들었어요. 감사해요."

그녀의 입에서 히익 하는 소리가 흘러나왔다. 적의를 너무 드러낸 것일지도 모른다.

"아, 아뇨, 아뇨. 아, 저는 니시자와 키리카라고 해요. 저, 저기, 목숨만 살려주세요?"

"무사한테 실수를 저지른 농민이냐. 너희 커플은 진짜…… 그것보다, 시노노메는 왜 여기 있는 거야?"

"그 이야기는 나중에 해요, 미노리 군."

미노리 군을 향해 그렇게 말한 후 나는 니시자와 양의 귓가에 입을 가져갔다. 그에게 들리지 않도록.

"고마워요. 덕분에 제 마음을 깨달을 수 있었어요."

실은 그렇게 화나지 않았다는 것을 알리기 위해, 나는 상냥한 목소리로 그렇게 말했다.

나름대로 생각하는 바가 없는 건 아니다. 하지만 그것보다도 감사의 마음이 더 큰 것 또한 사실이다.

니시자와 양은 어깨를 부르르 떨더니 내 말을 이해했는지 쓴웃음을 머금었다. 아무래도 제대로 전해진 것 같았다.

"자, 미노리 군. 친구분과 인사도 마쳤으니 이만 가죠."

"……잠깐만 기다려. 저기, 아침에도 말했다시피 나는 우산이 없어."

"……네? 그래서 제가 온 거잖아요?"

새하얀 우산. 어머님께서 사주신, 아끼는 우산을 펼쳤다. 그리고 미노리 군을 향해 손짓했다. 그는 놀란 듯이 눈을 치켜떴고 그 표정을 보니 내 입가에 절로 미소가 어렸다. 그리고 그의 앞에서는 이제 표정을 숨길 생각이 없다.

오늘 이곳에 온 이유는 물론, 그의 친구에게 인사를 하기 위해서만이 아니다. 진짜 용건은 따로 있는 것이다.

그것은 하야마 양에게 들은 이야기에서 비롯됐다.

나는 아직 이것이 사랑이라고 당당히 말할 수 없다. ……전철에서 미노리 군과 같이 있으면 가슴이 두근거리지만 아직 모르겠다. 첫 경험이니 말이다.

그래서 확인해야만 한다.

실은 이러면 안 된다고 생각한다. 자신의 감정을 확인하기 위해 미노리 군을 이용하는 거니까.

그래도, 나는 알고 싶다.

—이것이 진짜로 사랑일까. 아니면 다른 감정일까.

만약 사랑이라면…… 책에서 본 그것과 같다면, 나는 변할 수 있을지도 모른다. 아니다.

변해야만 한다.

그러기 위해, 우선은⋯⋯.

빗속에서 그녀는 우산을 펼쳤다. 내가 어쩌면 좋을지 몰라 얼어붙어 있자 그녀는 작게 웃었다.

"맞아요. 미노리 군, 부탁이 하나 있어요."

부탁이라, 하고 나는 작은 목소리로 중얼거렸다. 단둘이 이야기를 나눌 수 있는 장소로 이동할지 망설였지만 시노노메는 에이지와 니시자와를 신경 쓰지 않는 것 같았다.

나는 잠시 뜸을 들인 후 고개를 끄덕였다.

"고마워요."

비가 우산을 때리는 소리가 들려왔다. 그녀를 빗속에 세워두는 것은 좀 그래서 내가 물었다.

"할 이야기가 있으면, 이쪽에서 안 할래?"

"아뇨. 그렇게 시간이 걸릴 일이 아니니까요."

그렇게 말한 그녀는 입가를 말아 올리더니 손을 내밀었다. 우산을 쥐지 않은 손이었다.

"미노리 군."

그녀의 목소리는 이 빗속에서도 똑똑히 들렸다. 그래서 잘못

들을 일은 없었다.

　그렇기에…….

"저와 친구가 되어주지 않겠어요?"

　귀를 의심하고 말았다. 그 말에, 그리고 그 행동에.

　머릿속에서 다양한 생각이 소용돌이쳤다. 하지만 어째서, 란
말은 입에서 나오지 않았다. 당연했다.

　왜냐하면, 친구가 되고 싶다는 말에 이유는 필요 없는 것이
다.

　……하지만 그 말에서 강렬한 위화감이 느껴졌다. 어째서 그
런지는 나도 모르겠지만.

　그녀의 말은 진심에서 우러났다고 생각한다. 하지만 왠지 그
이면에 무언가가 있는 느낌이 들었다.

　"안 될, 까요?"

　시노노메의 목소리는 작지만 내 가슴을 날카롭게 후벼팠다.
그런 말을 듣고 어떻게 거절하냔 말이다.

　아니, 그게 아니다. 거절할 수 없어서, 가 아니다.

"나도, 시노노메와 친구가 되고 싶어."

　그것이 틀림없는 내 본심이다.

그렇게 대답하며 손을 내밀었다. 새하얗고 아름다운 손가락이 내 손을 움켜잡았다.

"네!"

빗소리에 삼켜지지 않을 만큼 그 대답은 힘찼고 미소는 눈부셨다.

시선이 어마어마하게 느껴졌다. 하지만 그럴 만도 했다.

—나는 지금, 시노노메와 함께 하교하고 있다. 그것도 우산을 같이 쓰고 말이다. 게다가 몸도 밀착해 있었다.

키 때문에 우산을 내가 들고 있는데 팔이 시노노메의 어깨에 닿았다.

"그, 그러고 보니 시노노메는 왜 여기까지 온 거야?"

내가 그렇게 묻자 시노노메는 약간 토라진 표정을 지었다.

"미노리 군이 감기에 걸리는 게 싫어서요."

"그, 그렇구나……."

하긴, 그럴 만도 한가. 시노노메라면 그렇게 말하리란 느낌이 들었다. 내가 우산을 살 가능성도 있지만 만일을 생각해 이렇게 온 것이다. 실제로 만일의 사태가 벌어졌고…….

"미노리 군?"

"왜, 왜 그래?"

"제 눈이 잘못된 게 아니라면, 미노리 군의 왼쪽 어깨가 젖은 것 같은데요."

"기분 탓 아냐?"

나는 그렇게 대답하자 시노노메는 살짝 눈을 부라렸다.

……큭. 하지만, 어쩔 수 없다.

우산 크기 탓에 우리 두 사람이 함께 쓰기 위해서는 몸을 거의 붙여야 한다.

내가 그런 생각을 하고 있을 때 시노노메도 같은 생각을 한 건지 우산을 지그시 응시했다.

그리고―.

달콤한 향기가 내 뇌를 강타했다. 그와 동시에 팔, 그리고 몸에서 따뜻한 온기가 느껴졌다.

시노노메가 몸을 더욱 밀착시킨 것이다. 몸이 완전히 맞닿을 정도였다.

"시, 시노노메?!"

"이, 이러면 아무 문제 없죠?"

그녀는 열이라도 있는 것처럼 얼굴이 새빨개졌다. 나도 자기 얼굴이 달아오른 것이 느껴졌다.

"다, 닿았, 닿았어."

나는 어찌어찌 그렇게 말했다.

그렇다. 팔에 닿은 것이다.

귀까지 새빨개진 시노노메는 울상을 지었지만 한사코 나에게서 떨어지지 않았다.

"어, 어쩔 수, 없어요. 집에 도착할 때까지만, 참아줘세여."

시노노메는 혀가 꼬인 듯한 목소리로 그렇게 말했다. 그 목소리는 매우 매력적으로 느껴졌지만…… 잠깐만.

"집?"

"그, 그러고 보니 말 안 했던가요. 아니, 물어보지 않았군요. 미노리 군, 오늘 약속이 있나요?"

"약속? 딱히 없어."

"그렇다면!"

시노노메는 기쁜 목소리로 그렇게 외쳤다. 그것은 꽤 드문 일이며 본인 또한 놀란 것 같았다. 부끄러운지 작게 헛기침을 한 후 그녀는 말을 이었다.

"미, 미노리 군의 집에서 시험 뒤풀이를, 하고 싶어요."

아직 얼굴이 빨갰다. 그와 대조적인 푸른 눈동자는 나를 지그시 응시하고 있었다. 각오를 다지듯이…….

"실은 마키자카 씨와 니시자와 양이 부러웠어요."

그녀의 손가락이 내 손가락과 살며시 포개졌다.

"저도 미노리 군과 더 친해지고 싶어요."

온몸에 소름이 돋았다. 마치 마음을 쓰다듬는 듯한 쾌락이 느껴졌다.

그 말이…… 나는 너무나도 기뻤다.

내가 천천히 고개를 끄덕이자 시노노메의 표정이 환해졌다.

"그러면! 뒤풀이니까, 오늘은 제가 저녁 식사를 대접해 드리고 싶어요."

"저, 저녁때까지 있을 거야? 그것보다, 요리할 줄 알아?"

"네. 요리가 특기일 뿐만 아니라, 좋아하는 편이에요. 기대해 주세요."

그런 대화를 나누면서 나는 또 한 가지 눈치챘다.

"왠지 말투가 좀 달라진 느낌이 들어."

"눈치챘나요. 미노리 군과는 이제 친구니까, 좀 더 친근감이 느껴지는 말투로 이야기를 나눌까 해요. 존댓말은 버릇이라 어쩔 수 없지만요."

거침없이 다가오는 시노노메를 향해 고개를 끄덕이는 와중에도 내 심장은 터질 듯이 뛰고 있었다.

그와 동시에 눈치챘다. 몸을 밀착시킨 그녀의…… 시노노메 또한 심장이 두근거리고 있었다.

그것을 뜻밖이라고 여기면서도, 그 사실이 더욱 긴장감을 낳는 탓에 심장이 아플 정도로 격렬하게 뛰기 시작했다.

일단 진정하자.

작게 심호흡하면서 마음을 진정시키려던 바로 그때였다.

"그래도, 다행이에요. 이것으로 하야마 양과도 친구가 될 수 있겠어요."

시노노메는 그렇게 말했다. 그 말의 의미를 잘 모르겠다…… 아니, 놀라고 말았다.

"아, 아직 친구가 아니었어?"

"네. 아직이에요."

"으음. ……그다지 이야기를 나누지 않는다거나?"

"그렇지는 않아요."

시노노메가 걸음을 멈춰서 자연스럽게 나 또한 걸음을 멈췄다.

새하얗던 볼이 홍조를 띠고 푸른 눈동자가 나를 지그시 응시하는 가운데…… 그녀는 배시시 웃었다.

"첫 번째는 미노리 군으로 정해뒀었으니까요."

마치 누군가가 심장을 손으로 움켜쥔 듯한 착각이 들었다. 그정도로, 그 말은 뜻밖이었다.

"그리고, 미노리 군."

"으, 응?"

시노노메의 말을 완전히 이해하기도 전에 그녀가 내 이름을 불렀다. 이 상황에서는 자신의 귀가 그녀의 입가에 있어서 흠칫하며 어깨를 부르르 떨었다.

"제안이 하나 있어요."

그 연분홍색 입술이 자연스럽게 소리를 자아냈다.

"시험도 끝났으니, 서로에게 포상을 줘도 괜찮지 않을까 싶어요."

심장이 아플 정도로 뛰고 있었다. 팔을 통해 느껴지는 그녀의 심장 박동 또한 더욱 격렬해졌다.

"포상, 이라."

"네. 뭐든 좋아요. 저도 당신이 해줬으면 하는 게 있어요."

음흉한 마음이 가슴 속에 퍼져 나가려 해서 나는 그것을 이성으로 억눌렀다.

"하나만 물어봐도 돼?"

나는 고개를 갸웃거리는 그녀에게 말했다.

"시노노메는…… 내가 뭘 해줬으면 하는데?"

쥐어짜 낸 듯한 목소리로 그렇게 말하자 시노노메는 눈을 가늘게 뜨며 웃었다.

그리고 백옥 같은 손가락을 자기 입술에 살며시 댔다.

"비밀, 이에요."

가늘게 뜬 눈동자에서는 기대에 찬 눈빛이 흘러나오고 있었다. 평소보다 3할은 더 빛나는 것처럼 보일 지경이었다. 바로 그때…… 그녀를 끌어안았을 때보다 심장이 더욱 크게 뛰었다.

날이 갈수록 이 감정은 커지고 있다.

이대로는 정말, 안 된다.

—좋아하게 되고 말 것이다.

친구인데, 친구가 되어달라는 말을 방금 들었는데…….

그렇게 생각하면서도—.

"……알았어."

나는, 그렇게 대답할 수밖에 없었다.

제2장

덜컹덜컹, 하고 전철이 흔들렸다.

옆을 보니 평소보다 3할은 더 즐거워 보이는 그녀가 있었다.

―어쩌다 이렇게 된 것일까.

"왜 그래요?"

"……아무것도 아냐."

내 시선을 눈치채자 푸른 바다를 연상케 하는 그녀의 눈동자에 의문의 빛이 어렸다. 내가 고개를 저으니 그녀의 눈빛은 원래대로 되돌아갔다.

그녀는 새하얀 우산을 손에 쥐고 있고 물방울이 떨어지지 않도록 비닐을 씌워놨다.

예전에 친구인 에이지, 니시자와와 공부 모임을 하기 위해서 시노노메와의 공부 모임을 포기한 적이 있었다. 그때 나는 이렇게 말했다.

『이 빚은 다음에 꼭 갚을게.』

『언제든 말만 해. 나는 평소 한가하니까, 당일에 말해도 시노노메를 우선할게.』

그렇게 말이다.

오늘은 다른 약속도 없다. 혼자 사니 집에 아무도 없고, 문제가 있는지 없는지만 본다면…… 매우 많다.

특히 집에 아무도 없다는 점이 매우 좋지 않다. 혼자 사는 남자 집에 여자애가 온다, 라고 말로 해보면 확 와닿을 것이다.

물론 그녀에게 아무 짓도 할 생각 없다. 그녀는 남성 공포증…… 어?

"시노노메."

"네, 왜 그러세요?"

"우리 학교까지 전철로 타고 왔지? 무리한 것 아냐?"

시노노메는 남성 공포증이다. 게다가 그것은 가벼운 수준이 아니다. 일상생활 중에 불안을 느낄 정도니까. 평범하게 하루를 보내는 동안에도 스트레스가 매우 쌓일 것이다.

"괜찮은지 아닌지 따지면, 괜찮다고는 도저히 말할 수 없어요."

앞을 응시하고 있는 푸른 눈동자. 그녀는 거짓말 대신 솔직히 대답해 줬다.

"하지만, 조금씩 좋아지고 있는 것도 사실이에요. 미노리 군이 감기에 걸리는 게 더 걱정될 정도로 말이죠."

"……미안해."

"미안해하지 마세요, 미노리 군. 저는 사과보다 더 듣고 싶은 말이 있어요."

내가 고개를 숙이려 하자 시노노메는 제지했다. 그녀는 입가에 옅은 미소를 머금은 채 내 말을 기다리고 있었다.

"우산을 가지고 마중 와줘서 고마워."

"천만에요."

만족한 표정의 시노노메의 모습을 보고 나 또한 옅은 미소를 머금었다.

"자, 들어와. 나름 정리는 되어 있지만······ 보기 안 좋은 곳이 있을지도 모르니, 미리 사과해 둘게."

"아뇨, 저도 느닷없이 찾아왔는걸요. 그러면 실례할게요."

나는 문을 열고 시노노메를 집안으로 들였다.

"이곳이 미노리 군의 집이군요. 꽤 넓네요."

"1.5룸이야. 고등학생이 혼자 살기엔 넓지만, 어머니가『친구가 집에 와서 불편하지 않도록』이라며 이 집을 구해줬어."

"그렇군요. 멋진 어머님이세요."

"그래. 좋은 부모님을 뒀다고 생각해. ······이쪽이 거실이야. 짐을 내려놓고 나면 세면대와 화장실이 어디 있는지 설명해 줄게."

"고마워요."

시노노메에게 집을 안내한 후 손을 씻고 거실로 돌아왔다. 그녀는 소파에 앉아서 약간 안절부절못하는 모습을 보였다. 그 모습을 보니 왠지 나도 바늘방석에 앉은 느낌이 들었다.

"긴장했어?"

"그, 래요. 남의 집…… 그것도 남성분의 집에 온 건 처음이니까요."

—처음, 인가.

그 말을 들으니 긴장되는걸. 뉘앙스, 아니…… 내가 첫 친구라고 했으니 친구 집에 온 것 자체가 처음이리라. 그녀에게 나쁜 추억이 되지 않도록 노력해야겠다.

내가 마음속으로 그런 생각을 하는 사이, 시노노메가 나를 지그시 응시했다.

"저기, 미노리 군. 제 옆으로 와주지 않겠어요?"

시노노메는 그렇게 말하면서 소파 옆자리를 손으로 두드렸다. 그 말을 들은 내가 그대로 얼어붙자 그녀는 허둥지둥 입을 열었다.

"아, 저기……. 미노리 군은 항상 제 옆에 있어 줬잖아요. ……미노리 군이 옆에 있으면 안심이 돼요."

아하, 하고 무심코 탄성을 터뜨릴 뻔했다.

내가 바늘방석에 앉은 기분이었던 이유를 이제 알았다.

"같은 마음이었구나."

"미노리 군도 저와 같은 마음이었나요?"

나는 그래, 하고 소리 내서 말했다. 그녀의 옆에 앉으니 방금까지 느끼고 있던 위화감이 깨끗하게 사라졌다.

"이편이 낫네."

"후후. 그렇죠?"

시노노메는 배시시 웃었다. 멋쩍음보다 기쁨이 앞서고 있는 듯한, 그런 미소처럼 보였다.

"그, 그러고 보니 포상 이야기를 했었지?"

이대로 있다간 그녀의 페이스에 휘말리겠다고 생각한 나는 그녀에게서 눈길을 떼며 같이 하교할 때의 일을 떠올렸다.

"……그, 래요. 저나 미노리 군이나 열심히 공부했잖아요. 어떤가요?"

"응, 좋아. 시노노메한테는 신세를 졌잖아."

"저도 마찬가지예요. ……그러면 저부터 말해도 될까요?"

시노노메의 목소리가 약간 딱딱해졌다. 그녀를 향해 시선을 돌린 나는 눈을 뗄 수가 없었다.

눈처럼 새하얀 피부는 투명한 느낌의 붉은 보석으로 변모해 있었다.

그녀의 연분홍색 입술은 무슨 말을 연습하고 있는 것 같았다. 마지막으로 후우 하고 숨을 토하더니…….

"제, 제 머리를 쓰다듬어, 주셨으면 해요."

—그녀는 그렇게 말했다.

한순간 뇌의 언어 처리를 관장하는 부분에 문제가 생긴 줄 알았다. 그녀가 절대로 하지 않을 말이란 생각이 들었기에…… 하지만 정말 그런지 자기 자신에게 물어봤다.

단정 지어선 안 된다. 시노노메가 용기를 쥐어 짜내 한 말이라면 부정적으로 받아들여선 안 될 것이다.

"좋아, 라는 말은 먼저 해둘게. 그리고 하기 전에 이유를 물어봐도 될까?"

"……아! 고마워요."

먼저 감사의 뜻을 표한 그녀는 볼을 붉힌 채 진지한 표정으로 말을 이었다.

"아버님의 가르침을 들은 후로, 저는 남에게 약한 모습을 보이지 않으려 했다는 이야기는 했었죠?"

"응, 그래."

"네. 그 이야기를 듣고…… 저는 어릴 적부터 의젓한 사람이 되려고 쭉 노력했어요. 그래서…… 제 입으로 이런 말을 하는 것도 좀 그렇지만, 가족에게도 어리광을 부리지 못했죠."

……그렇게 된 건가.

"이대로 쭉, 누구에게도 어리광을 부리지 않는다. 그런 인생도 괜찮다고, 한 달 전의 저는 생각했었죠."

바다를 연상케 하는, 끝없이 빨려들어갈 듯한 눈동자가 나를 향했다.

그런 그녀의 얼굴에는 상냥하고 부드러우며…… 처연한 미소가 어려 있었다.

"『나는 시노노메를 절대로 배신하지 않아. 그러니, 평소 모습을 보여줬으면 해』하고 당신은 저에게 말해줬어요."

그래, 하고 대답했다. 그 말에는 눈곱만큼의 거짓도 섞여 있지 않다.

내가 굳은 의지를 담아 고개를 끄덕이자 그녀는 안도한 듯이 고개를 끄덕였다.

"……이, 이제까지 숨겨왔지만……. 사실 저는 어리광쟁이예요."

"어, 어리광쟁이구나."

"네. ……지금이라면 미노리 군에게 그런 제 모습을 보여줘도 괜찮을 거라고, 그렇게 생각했어요."

그래서, 하고 말한 그녀는 나를 향해 손을 뻗으려다…… 마치 힘이 빠진 것처럼 자기 무릎 위에 올려놨다.

"저는 이제까지 정말 노력해 왔어요. ……그러니, 미노리 군에게 어리광을 부리고 싶은 거예요."

작은 목소리로 한 그 말은 곧장 나를 향해 날아왔다.

나는 그녀가 느끼고 있을 불안을 걷어내 주려는 듯이 손을 뻗었다.

"시노노메는 정말 노력한다고 생각해."

눈처럼 새하얀 머리카락 위에 손을 얹었다. 헤어스타일이 흐트러지지 않도록 가능한 한…… 머리를 쓰다듬어줄 때의 올바른 방법은 모르지만 상냥하게 쓰다듬어주려 했다.

"시노노메와 친해진 지는 얼마 안 됐지만, 네 노력은 느껴졌어. 네 행동 하나하나가 아름답고, 태도도 부드러워. 머리가 좋은 것도 시노노메가 노력한 결과라고 생각해."

그저 공부해서 이해하는 것뿐이라면 많은 사람들이 할 수 있을 것이다. 하지만 그녀는 그 너머, 이해한 것을 알기 쉽게 가르쳐줄 수 있다. 그것은 아무나 할 수 있는 일이 아니다.

"시노노메는 대단해. 정말 최선을 다해 노력하고 있잖아. 너의 그 노력이 나를 몇 번이나 구해줬어."

진심으로, 감사의 마음을 담아 나는 그녀에게 마음을 전했다.

"고마워."

그녀는 몸을 희미하게 떨었다. 머리카락 사이로 비쳐 보이는 눈동자가 젖어 들어갔다. 하지만 그녀는 결코 자기 얼굴을 감추지 않았다.

"괜찮아. 네가 하고 싶은 대로 해."

"……잠시만, 가슴을 빌려도 될까요?"

"응."

털썩, 하고 그녀가 쓰러지듯 나에게 몸을 맡겼다. 그리고 내옷을 꼭 움켜쥐었다.

"고마, 워요. 미노리 군."

내 가슴에 얼굴을 파묻은 채 한 그 말은 희미하게 떨리고 있었다.

"천만에요."

이렇게 말하면 시노노메도 기뻐할 거란 생각이 들었다. 아니나 다를까, 내 품속에서 작은 웃음소리가 들려왔다.

그리고 약 10분 동안, 우리는 이러고 있었다.

"꼴사나운 모습을 보여드렸군요."

"딱히 꼴사납진 않았어. ……네가 의지해주니, 나도 기뻤거든."

눈가에 붉은 기운이 살짝 감도는 시노노메를 향해 나는 그렇게 말했다.

"그래도 죄송해요. 미노리 군의 교복을 더럽혔잖아요."

"그거야말로 신경 안 써도 돼. 어차피 빨 생각이었거든. 네가 신경 쓰일 테니까 갈아입고 올게. 잠시만 기다려."

나는 시노노메를 홀로 둔 채 옷을 갈아입으러 갔다.

자기 방에 들어가자마자…… 문에 등을 맡기며 그대로 미끄러지듯 주저앉았다.

"……여러모로 큰일인걸."

자신에게만 보여주는 일면. 자신에게만 부리는 어리광. 평소에는 그렇게 기품 있고 아름다운 그녀가 말이다.

이러면 안 된다는 건 알고 있다. 그래도 그녀의 새로운 일면을 알게 되어서 기뻤다.

이 열기는 식으려면 시간이 꽤 걸릴 것 같았다.

"그러면, 미노리 군의 포상을 말해주세요."

옷을 갈아입고 돌아오자마자 시노노메가 그렇게 말해서 나는 고민을 하며 그녀의 옆에 앉았다. 그리고 솔직하게 머릿속에 있는 생각을 입에 담았다.

"포상, 이라. 생각해 보긴 했는데, 적당한 게 떠오르지 않아."

"뭐든 괜찮아요. 저도 무리한 부탁을 드렸잖아요."

"무리한 부탁은 무슨. ……만약 시노노메가 원한다면, 얼마든지 머리를 쓰다듬어줄게."

"정말인가요?!"

시노노메는 내 말에 바로 반응을 보였다. 나도 모르게 웃을 뻔했지만 어찌어찌 표정을 관리하며 고개를 끄덕였다.

"애초에 기분 전환이라는 건 딱 한 번이 아니라 정기적으로 하는 거잖아? 나라도 괜찮다면, 언제든지 이 손과 가슴을 빌려주겠어."

"……아! 감사, 해요. 그러면, 정기적으로 부탁드릴게요."

그러면, 하고 말한 시노노메는 지그시 생각에 잠겼다.

"그렇다면, 저도 정기적으로 가능한 일이 좋겠군요."

"그렇게까지 신경 쓰지 않아도 돼. 일단 어떤 포상이 좋을지 생각이 안 나니까…… 따로 생각해 둘게."

"알겠어요. 그러면…… 맞아요. 저녁 식사 준비를 해도 될까요?"

"아, 응. 내가 도울 일 있어?"

"괜찮…… 아, 있어요. 그러면 제가 요리하는 동안, 이야기 상대가 되어주시겠어요?"

"그 정도는 얼마든지 해줄게."

그러고 보니 부엌도 안내해 주지 않았다. 그녀의 집과는 구조가 다를 테니 설명해 줘야 할 것이다. 그렇게 생각한 나는 함께 부엌으로 향했다.

―설명 도중에 문제가 발생했다.

앞치마를 걸치려던 시노노메가 얼어붙은 것처럼 움직임을 멈췄다. 그녀는 의아하다는 듯이 앞치마를 쳐다봤고 이어서 조미료 등을 확인하더니…… 나를 쳐다봤다.

"……미노리 군. 요리는 안 하나요?"

나는 그 말을 듣고 뜨끔했다.

"아~ 저기, 그게……. 네. 안 합니다."

"그러면 식사는 어떻게 해결하나요?"

무의식적으로 시선을 돌리고 말았다. 아프다. 날카로운 시선이 찔러대고 있는 볼이 아프다. 아무래도 발뺌하는 건 무리 같았다.

"……외, 외식 아니면 편의점 도시락으로 해결합니다."

"뭐 하나 물어봐도 될까요?"

아, 화났다. 분노의 아우라가 은은히 감돌고 있었다.

"저는 외식이나 편의점 도시락을 거의 사 먹지 않아서 모르는데 말이죠. 미노리 군은 영양 균형을 고려하며 식사하고 있나요?"

"……그냥 좋아하는 것만 먹어댑니다."

"그렇군요."

시노노메는 턱에 손을 댄 채 잠시 생각에 잠겼다.

"미노리 군, 참고로 점심은 어떻게 해결하나요?"

"매점에서 산 빵을 먹습니다."

"……그렇군요."

시노노메는 하아, 하고 작게 한숨을 토했다.

"고등학생이 된 후로 혼자 살기 시작했죠?"

"네."

"그렇다면, 요리까지 신경 쓰지 못할 수도 있을 거예요. 저는 혼자 사는 게 얼마나 힘든 일인지 모르니, 이러쿵저러쿵하진 않겠어요."

나는 그 말을 듣고 안도의 한숨을 내쉬었다. 하지만 그 안도는 잠시에 불과했다.

"하지만 말이죠? 식사는 생명의 원천이에요. 언젠가 미노리 군의 몸이 망가질 가능성도 있어요."

"……네."

"그러니 제안을 하나 드릴까 해요. ……그 전에 우선 준비부터 할게요."

시노노메는 앞치마를 제대로 걸친 후 호주머니에서 헤어밴

드를 꺼냈다.

헤어밴드를 입에 물더니 익숙한 손놀림으로 머리카락을 모아 묶었다. 만화에서 자주 보는 장면이지만 실제로 보니 파괴력이 어마어마한걸…… 하고 생각하면서도, 그녀의 시선이 나를 향했기에 등을 꼿꼿이 세웠다.

"매주 토요일 점심과 저녁, 그리고 평일 도시락은 제가 만들겠어요. 그것을 『포상』으로 하면 어떨까요?"

"뭐?!"

뜻밖의 말에 놀란 나는 큰 목소리로 그렇게 외쳤다.

"에, 에이, 그럴 수는 없어."

"안 된다고 해도 그렇게 할 거예요. 『포상』은 다른 것이라도 상관없어요."

그건 너무 미안하다고 말했지만 그녀는 뜻을 굽히지 않았다. 이유를 몰라서 내가 당황하자 시노노메는 설명해 줬다.

"애초에 저는 요리를 좋아해요."

"아, 네."

"그리고 도시락은 1인분을 만들든 2인분을 만들든 들이는 수고가 크게 다르지 않아요. 아니, 2인분을 만드는 편이 오히려 수월해요. 1인분을 만들면 음식을 남을 때가 있으니까요."

"그, 그래?"

"네, 그래요."

시노노메가 그렇게 말해서 나는 입을 다물었다.

그녀에게는 꽤 신세를 졌다. 안 그래도 다 갚지 못할 만큼 빛을 졌는데 더 빛을 져도 괜찮을까.

"그러면, 제가 만든 요리를 먹어보고 생각해 보는 건 어때요?"

고민에 잠긴 나를 보다 못한 시노노메가 그렇게 말했다.

"미노리 군이 『또 먹고 싶다』고 말하게 만들 자신이 있거든요."

시노노메는 그렇게 말하고 자신만만한 미소를 지었다.

"오오……."

식탁 위에 펼쳐진 광경을 본 나는 무심코 낮은 탄성을 질렀다.

식탁에 놓인 카레를 보는 게 대체 얼마만일까.

"평범한 카레 가지고 반응이 너무 과한 것 아니에요?"

"아니, 애초에 집에서 카레를 만든다는 생각 자체를 못 했어."

"그건 그럴지도 몰라요. 혼자 살면서 카레를 만들었다간 며칠은 먹어야 할 테니까요."

이 집으로 이사 오고 며칠 동안은 요리를 만들었다. 전부 간단한 요리였고 카레를 만들 생각은 못 했다.

"그러면 식기 전에 먹도록 할까요."

"그래."

우리는 식탁 앞에 앉았다. 그리고 동시에 두 손을 가슴 앞으로 모았다.

"잘 먹겠습니다."

"네. 저도 잘 먹을게요."

배도 고플 시간인지라 코를 자극하는 향신료 향기에 군침을 삼키고 말았다.

우선 밥과 약간의 카레를 떴다. 뜨거운 쌀밥에서 새하얀 김이 피어오르고 있어서 입김으로 식히고 나서 입에 넣었다.

"······!"

혀가 익어 들어가는 듯한 고통과 열기가 느껴졌다. 쌀밥이 그것을 가라앉혀주자 고기와 채소가 자아낸 감칠맛이 혀의 맛봉오리를 자극했다.

"······끝내주게 맛있어."

"후후, 입에 맞아서 다행이에요."

시노노메는 내가 밥을 먹는 모습을 지켜보고 있었던 것 같았다. 그녀는 내 말을 듣더니 안도한 것처럼 웃음을 흘렸다.

나는 식사를 계속 이어갔다.

고기는 쇠고기를 써서 씹으면 입안에서 부드럽게 허물어졌다. 감자도 뜨거워서 혀가 화상을 입을 뻔했다.

"많이 있으니까, 천천히 드세요."

나를 따뜻한 눈길로 응시하며 그렇게 말한 시노노메는 지기도 입김으로 카레를 식혀가며 식사했다.

"대단해. 진짜 맛있어. 시노노메."

"후후, 고마워요."

"고맙다는 말을 해야 할 사람은 나야. 정말 고마워."

오래간만에 이런 온기가 느껴지는 식사를 했다. 먹으면 먹을 수록 위가, 그리고 마음이 충족됐다.

"정말 맛있어."

"그렇게 몇 번이나 말 안 해도 돼요. 얼굴만 봐도 알 수 있으니까요."

내가 같은 말을 또 건네자 그녀는 훈훈한 미소를 머금었다. 그렇게 표정에 다 드러나 있는가 싶어 볼을 만져봤지만 잘 모르겠다.

"미노리 군도 이럴 때가 있군요."

그런 내 모습을 본 시노노메가 웃음을 흘렸다. 바보 취급을 하는 게 아니라는 건 알지만 조금 부끄러웠다.

그리고 식사를 이어가는 사이에도 시노노메는 즐거운 표정으로 나를 지그시 응시했다.

"참고로 저는 다양한 요리를 만들 줄 알아요. 생선 요리와 일식 요리가 특기인데, 다른 요리도 잘하죠. 먹고 싶은 요리가 있다면 뭐든 만들어 드릴게요."

입안에 있는 카레를 삼켰다. 시노노메가 즐겁다는 듯이 몸을 젖히더니 입가를 말아 올렸다.

"어때요? 미노리 군의 도시락을 제가 만들어도 될까요?"

그 말을 듣고…… 나는 고개를 저을 수가 없었다.

"……잘 부탁드립니다."

"네, 저한테 맡겨만 주세요."

그녀는 자기 가슴을 주먹으로 가볍게 두드리더니 매우 만족한 미소를 지었다.

월요일. 시험이 끝난 후에 정신적으로 느슨해지는 시기가 찾아왔다.

하지만 나는 정신없이 바빴다.

"수고했어. 아침부터 고생이 많네. 콜라 사 왔으니까 줄게."

"아, 땡큐. 아침에는 고마웠어."

지난주, 시노노메……【얼음공주】가 나를 만나러 이 학교에 찾아왔다. 그리고 나와 한 우산을 쓰고 하교했기에 수많은 학생에게 질문 공세를 받았다.

참고로 에이지는 방관……하지는 않았고, 적당한 타이밍에 도움의 손길을 내밀었다. 괜한 풍파가 일어나지 않도록 컨트롤하는 능력만 봐도 정말 수완이 좋은 녀석이었다.

"그러면 오늘은 장소를 옮길까? 여기서는 밥도 못 먹을 거야."

"그래."

나는 에이지의 말에 고개를 끄덕인 후 가방을 어깨에 걸쳤다.

◆◆◆

　옥상으로 이어지는 계단의 층계참. 평소에는 고백 장소로 쓰이지만 에이지의 말에 따르면 오늘은 아무도 이곳을 이용할 예정이 없다고 한다. 남들에게 들려주고 싶지 않은 이야기를 나누기 안성맞춤인 장소라서 우리는 이곳에 온 것이다.

　인기 고백 장소인 벤치에 남자 둘이 나란히 앉으니 좀 이상했다. 그래도 괜히 신경 쓰지 않는 편이 좋으리라.

　"아, 매점 들르는 걸 깜빡했네. 같이 갈래?"

　"……오늘은 도시락을 싸 왔어."

　"뭐? 도시락? 소우타가? 어? 편의점 도시락……이 아니네?!"

　어떻게 할지 고민하면서도 무릎 위에 도시락을 뒀다. 얼이 나간 에이지는 간헐적으로 의문에 찬 목소리를 흘렸다. 그럴 만도 했다. 에이지는 내가 요리를 못 한다는 것을 안다. 그래서 『밥하기 귀찮으면 우리 집에 얻어먹으러 와』라는 말을 할 정도다.

　"어이어이어이. 설마 그거냐? 진짜로 그거냐고."

　"네가 뭘 상상하는 건지 짐작이 되는데…… 아마 맞을 거야."

　"맙소사."

　이제 변명도 할 수 없다. 에이지는 시노노메와 나의 일을 알고 있으니 솔직하게 이야기할 수밖에 없다. 이야기해도 된다는 허가도 받았고…….

　"그게~, 얼마 전에 내가 요리를 안 하는 걸 들켰어."

"흐음? 들켰어? 어떤 식으로 들킨 건데?"

에이지가 히죽거렸다. 뭔가를 눈치챈 웃음이었다.

"……글쎄."

"아마 너희 집의 식용유 같은 게 전혀 줄어들지 않은 걸 보고 눈치챈 거겠지."

"너는 초능력자라도 되냐."

이렇게 구체적으로 맞추다니 정말 무시무시하다. ……정확하게는 이유가 하나 더 있지만 이것까지 말할 수는 없다.

시노노메는 우리 집 부엌에 있는 앞치마를 착용했었다. 그리고…….

『미노리 군의 체취가 전혀 나지 않아요.』

그녀의 말이 머릿속에서 재생됐다. 모처럼 잊어가고 있었는데, 다시 떠올리고 말았다.

"흐음? 다른 이유도 있는 눈치네."

"허락 없이 내 생각을 읽지 말라고."

에이지는 큰 소리로 웃음을 터뜨렸다. 나보고 알기 쉬운 녀석이라고 말하는 에이지에게 반박하지 못한 채 나는 도시락을 열었다.

"오오, 무지 신경 썼네."

"그러게…… 설마 이 정도일 줄은 몰랐어."

밥에는 깨소금이 살짝 뿌려져 있고 쇠고기 우엉조림과 흰살생선 구이, 호박 조림과 달걀말이 등으로 화사하게 꾸며져 있었다.

"진짜 엄청난걸."

"안 줄 거야."

"딱히 군침 흘린 적 없다고. ……그 얼굴을 못 봤으면 아직도 믿기지 않았을 거야."

"평소 모습과의 갭이 크다는 건 인정하겠어."

4월의 나에게 시노노메의 지금 모습을 이야기해 줘도 믿지 않았을 것이다. 【얼음공주】가 내 도시락을 싸줄 뿐만 아니라, 그녀의 머리를 쓰다듬게 된 것이다. 그것도 정기적으로…….

그녀에게 해주기로 한 포상 또한, 에이지에게는 절대로 말할 수 없다. 놀림을 받을 게 뻔했다.

그런 대화를 나눈 우리는 두 손을 모으며 잘 먹겠습니다, 하고 말했다. 에이지는 겉보기에 경박해 보이지만 이런 부분은 철저한 녀석이다.

"맛있네."

조림은 매콤달콤해서 밥과 잘 어울렸다. 흰살생선도 살점이 탱글탱글하고 밑간이 잘 되어 있어서 맛있었다.

"엄청 맛있게 먹는걸. 평소에는 더 밋밋하게 먹지 않았어?"

"그, 그래?"

무심결에 식사 페이스가 빨라졌던 나는 에이지의 말을 듣고 젓가락질하는 속도를 늦췄다.

"아니, 나쁘다는 건 아냐. 그렇게 맛있게 먹어주면 만든 사람도 만족하겠지."

"······그래."

딱히 에이지 앞에서 괜한 신경을 쓸 필요는 없다고 생각하며 다시 편하게 식사를 이어가자, 옆에서 능글맞은 시선이 날아왔다.

"그러면 이만 이야기해 주실까? 어느새 그【얼음공주】와 친해진 거야?"

물어보리라고 생각은 했다. 그래서 시노노메와 어디까지 이야기할지도 의논해 뒀다.

"전에 시노노메를 도와준 적이 있어. 그 후로 서로에게 공부를 가르쳐주는 사이가 된 거야."

"거짓말 마. 공부만이 아니라 비 오면 우산 들고 학교까지 찾아오는 데다, 도시락까지 만들어주는 사이······ 완전 연인이잖아. 아니, 연인 이상이거든? 키리카도 나한테 도시락을 만들어준 적은 없다고."

"여, 연인 사이 아니거든? 저기, 시노노메도······ 친구가 적으니까, 그만큼 나를 소중하게 여겨주는 것뿐이야."

"그런 것치고는······ 뭐, 네가 그렇게 말한다면 그걸로 됐어."

에이지는 하려던 말을 꾹 삼켰다. 아무래도 온정을 베풀어준 것 같았다. 그래서 나는 방심하고 말았다.

"그런데, 좋아하는 거야?"

"우읍."

"아, 미안해. 타이밍을 잘못 잡은 것 같네."

밥알이 이상한 곳에 들어간 바람에 사레가 들리고 말았다. 에이지도 이렇게까지 할 생각은 아니었던 건지, 내 등을 두드려줬다.

"이, 이 녀석."

"미안하다고. 하지만 내가 빙빙 돌려서 묻는 걸 좋아하지 않는 건 너도 알잖아?"

"……그건 그래."

휴우, 하고 한숨 돌린 나는 차를 한 모금 마셨다. 그리고 도시락을 지그시 응시했다.

"모르겠어. 아니, 딱 잘라 말할 수 없다는 게 정답이야."

나는 자조 섞인 목소리로 그렇게 말했다.

"누군가를 좋아하게 된 적이 없거든. 여사친이 생긴 것도 처음이야."

"키리카가 있잖아."

"니시자와는 내 여사친이지만, 에이지의 연인이기도 해. 우정 이외의 감정을 품지 않는다는 전제가 존재하는 거야. 하지만 시노노메를 향한 감정은 그것과 명백히 달라……. 하지만, 그게 『사랑』인지는 아직 모르겠어."

애초에 진짜로 『사랑』하게 될지라도 나는 그 감정을 계속 숨겨야만 한다. ……내가 지금 그녀의 곁에 있을 수 있는 건 신뢰가 존재하기 때문이다. 절대로 흑심을 품어선 안 된다.

"흐음~ 그렇구나. 뭐, 됐어."

에이지의 대답은 딱히 재미있지 않았다. 하지만 그 목소리에는 담백하다는 말로 넘어갈 수 없는 무언가가 담겨 있었다.

"시간은 얼마든지 있어. 천천히 확인해 보면 돼."

"······그래."

"아, 그래도 이 말만은 해둬야겠는걸."

이야기가 끝났다고 생각했지만 에이지는 뭔가 문득 생각난 표정으로 나를 쳐다봤다. 진지한 표정이었기에 나 또한 일단 젓가락을 내려놨다.

"10년 후. 【얼음공주】, 시노노메 나기의 옆에 있는 남자는 누구였으면 좋겠어?"

"그건······."

"딱히 대답할 필요는 없어. 네가 스스로 생각해서, 답을 내놓으면 충분해."

나는 벌리려던 입을 다물었다. 그대로 생각에 잠겼다.

10년 후, 라.

상상해 봤다.

어른이 된 시노노메의 옆. 그 자리를 자신이 아니라 다른 누군가가 차지하고 있는 광경을 말이다.

그럴 가능성이 크다는 것은 알고 있다.

시노노메는 외모가 수려하고 노력가이며 매우 매력적인 여성이다.

분명 그녀에게 버금가는 인물이 그 자리에 차지하고 있을 것이다.

하지만 그 광경을 상상하기만 해도, 마음에 칼날이 박히는 듯한 착각에 사로잡혔다. 그와 동시에 마음의 적지 않은 부분을 어떤 감정이 차지하고 있었다. 아니, 이러면…… 안 된다. 안 된다고.

—그 자리를 차지한 사람이 나였으면 좋겠다, 같은 생각은 절대로 해선 안 된다.

"연락처, 교환하지 않겠어?"

하교 때의 전철 안. 시노노메가 전철에 타자마자 나는 그녀에게 그렇게 말했다.

"그래도, 될까요?"

"물어본 사람은 나잖아. ……아~ 저기, 말이야. 연락처를 알면 여러모로 편리하지 않겠어?"

"하, 한가할 때 이야기 상대도 되어주실 건가요……?"

"물론이야. 나도 한가할 때가 많거든……. 그래 주면 고맙겠어."

"그렇다면 부디! 잘 부탁드려요!"

시노노메는 가방에서 스마트폰을 꺼내더니 나에게 내밀었다. 그 기세에 압도당하면서도 서로가 익숙하지 않은 손놀림으로 연락처를 교환했다.

"돼, 됐어요!"

시노노메가 스마트폰을 쳐다보며 미소 지었다.

"실은 저도 연락처를 교환하자는 말을 할 생각이었어요."

"그랬구나."

"네. 그래서, 정말 기뻐요."

시노노메는 소중한 듯이 스마트폰을 꼭 끌어안았다. 그 모습을 보니 말하기 잘했단 생각이 마음속 깊은 곳에서 샘솟았다.

"아, 혹시 모르니 뭐라도 하나 보내볼게요."

연락처 교환이 제대로 됐는지 확인해 보려는 것이리라. 그 말을 듣고 얼마 후에 스탬프가 도착했다. 기품 있어 보이는 검은 고양이가 고개를 꾸벅 숙이는 스탬프였다.

"아, 제대로 도착했어."

답례 삼아 새하얀 개 스탬프를 보내자 시노노메가 눈을 반짝였다.

"미노리 군은 멍멍이 씨를 좋아하세요?"

……멍멍이 씨?

"조, 좋아해."

"저도 정말 좋아해요! 멍멍이 씨도, 야옹이 씨도요!"

나는 그 말을 듣고 눈을 감았다. 한순간만 말이다.

―멍멍이 씨와 야옹이 씨라고 부르는구나. 평소와 갭이 어마어마한걸.

"언젠가 고양이 카페처럼 동물 씨를 만질 수 있는 곳에 가보고 싶어요."

"그렇, 구나. 언젠가, 가보자."

『동물 씨』라는 말에 또 충격을 받았지만 나는 어찌어찌 고개를 끄덕였다.

그날 밤, 시노노메에게서 연락이 왔다.

『잠시 시간 좀 내주시지 않겠어요?』

무슨 일일까. 그렇게 생각하며 스마트폰을 손에 쥐었다.

『응, 좋아.』

『괜찮다면 통화를 하고 싶은데, 괜찮을까요?』

『괜찮아.』

그러고 보니 한가할 때 통화하고 싶단 말을 하교할 때 했었다.

그 말을 떠올리며 그렇게 답하고 몇 초 후 전화가 왔다.

『여보세요. 미노리 군, 안녕하세요.』

"응. 안녕, 시노노메. 무슨 일이야?"

무슨 일인지 물었는데 대화가 끊겼다. 전파 상태가 나쁜 걸까 하고 생각했을 즈음, 이윽고 목소리가 들려왔다.

『……미노리 군의 목소리가 듣고 싶어서요. 혹시 폐가 됐나요?』

천장을 올려다보며 조용히 눈을 감았다.

―무슨 그렇게 귀여운 이유가 다 있냐고.

"폐, 폐는 무슨. 나도 한가하던 참이야."

『다행이야…….』

그 말은 의도치 않게 한 것 같았다. 처음으로 그녀의 반말을 들었다. 그러자 감정의 파도가 내 가슴으로 몰려왔다.

어찌어찌 그것을 억누르고 있을 때 그녀의 웃음소리가 들려왔다.

『미노리 군의 목소리가 제대로 들려요. 미노리 군은 거기에 있는 거군요.』

"그래. 나는 여기 있어."

가족, 그리고 에이지 이외의 사람과 통화를 하는 건 처음이다. 전화기 너머에 시노노메가 있다고 생각하니 왠지 쑥스러웠다.

『실은 말이죠? 저는 아홉 시만 되면 잠자리에 들어요.』

"꽤 이른 시간에 잠드네."

나는 자정이 되어서야 잠자리에 든다. 고등학생에게 그 취침 시간이 빠른지 늦은지는 모르겠지만 말이다.

시노노메는 네, 하고 조금 밝은 목소리로 대답했다.

『오전 다섯 시에는 일어나니까요. 도시락을 싸고, 일본 무용의 춤을 한 번 추는 게 제 일과예요.』

"……진짜 대단한걸."

아침부터 춤을 추는 것도 그렇지만 신경 쓰이는 게 하나 더 있었다.

"도시락 말인데, 너무 무리하지는 마."

『아, 아니에요! 딱히 부담스럽진 않아요! 전에도 말했지만, 1인분을 싸나 2인분을 싸나 별 차이 없거든요.』

신경을 쓰고 있는 것……처럼 들리지는 않았다. 그것보다 하고 말하며 화제를 바꾼 그녀는 맑은 목소리로 말을 이었다.

『듣고 싶은 말이 있어요.』

한 번 눈을 감았다. 괜히 부풀릴 필요는 없다고 자기 자신에게 마음속으로 말한 나는 다시 눈을 떴다.

"오늘 도시락, 정말 맛있었어. 가능하면 매일 먹고 싶네."

『네, 저한테 맡겨 주세요. 내일도 끝내주게 맛있는 도시락을 싸갈 테니까, 기대해 주세요.』

"응. 기대할게."

이제 대화는 끝날 것이다, 그렇게 생각했는데…….

『그러고 보니 미노리 군의 학교에서는 시험 결과가 언제 발표되나요?』

"응? 아마 다음 주에 다 발표되지 않을까 싶어. 성적 순위는 그다음 주에 발표될 거야."

『저희 학교와 비슷하군요. 그러면 2주 후의 토요일에 결과 발표를 해요. 그날은 비어 있나요?』

"응, 비어 있어. 그럼 그렇게 하자."

『네! 맛있는 요리, 잔뜩 만들어 드릴게요!』

이번 시험 결과는 꽤 좋을 것 같았다. 시노노메도 영어 점수가 잘 나왔으면 좋겠다. 내가 가르쳐준 부분은 얼마 안 되지만 말이다.

『참, 미노리 군이 좋아하는 음식…… 식재료라도 괜찮으니 가르쳐주세요. 앞으로 참고할게요.』

"응? 그래. 이것저것 있지만……."

시노노메에게 받은 질문에 답했다. 나는 딱히 싫어하는 음식이 없고 좋아하는 음식이 많다. 한동안 이야기를 이어가자 시노노메의 목소리가 점점 늘어지기 시작했다.

『그렇, 군요. 저도 싫어하는 음식은 딱히…….』

하품을 곱씹으며 입에 담는 말 한마디 한마디가 묵직해졌다. 시계를 쳐다본 후 그녀의 말이 끝난 타이밍에 이렇게 말했다.

"어느새 아홉 시가 넘었는걸. 미안해. 잠자리에 들 시간이지?"

『……아뇨. 아직 졸리진…… 하암.』

더는 참을 수가 없었던 건지 작은 하품 소리가 들려왔다.

『미노리 군과 더…… 이야기를 나누고 싶어요.』

그 말을 듣고 나는 호흡이 멎었다.

눈앞에 시노노메가 없어서 다행이라고 진심으로 생각했다.

지금 나는 남들에게 보여줄 수 없는 표정을 짓고 있으리라. 몇 초 동안 음소거 모드를 해놓고 심호흡했다. 미친 듯이 뛰는 심장과 새빨개진 얼굴은 어찌할 수 없었으나 호흡만은 어찌어찌 가다듬었다.

"내일도 있잖아?"

『내일 또 전화해도…… 될까요?』

"물론이야. 어차피 이 시간에는 한가하거든."

그리고 약간 반격하고 싶어졌다. 나만 이렇게 당하는 건…… 약았단 생각이 들었다.

"나도 시노노메와 이야기를 나누고 싶어."

『후후. 같은 마음이군요.』

하지만 카운터에 카운터가 돌아왔다. ……못 이기겠다.

그것보다 내가 대체 무슨 소리를 하는 걸까. ……에이지가 한 말을 신경 쓰고 있는 걸지도 모른다.

나는 이만 통화를 끝내기로 마음먹었다. 졸려 보이는 그녀를 계속 붙잡고 있을 수도 없으니 말이다.

"그러면 내일 보자. 잘 자, 시노노메."

『……안녕히 주무세요, 미노리 군.』

곧 규칙적인 숨소리가 들려오기 시작했다. 곤히 잠든 그녀의 숨소리마저 왠지 투명하게 느껴졌다.

잠을 방해하지 않기 위해 조용히 전화를 끊은 후 나는 침대에 쓰러졌다.

"하아."

가슴속에서 소용돌이치는 감정을 전부 한꺼번에 토하려 했다. 하지만 뜻대로 되지 않았다. 마음속에서는 여전히 다양한 감정이 샘솟아 나오고 있었다.

어울리지 않는 짓이지만 만약 이 방에 허그 베개가 있다면 꼭 끌어안았으리라.

"귀여워도 너무 귀엽잖아."

무심결에 그렇게 말한 나는 고개를 세차게 저어서 잡념을 떨쳐냈다.

아무래도 잠이 들려면 시간이 꽤 걸릴 것 같다.

학교에 도착하고 약간 한가한 시간이 생겼다. 스마트폰을 꺼낸 나는 그의 연락처를 찾아봤다. 가장 윗줄에 그의 이름이 있었다.

『미노리 군은 학교에서 한가한 시간에 뭘 하시나요?』

『요즘은 공부하거나, 에이지와 잡담을 나눠. 걔는 다른 사람과 이야기 나누는 걸 좋아하거든.』

『미노리 군도 즐거울 것 같네요. 저는 주로 책을 읽어요.』

미노리 군에게 연락을 하니 바로 답장이 왔다. 왠지 같이 있는 것 같아 즐거워졌다.

바로 그때, 눈앞에서 인기척이 느껴졌다.

고개를 들자 금색 꼬리가 등 뒤에서 흔들리고 있는 소녀가 눈앞에 서 있었다.

"좋은 아침이야, 시노노메."

"조, 좋은 아침이에요. 하야마 양."

미노리 군에게 하야마 양이 왔다는 것을 알린 후 스마트폰을 내려놨다.

"아, 미안해. 방해할 생각은 없었어."

"아뇨, 괜찮아요."

나는 태연한 척했지만 내가 누구와 대화를 주고받는지 들킨 것 같았다.

"연락처를 교환했구나. 잘됐네. 시노노메가 먼저 말을 꺼냈어?"

"일전에는 감사했어요. 그리고, 그가 먼저 제안했어요."

"정말? 흐음, 사내다운 구석이 있네. 잘 됐는걸."

하야마 양의 따뜻한 말을 듣고 기뻐진 나는 고개를 끄덕였다.

"표정, 무지 느슨해졌어."

"……아! 마, 말해줘서 고마워요."

"개인적으로는 그 표정이 더 좋지만 말이야. 그래도 시노노메는 알아두는 편이 나을 것 같았어."

"그, 래요."

위험했다. 그와 이야기를 나누면 『본래』의 자신이 드러나고 만다. 조심해야 할 것이다.

"보아하니 일전의 그와 잘 풀린 것 같네."

"그러고 보니 아직 보고 안 했군요. 덕분에 잘 풀렸어요."

금요일에 미노리 군의 학교에 간 것은 하야마 양과 상의해서 결정한 일이다.

가까운 시일 내에, 기회가 생기면 미노리 군의 학교에 가기로 말이다. 그리고 이런 식으로 말하면 안 될지도 모르지만 그가 우산을 깜빡한 날은 나에게 기회였다.

"아, 그 이야기도 나누고 싶긴 한데 잠시만 기다려 봐. 우선 연락처 교환부터 하자."

"그래요. 일전에는 미안했어요."

"에이~ 괜찮아. 연락처 교환을 거절당한 건 처음이라 깜짝 놀라긴 했지만, 이유도 말해줬잖아."

하야마 양이 연락처를 교환하자고 말했을 때 나는 거절했다. 이유는 단순히 내 억지였다.

내 첫 번째 친구이자, 내가 처음으로 호의를 품은 남성.

내가 처음으로 연락처를 교환하는 상대는 미노리 군이었으면 한다. 그 이유를 말하면서 하야마 양이 화낼 거라고 생각했지만 그녀는 웃으며 「그래. 알았어」라고 말했다.

하야마 양과 연락처를 교환한 나는 친구가 또 늘어났다는 생각에 표정이 약간 환해졌다.

"좋아. 드디어 우리는 친구가 된 거지?"

"네. 기다리게 해서 죄송해요."

"괜찮아. 딱히 신경 안 써."

하야마 양과 친해지고 싶다는 말을 했을 때 첫 친구는 미노리 군이었으면 좋겠다는 말도 했다. 이때도 하야마 양이 화내리라고 생각했지만 그런 일은 없었다. 그뿐만 아니라 그녀는 나와 그가 친구가 될 수 있도록 조언을 해줬다.

오래 걸렸지만 드디어 하야마 양과도 친구가 됐다.

"하야마 양도 저한테 물어볼 거나 상의할 일이 있다면, 꼭 연락주세요."

"응, 그렇게 할게~. 그리고 한가할 때도 연락할 거야. 이제 언제든 같이 놀러 갈 수 있겠네."

"꼭 그렇게 해주세요. 기쁜 마음으로 동행할게요."

—바로 그때, 하야마 양이 스마트폰에 뭔가를 입력했다. 그와 동시에 내 스마트폰이 부르르 진동했다.

하야마 양의 시선이 내 스마트폰을 향하더니, 이어서 나를 향했다. 아무래도 『살펴봐』라는 의미 같았고 은밀한 이야기를 나누고 싶어 하는 것 같았기에 나는 스마트폰을 손에 쥐었다.

『그날, 시노노메가 그와 같이 우산을 쓴 게 꽤 화제가 되고 있나 봐. 어떻게 할래~?』

아하. 그래서 오늘은 평소보다 많은 시선이 느껴지는 거구나, 하며 납득했다.

『개인적으로는 그냥 이야기가 퍼지게 두는 걸 추천해. 시노노메에게 고백하는 사람도 줄어들 거야.』

이어서 그런 메시지가 날아왔고 나는 고개를 살며시 끄덕였다.

"그러고 보니 지난주 금요일에 시노노메가 다른 학교 남학생과 같이 우산을 쓴 모습이 목격됐다는 정보를 접했는데, 그게 진짜야?"

하야마 양이 그렇게 말한 순간, 교실 안이 술렁거렸다. 그리고 다양한 목소리가 들려왔다.

"어이어이, 들었어?"

"거짓말…… 거짓말이라고 말해줘."

"남자애와 같이 우산을 썼다니, 진짜일까?"

"에이, 아닐 거야. 다른 사람도 아니고【얼음공주】잖아? 사람을 잘못 본 게 분명해."

나에 대해 아무것도 모르면서, 라는 말이 목까지 올라왔지만 삼켰다.

—이 교실에 있는 이들 중 몇 명이 그때 그 자리에 있었다면 나를 구해줬을까. 그것도 흑심 없이 말이다. ……하야마 양이라면 구해줬을지도 모른다고 생각하면서 나는 고개를 끄덕였다.

"네, 사실이에요."

교실 안이 더욱 술렁거렸다. 하야마 양은 나를 지그시 응시했다.

"흐음. 왜 같이 우산을 쓰게 됐던 거야?"

이번에는 시끌벅적하던 교실이 정적에 휩싸였다. 마치 내 대답을 기다리듯이 말이다.

"그가 우산을 깜빡해서, 마중 갔던 거예요."

"흐음? 그만큼 **소중한 사람**이구나."

하야마 양이 일부러 그렇게 물어서 나는 무심코 미소 지었다.

소중한 사람.

"그래요. **소중한 사람**이에요. 감기에 걸리지 않기를 바랄 정도로."

"아니, 그래도 일부러 다른 학교까지 마중 가는 사람은 좀처럼 없을 거야. 하긴, 그만큼 **소중한** 거구나."

하야마 양은 『소중』이라는 말을 강조했다. 그리고 나는 힘차게 고개를 끄덕였다. 그러자 교실 안은 또 술렁거렸고 선생님이 몇 분 후에 주의를 줄 정도로 소란스러워졌다.

하야마 양의 의도대로 그다음부터는 나에게 음흉한 시선을 보내거나 고백을 하는 사람이 많이 줄었다.

토요일이 됐다. 다음 주 주말에 성적 순위가 발표된다.

그의 집에서 밥을 만들고, 포상을 받은 후…… 집으로 돌아가고 있다. 미노리 군은 내가 내리는 역까지 일부러 배웅해 줬다.

"여기까지 배웅해 줘서 정말 고마워요."

"괜찮아. 처음에 한 약속의 범주에 포함되니까 신경 쓰지 마."

그 상냥한 말에 고개를 끄덕였지만 앞으로도 그를 향한 감사의 마음을 잊지 말자고 결심했다.

"그러면 월요일에 봐요."

"그래. 월요일에 보자. 여기까지만 배웅해도 괜찮겠어?"

"네, 괜찮아요. 운전사분께서 마중 나와주셨으니까요."

그 마음만은 감사히 받아두자. 실은 집까지 같이 와줬으면 하지만 그에게 너무 부담을 줄 수는 없다.

게다가 그와 아버님을 만나게 하는 건 아직 이르단 생각이 들었다.

"오늘도 잠들기 전에 이야기를 실컷 나눠요, 미노리 군."

"으, 응. 적당히 부탁할게."

벌써 밤이 기다려지기 시작했다. 전철로 돌아가는 그를 배웅한 후 개찰구로 향했다.

역에서 나가자마자 차가 눈에 들어왔다. 검은색의 비싸 보이는 차다. 비싸 보이기만 하는 게 아니라 진짜로 고급 차량이다.

하지만 운전석을 본 순간, 등골을 타고 긴장이 흘렀다.

그와 동시에 온몸의 열기가 가셨다. 아니, 몸에서만이 아니다.

곧 마지막 열기까지 전부 빠져나갔다. ……이제 됐다.

뒷좌석에 타면서 백미러 너머로 시선을 마주했다.

검고 빛마저 빨아들일 듯한 눈동자.

"늦어서 죄송해요, 아버님."

─운전석에는 아버님이 앉아 계셨다. 어째서, 라는 말은 입에 담지 않았다.

"아니, 괜찮단다. 놀랐지?"

"……네, 약간요."

입안이 말라 들어갔지만 그것을 들키지 않도록 주먹을 살짝 말아쥐었다.

"때로는 이런 시간도 필요하다고 생각했거든. 그래서 바꿔 달라고 했단다."

"그렇군요. 기뻐요."

말투는 담담했으나 진짜로 기뻤다.

아버님과 어머님께는 크나큰 은혜를 입었다. 그것을 제쳐두더라도 두 사람은 존경받아 마땅한 사람이다.

내가 안전띠를 착용했는지 확인한 후 아버님은 차를 출발시켰다.

"요즘, 친구와 노는 일이 늘었다면서?"

"죄송해요."

"딱히 화난 건 아니란다. 좋은 일이지."

나는 아버님에게, 그리고 어머님에게 사랑받고 있다. 피가 이어져 있지 않은 데도 옛날부터 애정을 쏟으며 나를 길러주셨다.

그렇기에 그 은혜에 보답해야만 한다.

"내일부터 레슨에 집중하겠어요."

"무리하지는 말렴. 나기는 아직 젊어. 좋아하는 것을 좋아하는 만큼 하면 돼."

"괜찮아요. 일본 무용은 물론이고, 다도와 꽃꽂이도 제가 좋아서 하는 것이니까요."

"그렇다면 괜찮다만……."

거기서 대화가 한번 끊겼다. 스자카 씨에게 이미 들었겠지만 이참에 직접 말해두는 편이 낫겠다는 생각에 메마른 입을 열었다.

"하지만, 토요일은 오늘처럼 늦을지도 모르겠어요."

"친구네 집에 간다지?"

"네."

두근, 두근하고 심장이 크게 뛰기 시작했다.

─안 된다는 말을 들으면 나는 따를 수밖에 없다. 몸이 딱딱하게 굳으면서 긴장됐다.

"물론 괜찮고말고."

그런 상냥한 말이 들려오자 온몸에서 힘이 쭉 빠졌다.

"나기에게 드디어 친구가 생겼다니, 정말 기쁜걸."

"……걱정을 끼쳐서 죄송해요."

"괜찮아. 가족 사이에는 당연한 일이니 말이지."

잠시 침묵이 흘렀다. 아버님은 잠시 생각에 잠긴 후 입을 열었다.

"혹시 친구와의 약속과 레슨이 겹친다면, 나기가 하고 싶은 걸 우선하렴. 너는 아직 젊으니까, 후회 없는 인생을 살아줬으면 해."

"명심하겠어요."

"명심할 것까지는 없단다."

─후회 없는 인생.

아버님의 인생에 관해, 과거에 들은 적이 있다. 그래서 문득 이런 생각이 들었다.

나는 과연 후회 없는 인생을 살고 있을까. 앞으로 인생이 어떻게 굴러가든 결국 후회하는 게 아닐까.

지금 생각한다고 해서 달라질 일이 아니라는 건 안다. 그래도…… 아버님의 말이 마음속 깊숙이 스며들었다.

순위 보고 전달, 시노노메는 친구와 옷을 사러 가는 바람에 귀가가 늦어졌다. 나한테 먼저 돌아가도 된다고 말했지만 에이지도 한가한 것 같았기에 둘이 함께 시간을 보냈다.

그리고 시노노메에게서 연락을 받고 마중하러 갔다. 하지만…….

"오늘은 평소보다 사람이 더 많은걸."

그런 혼잣말을 입에 담을 정도로 사람이 많았다.

옷을 사서 돌아가는 전철 안. 평일에는 보통 학생이 많지만 해가 지고 나니 회사원이 더 많아 보였다.

만원 전철이라 할 정도는 아니었으나 몸을 움직이기 불편한 수준이었다.

목적지인 역에 도착해보니 다행히 시노노메는 가장 앞쪽에 서 있었다.

"시노노메, 사람이 많으니까 서둘러 이동하자. 짐 줘."

"고, 고마워요."

시노노메에게서 옷이 가득 들어 있는 백을 넘겨받은 후 그녀가 탄 것을 확인하고 나서 평소 위치로 이동했다.

"미안하지만 자세 좀 바꿀게."

"아, 네. 알겠어요."

차량을 잇는 문의 옆에서 시노노메가 벽에 등을 맡긴 후 우리는 마주 보고 섰다. 평소에는 교과서를 보거나 나란히 서지만, 근처에 남자가 많아서 이러지 않으면 그녀가 남성과 몸이 닿고 만다.

예전보다 좋아지기는 했지만 남성이 근처에 다가오면 안절부절못하고…… 약간 겁먹은 표정을 짓는다. 지금도 그녀의 눈동자에는 긴장감이 어려 있었다. 아니, 남성이 아니라 내 탓일지도 모른다.

"미안해, 시노노메."

"아뇨. 괜찮아요. 미노리 군은 무섭지 않아요……. 특별한 분이니까요. 정말 신경 쓰지 마세요. 그것보다, 이렇게 신경을 써주셔서 감사해요."

"ㄱ, 그렇게 말해주니 고마운걸."

―특별한 분.

그 말에는 별다른 의미가 담겨 있지 않다. 틀림없다. 그저 내가 특별한 의미였으면 좋겠다고 생각하고 있을 뿐이다.

자신을 향해 그렇게 말한 나는 호흡과 심장을 다스리면서 앞을 바라봤다.

시노노메의 얼굴이 눈앞에 있었다.

새하얀 피부와 깊은 바다처럼 푸른 눈동자가 너무나도 눈부셨다. 그 머리카락은 피부보다 새하얗고 손가락을 간지럽히는 감촉은 비단 같았다. 그리고 코끝을 스치는 달콤한 향기가 뇌를 자극했다.

평정심을 유지해야 해.

등을 통해 느껴지는 압력을 견디면서 내가 무슨 말을 하려던…… 바로 그때였다.

"우왓."

"꺄앗."

덜컹, 하며 전철이 크게 흔들렸다.

그리고 등에 강한 충격이 가해진 탓에 내 몸이 앞으로 기울었지만…….

어찌어찌 팔로 벽을 짚으며 버텨냈다. 하지만 벽에 세게 부딪히면서 느낀 고통 탓에 인상을 찡그리고 말았다.

"괘, 괜찮으세요?!"

"으, 응. 괜, 찮아."

표정을 관리하며 그렇게 말했으나 시노노메에게는 간파당한 것 같았다. 그녀는 약간 화난 표정을 지었다.

"……하지만, 많이 아파 보여요."

그녀는 내 팔을 지그시 쳐다본 후…… 다시 내 눈을 응시했다. 그 얼굴이 약간, 아주 약간 홍조를 띠더니…….

"미노리 군."

그녀는 뭔가를 결심한 듯이 입을 열었다.

"팔, 치워도 괜찮아요."

나는 그 말을 듣고 당황하고 말았다.

"아, 아니, 저기, 그랬다간—."

"괜찮아요. ……저한테, 체중을 맡기세요. 미노리 군이 아파하는 게, 저는 더 괴로워요."

그녀는 나를 똑바로 바라보며 그렇게 말했다. 망설이고 말았다. 정말 그래도 될까.

"제가 시키는 대로 하세요. 안 그러면 옆구리를 간지럽힐 거예요."

시노노메는 농담 투로 그렇게 말했다. 나는 무심코 허탈한 웃음을 흘렸다.

"그럼, 치운다?"

"네. 정말 괜찮아요."

그대로 약간 욱신거리는 팔을 치웠다…….

덜컹.

전철이 또 흔들렸다. 그와 동시에 나는 등을 세게 떠밀렸다.

"……아."

시노노메의 얼굴이 코앞까지 다가왔다.

시야 전체에 그녀의 눈동자가 비쳤고 서로의 코가 닿았다.

……서로의 숨결이 느껴질 만큼 얼굴이 가까워졌다.

그리고…….

아슬아슬한 타이밍에, 나는 어찌어찌 얼굴을 비트는 데 성공했다.

내 입술에 한순간 부드러운 무언가가 닿았고…… 동시에 내 볼에도 부드러운 무언가가 닿은 느낌이 들었다.

―어떻게든 시노노메의 얼굴 옆에 내 얼굴을 뒀다.

온몸이 밀착됐다. 달콤한 향기가 콧속으로 스며들어서 뇌를 뒤흔들자 사고회로가 제대로 가동되지 않았다.

……항상 강렬한 존재감을 뿜내던 그녀의 가슴이, 내 가슴에 완전히 포개지듯 맞닿았다.

"……."

사과해야만 하지만 입을 열어도 말이 나오지 않았다. 입안까지 달콤해진 듯한 착각이 들더니 심장이 터질 듯이 뛰었다.

시노노메에게도 들켰을 것이다. 틀림없다.

하지만 바로 그때, 나는 위화감에 사로잡혔다.

내 심장 뛰는 소리가 이중으로 들렸다. 나는 뒤늦게 그 의미를 눈치챘다.

시노노메의 심장 또한 격렬하게 뛰고 있었다.

두근두근. 크고 빠르게 뛰는 심장이 직접 느껴졌다.

이대로는 안 된다. 그렇게 생각한 나는 팔을 들어서 벽을 짚으려 했지만…….

"시, 시노노메?"

"……안, 돼요. 무리하지, 마세요."

시노노메가 내 등 뒤로 팔을 둘렀다.

"우, 움직이지 못하게 할 거예요."

그런 목소리가 귓가로 스며들었다. 짜릿한 쾌감이 등골을 타고 흐르더니 온몸이 따뜻한 온기에 휩싸였다.

"아, 아니, 이건, 좀…….

"하, 하지만 이렇게라도 안 하면, 미노리 군이 무리할 거잖아요. ……게다가…….

시노노메의 방울이 굴러가는 듯한 부드러운 목소리가, 마치 고막을 녹이는 듯한 착각이 내 마음을, 뇌를 뒤흔들었다.

"저, 저도, 싫진…… 아뇨. 미노리 군과 닿는 건 조, 좋아해요."

시노노메가 내 얼굴을 볼 수 없어서 다행이라고 진심으로 생각했다.

나는 팔에서 힘을 뺀 후 그녀의 등 뒤로 둘렀다. 그러자 시노노메는 움찔한 후 빙그레 웃었다.

"저는 제가 생각하는 것보다 훨씬 어리광쟁이일지도 몰라요. 무지 가슴이 뛰지만, 한편으로 아주 약간 안심했어요."

"……그렇구나."

"네."

"나도 그래."

작은 목소리로 그렇게 중얼거리자 그녀가 숨을 삼키는 소리가 귓가에서 들려왔다. 이어서 작게 웃는 목소리 또한 들려왔다. 그리고 다음 역에 도착할 때까지 우리는 그러고 있었다.

"……하아."

오늘 들어 몇 번째 한숨일까. 나는 침대에 드러누운 채 끙끙 앓고 있었다.

이유는 명백했다. 돌아오는 전철 안에서의 일이다.

"그건, 반칙이잖아."

등에 닿은 손의 온기가, 체온이…… 그 부드러운 감촉이, 지금도 선명하게 생각났다.

게다가, 그 발언…….

『저, 저도, 싫진…… 아뇨. 미노리 군과 닿는 건 조, 좋아해요.』

그리고 평소의 상냥하면서도 약간 배려하는 느낌과는 다른, 아주 조금 억지스러운 행동.

"아니, 대체 뭐냐고."

나는 엉망진창이 된 머릿속을 억지로 정리하기 시작했다.

착각일 가능성은 물론 존재한다. 남자와 여자는 친구를 대하는 태도가 다르다니 말이다.

예를 들어 남자끼리 머리를 쓰다듬어주거나 포옹하는 건…… 뭐, 하는 사람도 있겠지만 적어도 내 주위에는 그러는 사람이 없다. 에이지도 그런 짓을 하는 타입이 아니다.

하지만 여자는 어떨까. 일부이기는 하지만, 아무렇지 않게 포옹하거나 손을 맞잡는 사람이 있는 것 같았다.

어쩌면 시노노메도 그런 사람일지 모른다. 하지만…….

"그런 타입으로는 안 보이는데 말이야."

내 뇌리에는 『특별한 분』이라는 말이 계속 어른거렸다.

"하아……."

또 한숨이 입 밖으로 흘러나왔다. 오늘은 잠을 자기 힘들 것 같았다.

그때 스마트폰에서 알림음이 흘러나왔다. 그 상대는…….

『저기, 아직 안 주무시나요?』

시노노메였다.

"으으…… 왜, 왜 그런 짓을 한 걸까요."

잠을 자려고 침대로 들어갔지만 잠이 안 왔다. 계속 오늘 있었던 일을 떠올리고 말았다.

나는 옷이 많은 편이 아니라서 방과 후에 하야마 양과 옷을 사러 갔다. 그 바람에 귀가가 늦어졌고 전철 안은 사람들로 붐

벴다. 그리고 사소한 사고가 일어났는데…….

미노리 군의 얼굴이 그, 그렇게 가까운 곳에……. 으으…….

상쾌하고 안심이 되는 향기가 가슴 가득 퍼져 나갔다. 그리고 든든하고 힘차며…… 상냥하게 자신을 안아준 그 손은 마치 유리 세공품을 만시고 있는 것만 같았다.

"아, 안 돼요, 안 돼요. 이, 이래서야 완전 변태 같잖아요."

내가 이런 애라는 사실을 안다면 미노리 군에게 미움받을 것이다. 어, 어떻게든 해야 한다.

"하지만…….."

틀렸다.

기쁜 나머지 입가가 절로 말려 올라갔다. 손바닥으로 가리자 이번에는 눈가에 기쁨이 어렸다.

"제 얼굴…… 원래대로 되돌아가긴 하려나요."

밥을 먹을 때도 큰일이었다. 의식하지 않았다간, 표정이 흐트러질 것만 같았다. 처음으로 일본 무용 공연회에 참가했을 때만큼 큰일이었다.

그리고 문제점이 하나 더 있다.

"잠이 오지를 않아요."

그렇다. 잠이 오지 않았다. 믿기지 않을 정도로 말이다. 평소 같으면 이미 졸려야 할 시간대다.

"어쩌죠."

여러모로 생각해 봤지만…… 무심코 미노리 군을 떠올린 바람에 잠기운이 확 달아났다.

"미노리 군도, 안 자고…… 있을까요."

아까 통화를 마쳤는데, 하고 생각하면서도 스마트폰을 향해 손을 뻗었다.

『저기, 아직 안 주무시나요?』

정신을 차리고 보니 이미 메시지를 보냈고 즉시 읽음 표시가 떴다.

『무슨 일이야?』

그 답장을 보고 안도하는 것과 동시에, 또 입가에 미소가 어렸다.

『좀처럼 잠이 오지 않아서요. 미노리 군만 괜찮다면, 다시 전화를 걸어도 될까요?』

『그래, 좋아. 실은 나도 잠이 안 왔거든.』

다행이다. 미노리 군과 이야기를 나누다 보면 분명 잠이 올 것이다.

하지만…… 미노리 군과의 통화가 너무 즐거운 나머지, 자정 너머까지 이야기를 나눴다.

이런 일은 처음이라 아주 조금 가슴이 뛰었다.

"실례할게요, 미노리 군."

"아, 어서 와. 시노노메."

시노노메는 예의 바르게 고개를 숙이며 인사한 후, 방 안으로 들어왔다. 시선을 마주치자 그녀의 입가에 상냥한 미소가 어렸다.

그녀와 함께 손을 씻은 후 거실로 향했다.

"……어떻게 할까요? 먼저 발표할까요? 아니면 점심을 먼저 먹을까요?"

"그러면 발표부터 하는 게 어떨까? 실은 어제부터 안절부절못했거든."

"후후, 저와 마찬가지군요. 저도 어제 잠드는 데 몇 시간이나 걸렸어요."

오늘은 성적 순위를 발표하는 날이다. 그런 내 가슴 속에서는 다양한 감정이 소용돌이치고 있다.

—결과를 빨리 말하고 싶다. 그리고, 알고 싶다.

거실 소파에 앉은 시노노메가 나에게 자기 옆에 앉을 것을 눈빛으로 권했다. 그에 따라 옆에 앉으니 달콤하면서 부드러운 향기가 콧속으로 스며들었다.

나는 주먹 하나 놓을 공간을 두며 옆에 앉았지만 시노노메는 몸을 비틀어서 그 공간을 메웠다. 바지 너머로 그녀의 부드러운 감촉이 느껴졌다.

시노노메는 그것을 개의치 않으면서 가방을 자기 무릎 위에 둔 후 파일 하나를 꺼냈다. 그에 따라 찰랑거리는 머리카락이 흔들리더니 내 어깨를 간지럽혔다.

　나 또한 그것을 신경 쓰지 않는 척하면서 테이블 위에 놓여 있는 파일을 향해 손을 뻗었다. 투명 파일이지만 종이가 뒤집혀 있어서 내용은 보이지 않았다.

　"조, 조금 긴장되네요."

　"……그래."

　왠지 긴장됐다. 투명 파일을 뒤집으면 바로 결과가 보일 것이고 그녀 또한 마찬가지였다.

　거리가 가까워서 마주 보는 형태는 아니지만…… 그래도 그녀의 새하얀 손등이 닿은 탓에 심장이 쿵쾅거리고 있었다.

　그녀는 손이 닿았다는 것을 눈치……챘을 것이다. 가슴 깊은 곳에서 고개를 치켜들려 하는 감정을 억누르기 위해, 나는 일전에 시노노메가 했던 말을 떠올렸다.

　―저는 제가 생각하는 것보다 훨씬 어리광쟁이일지도 몰라요.

　그렇다. 시노노메는 어리광쟁이일 뿐이다. 그래서 이렇게 몸이 닿는 것도 좋아하는…….

　"미노리 군? 왜 그러세요?"

　눈을 감고 생각에 잠겨 있던 나는 시노노메에게 이름을 불리고서야 정신을 차렸다.

　"아, 아무것도……."

　눈을 치켜뜬 나는 그 대신 입을 꾹 다물고 말았다.

푸른 보석에 비친 자신의 얼굴이 보였던 것이다.

그녀는 내 얼굴을 들여다보고 있었다. 이렇게 가까운 거리에서 그녀가 내 얼굴을 들여다보니…… 마치 공기 너머로 그녀의 체온이 느껴질 것만 같았다.

"아, 아무것도 아냐."

나는 얼굴만이 아니라 몸까지 억지로 돌렸다. 그런데도 눈을 깜빡일 때마다 그녀의 단정한 얼굴이 눈앞에 어른거렸다.

아무리 생각해도 너무 노골적이지만 어쩔 수 없다……. 심장 소리를 들키지 않은 것만이라도 다행이라고 여기자.

그렇게, 생각했는데…….

무언가가 내 가슴에 닿았다.

"시, 시노노메?"

"……두근거리고 있어요."

눈만 움직여서 앞을 바라보니, 그녀는 내 가슴에 닿을락 말락 하는 위치…… 아니, 그녀의 손가락은 틀림없이 내 가슴에 닿아 있었다.

시노노메의 푸른 눈동자와 시선을 마주하자 그녀는 서서히 손바닥을 내밀었다. 천과 공기 너머로 온기가 느껴지더니 그녀의 손바닥과 내 가슴 사이에는 한 장의 천만 존재했다.

"그때와 같아요."

그때, 가 대체 언제를 말하는 것일까. ……짚이는 구석이 한 두 개가 아니었다.

"심장 소리…… 소우타 군의 심장 소리를 들으니, 마음이 진정돼요."

"꽤, 꽤 빠르게 뛰고 있지 않아?"

"그래서예요."

그 말의 의미를 이해하지 못한 나는 당혹스러워했다. 동요한 탓에 머리가 잘 돌아가지 않았다.

그녀는 빙긋 웃더니 다른 한 손으로 자기 머리카락을 등 뒤로 쓸어 넘겼다.

"저도 마찬가지예요. 소우타 군."

—마찬가지.

그 말의 의미를 모를 만큼, 나는 둔감하진 않았다. 그래서 심장이 한층 더 빠르게 뛰었다.

"……."

여전히 격렬히 뛰고 있는 내 심장 소리를 즐겁게 듣고 있던 시노노메가, 갑자기 화들짝 놀란 표정을 지었다.

"하, 함부로 몸에 손을 대서 죄송해요."

허둥지둥 내 몸에서 손을 뗐다. 그 손에서 느껴지던 체온이 서서히 멀어지자…….

"……괜찮아."

나는 그렇게 대꾸했다. 얼굴이 꽤 화끈거렸다.

"저, 정말요?"

"응. 하, 하지만 일단 결과 발표부터 하지 않겠어?"

이대로 있다간 오늘 목적을 잊을지도 모른다. 그것도…… 나쁘지 않지만 그녀에게 분위기를 지배당할 것만 같다.

"알았어요. 그러면 나중에 부탁드릴게요."

그 말에 안도하면서도 이어진 말은 의도적으로 머릿속에서 멀리했다. 과연 참을 수 있을까. 아니, 참아야만 한다.

"그러면…… 하나, 둘, 셋에 보여주죠."

"그래, 좋아."

시선을 마주한 우리는 고개를 끄덕이며 타이밍을 쟀다.

""하나, 둘, 셋!""

그 종이에 적힌 순위는…….

1등/280명.

1등/320명.

―우리 둘 다, 놀라운 결과였다.

"……1등…… 1등! 미노리 군, 1등이에요!"

"그래. 시노노메도 1등이구나!"

"대단해요! 정말 대단해요! 미노리 군!"

흥분한 탓에 볼이 상기된 시노노메가 내 손을 꼭 말아쥐었다. 그 바람에 놀라면서도 그녀가 나보다 더 좋아해 주는 게 기뻤다.

게다가 순위 아래에 적힌 각 과목의 점수를 보니, 시노노메의 영어 점수는 【100점】이었다. 그 사실 또한 기뻤다.

"취약 과목을 극복했는걸."

"미노리 군 덕분이에요. 이건 빈말이 아니라 엄연한 사실이에요."

"감사해야 할 사람은 나야. 내가 1등을 한 건 전부 시노노메 덕분이야."

"고마워요. 하지만 미노리 군이 노력한 덕분이기도 생각해요."

맞잡은 손에 힘을 준 그녀는 기쁨에 찬 환한 미소를 지었다.

"……미노리 군."

"응? 왜?"

종이를 다시 내려놓으려고 한 순간, 그녀가 나를 불렀다.

"소원이나 포상을 떠나, 부탁……이라고 할까요. 하고 싶은 게 있어요."

"뭘 그렇게 둘러 말하는 거야? 일단 말해봐."

시노노메의 표정은 진지했지만 볼이 희미하게 분홍빛으로 물들어 있었다.

그런 그녀의 눈동자가 나를 응시하면서…….

"소우타 군."

호흡이 멎었다.

부드럽고, 방울이 굴러가는 듯한 맑은 목소리로…….

"소우타 군."

또, 내 이름을 불렀다.

"……그렇게 부르고 싶어요. 그리고 저 또한 『시노노메』가 아니라 『나기』라고 불러주시면…… 정말 기쁠 것 같아요."

그 말의 의미는 용케 이해했단 생각이 들었다. 그 정도로 파괴력이 어마어마했다.

나는 어찌어찌 입술을 움직였다. 그 움직임이 이렇게 완만하게 움직이는 것을 보면, 나도 매우 긴장한 것 같았다.

"나기."

"……네!"

그 힘찬 대답을 들은 순간, 그녀의 표정이 환해졌다.

"후후, 소우타 군. 드디어 이름으로 불렀어요."

다시 손을 꼭 움켜쥐었다. 그리고 시노노메…… 아니, 나기는 몇 번이나 내 이름을 기쁜 듯이 불렀다.

"소우타 군."

"……왜?"

"참 잘했어요, 소우타 군."

그 말은 기쁨과 함께 상냥함과 따뜻함에 휩싸어 있었다.

"그래. 나기도 정말 잘했어."

그렇게 대답하며 손을 움켜쥐어주자 그녀의 미소는 더욱 진해졌다.

점심을 다 먹은 후 어느새 잠들고 말았다. 다행히 몇 시간이나 흐르진 않았다.

옆을 쳐다보니 그녀는 내 옆에 있었다.

"잘 잤어요? 소우타 군."

"윽…… 으, 응, 나기."

알고는 있었지만 아까 전의 대화는 꿈이 아니었다.

—서로를 이름으로 부르니 조금 멋쩍지만 그 이상으로 기뻤다.

이대로 쭉 이 시간을 즐기고 싶었으나…… 나는 어떤 일을 떠올렸다.

"나, 나기."

"네, 나기예요."

그녀를 이름으로 부르려 했는데 아직 입에 익지 않은 탓에 약간 더듬고 말았다. 하지만 그런 걸 신경 쓰다간 대화를 이어갈 수 없다. 말을 더듬은 데서 눈을 돌린 나는 심장을 진정시킨 후에 말을 이어갔다.

"에이시와 니시자와…… 내 절친과 그 절친의 여친이 말이지? 다음에 나기와 나한테 공부를 배우고 싶대. 아직 기말고사까지 시간이 있지만, 예습을 겸해서 말이야."

"……그때 그분들, 말이죠?"

나기는 머뭇머뭇 그렇게 물었다. 나는 그녀를 안심시키기 위해 고개를 끄덕였다.

"비 오는 날, 나기가 나를 마중 왔을 때 봤던 그 두 사람이야."

"네. 마키자카 씨와 니시자와 양이었죠?"

"맞아. ……물론 어려울 것 같으면 솔직하게 말해줬으면 해. 어때?"

나기는 턱에 손을 대더니 지그시 뭔가를 생각했다. 그리고 고개를 들어서 나와 시선을 마주했다.

"상관없어요. 그런데, 실은 저도…… 소, 소우타 군과 만나보고 싶다는 친구가 있어요."

나기의 친구, 란 말에 나는 한 인물을 떠올렸다.

"……정말이야?"

"네. 다음에 만나게 해달라고 했어요. 좋은 기회 같은데, 어떤가요?"

"일단 에이지한테 확인을 해봐야겠지만, 나는 괜찮아."

나기의 친구라면 아마 그녀일 것이다. 이야기는 들었는데 나도 한번 만나보고 싶었다.

"……그리고 실례인 건 알지만 부탁이 하나 있어요."

"뭔데? 뭐든 말만 해."

내가 그렇게 말하자 나기는 기쁜 듯이 미소 지었다.

"저는 낯가림이 심해요. 그러니 소우타 군이 쭉 옆에 있어 준다면 기쁘겠어요."

그 말에서 나를 향한 그녀의 신뢰가 느껴지는 것만 같았다. 기쁨을 느낀 나는 그녀와 마찬가지로 웃음을 흘렸다.

"응, 물론이야."

공부 모임 당일. 역에서 그들이 오길 기다렸다.

"오, 벌써 와 있네. 어~이!"

친숙한 친구의 목소리가 들려오자 나기와 함께 그쪽을 돌아봤다.

"빨리도 왔구나! 아직 안 왔을 줄 알았어."

"그러는 너야말로 일찍 왔잖아. 아직 10분 전이거든?"

마키자카 에이지와 그의 여친인 니시자와 키리카. 두 사람이 도착한 것이다.

그리고 에이지와 니시자와는 나기에게 시선을 돌렸다.

"이렇게 만나는 건 두 번째네요. 마키자카 씨. 니시자와 양."

"오, 오래간만이에요! 우리 소우타가 신세 많이 지고 있다고 들었어요!"

"들었어요!"

"너희가 내 부모라도 되냐."

두 사람이 깍듯하게 고개를 숙였고 나는 어처구니없다는 목소리로 그렇게 말했다.

그리고 어느새 나기가 반걸음 정도 나에게 다가왔다. ……마치 저 두 사람에게 맞서듯이 말이다.

나기의 달콤한 향기가 코끝을 스쳤고 손등이 내 몸에 닿았다. 그 정도로 가까운 거리였다.

고개를 움직여서 나기를 쳐다보니 그녀 또한 내 시선을 눈치채고 나와 눈을 맞췄다.

내 시선에 담긴 의미를 아는지 모르는지, 그녀는 빙그레 미소지었다.

……느닷없이 이런 짓 좀 하지 말아줬으면 한다. 자기가 얼마나 미인인지 이해하고 있긴 한 걸까. 이렇게 가까운 거리에서 그녀가 나를 향해 미소 지으니 심장에 충격이 가해졌다.

"저기, 머리를 들어보니 둘이 꽁냥대고 있네. 어쩌면 좋지?"

"글쎄? 확 우리도 꽁냥댈까?"

나는 그 두 사람의 말을 듣고 정신을 차렸다. 두 사람은 소곤소곤 이야기를 나누고 있었다. ……다 들리지만 말이다.

"그것보다 방금 그건 뭐지? 우리도 그렇게 서로를 응시하진 않잖아?"

"동감이야. 얘들, 완전 정통파 러브코미디 찍고 있네."

"다 들린다고."

두 사람은 어깨를 부르르 떨었다.

하아…… 나기의 얼굴이 새빨개졌다. 하지만 그녀는 나에게서 떨어지려 하지 않았다. 낯가림이 부끄러움을 앞서고 있었다.

"그, 그것보다 말이야. 시노노메 양의 친구가 온다고 했지?"

"아, 네. 하야마 히카루 양이라고 하는 분인데, 밝고 활기찬 분이에요."

바로 그때였다. 딱 봐도 밝고 활기차 보이는 사람이 역 쪽에서 걸어오고 있었다.

"……혹시 저 사람이야?"

그쪽을 쳐다본 나기가 앗, 하고 소리를 냈다. 나기를 발견한 그 소녀는 밝은색 금발을 휘날리면서 손을 흔들었다.

"네! 하야마 양이에요!"

금발을 포니테일 스타일로 묶은 활기찬 여성. 니시자와와는 다른 타입의 활발함을 지닌 사람이었다. 이야기는 들었지만…… 약간 날라리 같은 느낌이었다. 물론 나쁜 의미는 아니다.

마치 무사태평하달까, 묘한 분위기는 전혀 감돌지 않았다. 나기의 친구답다는 생각이 들었다.

"내가 가장 늦었나 보네. 미안해~."

"아뇨. 아직 약속 시간보다 이른걸요. 그러면 소개할게요."

나기는 그렇게 말하며 나한테서 떨어지더니 그녀의 옆에 섰다.

"하야마 히카루 양. 저와 같은 고등학교에 다니는 친구예요."

"하야마 히카루예요! 하야마든, 히카루든, 편한 대로 불러줘. 취미는 다양해. 아, 이래 봬도 입은 무거운 편이거든? 상의할 게 있으면 말만 해."

"네. 하야마 양은 진지하게 제 이야기를 들어주세요. 저도 자주 신세를 지고 있어요."

그 말을 듣고 고개를 끄덕인 후 우리 또한 자기소개를 마쳤다.

바로 그때 하야마가 나에게 다가왔다.

"흐음…… 네가 미노리 군이구나. 이야기는 들었어."

"으, 응?"

그녀는 나를 머리부터 발끝까지 꼼꼼히 뜯어봤다. 약간 멋쩍은 느낌이 든 나는 몸을 희미하게 떨었다.

"나쁘지 않네."

"하, 하야마 양?! 아, 안 돼요!"

나기가 하야마의 시선을 차단하듯 내 앞에 섰다.

"아, 아무리 하야마 양이라도! 소, 소우타 군은 안 돼요!"

나기가 하야마를 노려봤다…… 마치 자기 영역이라고 주장하는 새끼 고양이처럼 말이다. 무섭다기보다는 귀엽다는 생각이 먼저 드는 건 왜일까. 【얼음공주】 때와 달리 압력이 눈곱만큼도 없었다.

하야마는 나기를 보더니 만족한 듯이 고개를 끄덕였다.

"응, 응. 알아~. 시노노메가 항상 이야기하던 그가 얼마나 멋진 남자인지 살펴봤을 뿐이야. 안심해."

하야마가 그렇게 말하자 나기는 그대로 얼어붙었다. 게다가 추격타까지 날아왔다.

"독점욕…… 키리카는 왜 그런 걸 드러내지 않는 건데?"

"어, 드러냈으면 좋겠어?"

"때로는"

"흐음…… 기회가 있으면 그렇게 할게. 아마 그럴 일은 거의 없겠지만."

그런 두 사람의 대화가 뒤편에서 들려와서 나기의 볼만이 아니라 귀까지 새빨개졌다.

"너희들, 나기를 너무 놀리지 마. 그러다 미움받아도 난 몰라."

나기가 더 놀림을 받는 걸…… 조금은 보고 싶기도 했지만 관두기로 했다.

"다들 모였으니까 가자. 따라 와."

이곳에 더 있어봤자 주위에 방해만 될 거라서 나는 걸음을 옮겼다. 그러자 나기는 화들짝 놀라며 내 옆에 붙어 섰다.

그 모습을 본 다른 이들이 히죽거리는 것을 피부로 느끼면서도, 나는 괜히 관심을 주지 않으며 집을 향해 걸음을 옮겼다.

"오오~! 남자가 혼자 사는 집이라고 해서 난장판일 줄 알았는데, 깨끗하잖아. 대단해~."

하아미가 집에 들어서자마자 놀란 목소리로 그렇게 말했다.

"청소는 꼼꼼히 하거든. 나기, 이야기 안 해준 거야?"

쓴웃음을 머금으며 나기에게 물어보니 그녀는 고개를 저었다.

"친구의 프라이버시와 관련된 일이니까요. 함부로 이야기하지 않았어요."

"……그랬구나."

듣고 보니 나기라면 이야기하지 않을 거란 생각이 들었다. 그렇다면 내가 말하는 편이 나으리라.

"나는 요리를 못 해……. 안 한다고 해도 되려나. 아무튼, 직접 해 먹지 않아."

나기의 눈동자가 나를 지그시 꿰뚫었다. 자기가 이어서 말해도 될지 묻는 것이다. 그편이 빠를 것 같기에 나는 고개를 끄덕이면서 나기와 바통 터치를 했다.

"외식이나 파는 음식만 사 먹으면 영양 균형이 깨질 테니, 제가 도시락을 싸주거나 매주 토요일에 이렇게 찾아와서 밥을 해 드려요."

하야마는 나기의 말을 듣고 눈을 동그랗게 떴다.

"……뭐? 정말? 처음 듣는데?"

"정말이에요. 이유는 방금 말한 대로예요."

나기는 진지하게 고개를 끄덕였다. 하야마는 나와 나기를 번갈아 쳐다보더니 경악과 어처구니없음이 반씩 섞인 표정을 지었다.

"그런데도 사귀지 않는다는 게 정말이야?"

"저, 정말이에요!"

"그 정도면 사정이 있어서 따로 사는 부인이잖아."

"부, 부인……?"

나기는 새하얀 볼을 새빨갛게 붉혔다. 나도 덩달아 얼굴을 붉혔지만…… 일단 무슨 말을 해야겠다 싶어서 나기의 옆에 섰다.

"나기는 상냥하거든. 내가 건강을 해칠까 걱정해 주는 거야. 게다가 내가 건강을 해친다면 나기와 한 약속도 지키지 못해. 내용은 말 못 하지만, 그런 거야. 안 그래, 나……기?"

개인적으로는 꽤 적절한 엄호 사격이었다고 생각한다. 그렇게 생각하며 나기를 쳐다보니…… 부들부들. 그녀는 볼을 살짝 부풀린 채 부들부들 떨고 있었다.

저, 화났어요! ……그렇게 말하는 것처럼 말이다.

"……나기?"

"조금, 아주 조금 마음이 복잡해요."

나기는 그렇게 말하며 나에게 한 걸음 다가섰다. 안 그래도 가깝던 거리가 더욱 가까워지다 못해 완전히 밀착됐다.

그런 그녀의 푸른 눈동자가 나를 지그시 응시했다.

부끄러워진 나는 고개를 돌리고 말았다.

그러자 나기는 한숨을…… 어처구니없어하는 게 아니라 약간의 기쁨이 어린 한숨을 토했다.

"뭐, 지금은 그냥 넘어가겠어요. 공부는 거실에서 할 거죠? 빨리 가죠."

"으, 응."

나기가 먼저 거실로 향했다. 그런 그녀의 뒤를 따르는 내 등을…… 세 쌍의 시선이 인정사정없이 찌르는 느낌이 들었다.

"거기는 말이죠. 이 방정식이 아니라…… 앞 페이지에 실린
이 방정식으로 풀면 돼요."

"아, 그렇구나! 여기서 쓰는 거네! 고마워, 나기링!"

"아뇨, 천만에요."

우리는 공부 모임을 시작했다. 기말고사까지 시간이 꽤 있으
니 거의 예습이나 다름없지만 이렇게 공부해 두면 손해가 될 것
은 없다.

두 시간 정도 공부했을 즈음, 나기도 조금씩 두 사람과 이야
기를 나누기 시작했다. 특히 니시자와는 편하게 이야기를 나
누게 됐다. 니시자와는 나기를 「나기링」, 하야마를 「히카룽」이
라고 불렀다.

니시자와는 친해지고 싶은 사람을 이런 특수한 호칭으로 부
르는 것 같았다. 에이지와는 소꿉친구 사이라 그러지 않지만,
진짜 커뮤니케이션 능력이 엄청나다니깐.

점심때가 되어가자 나기가 자리에서 일어났다.

"곧 점심때니까 제가 요리를 할게요. 고기 감자조림을 만들
까 하는데, 괜찮죠?"

"……어? 나기링이 만들 거야?"

그 말에 다른 이들이 놀란 표정을 지었다. 원래 그럴 예정이
었기에 나는 딱히 놀라지 않았다.

"네. 배달을 시킬까도 했지만, 기왕이면 이편이 낫지 않을까 싶어서요."

"만세~! 고마워~!"

"예이~! 무지 기대돼."

같은 또래 여자아이가 만든 요리를 먹을 기회는 흔치 않다. 공부 중이던 그들은 텐션이 급상승했다.

"그러면 나도 나기를 도울 테니까, 세 사람은 여기서 기다리고 있어."

"오케이~!"

나는 그렇게 말한 후 나기와 함께 부엌으로 향했다.

부엌에서는 나기가 내 앞치마를 걸치면서 나를 쳐다봤다. 즐거운 듯이, 그리고 약간 불가사의한 미소를 머금고 있었다.

"부엌에 있던 레시피를 예전에 봤어요. 그러니 오늘은 소우타 군 레시피의 고기 감자조림을 만들 거니까…… 안심하세요."

눈을 치켜뜨고 말았다.

─간파당했다.

나기가 자기 요리를 내가 아닌 다른 누군가에게 대접하게 되니 아주 약간…… 거무튀튀한 웅어리 같은 무언가가 내 마음속에 감돌고 있었다.

"저의…… 제 레시피로 만든 요리는, 가족과 소우타 군에게만 대접할 거예요."

─그 말은…….

내 머릿속을 스친 상상은 황당무계했지만 그랬으면 좋겠다는 소망이 담겨 있었다.

몇 초 동안 눈을 감고 심장을 진정시켰다. 그리고 눈을 떴다.

그런 내 코앞에 나기가 있었다. 눈을 감고 있었기에 그 기나긴 속눈썹이 잘 보였다. 그 바람에 겨우 진정됐던 심장이 다시 두방망이질 치기 시작했다.

"······그러면, 부탁해요."

나기는 그대로 고개를 살짝 숙이더니······ 나를 향해 머리를 내밀었다.

"지, 지금 해달라는 거야?"

"지금이 아니면 오늘은 못 받을 것 같거든요. 부탁해요."

부엌은 장지문 탓에 거실에서 보이지 않는다. ······부엌과 거실을 가르고 있는 건 겨우 장지문 하나뿐이라고도 말할 수 있겠지만 말이다.

지금도 작은 목소리로 대화를 나누고 있는데 평범하게 이야기를 나누면 거실에 있는 이들에게 다 들릴 것이다.

안 된다고 머릿속으로 생각하면서도 나는 자기도 모르게 손을 들어 올렸다.

보이지 않으니 아무 문제 없다고 생각하며······.

나는 살랑거리는 나기의 머리 위에 손을 얹었다.

"······후후."

그대로 상냥히 머리를 쓰다듬어주자 그녀의 입술에서 맑은 웃음소리가 흘러나왔다.

달콤한 향기가 주위에 감돌았다. 나기의 손이 내 가슴에 놓였다. ……그날 이후로 나기는 내 가슴에 손을 자주 올렸다. 예전에도 느꼈던 것처럼 남에게 자기 심장 박동을 들키는 건 부끄럽지만…… 기뻐하는 나기를 보니 거절할 수 없었다.

저 비단처럼 살랑거리는 머리카락은 손가락에 얽히지 않는다. 그녀의 느슨한 표정을 볼 수 있어서 기쁘다. 영원토록 쓰다듬고 싶을 정도다.

─바로 그때였다.

"저기, 시노노메. 좀 물어볼 게……."

하야마가 장지문을 열면서 얼굴을 비췄다.

나와 나기는 떨어질 시간이 없었고 그 자리에서 딱딱히 굳어버렸다.

시간이 멈춘 듯한…… 그런 착각에 사로잡혔다.

"……."

나와 나기만이 아니라 하야마도 굳어버렸다. 이 공간에 침묵이 찾아왔다.

"히카룽, 왜 그래~?"

그 목소리가 들려온 순간, 시간이 다시 흐르기 시작했다.

나는 다급히 손을 치웠지만 나기는 내 가슴에서 손을 떼지 않았다.

나기를 쳐다보니…… 그녀는 젖은 눈동자로 나를 응시하고 있었다.

마치 『안 쓰다듬어주는 건가요?』하고 말하는 것처럼…….

『진심이야?』하고 눈빛으로 묻자 그녀는 고개를 끄덕였다.

다시 나기의 머리에 손을 얹으니 그녀는 기뻐하며 눈을 가늘게 떴다.

"이 상황에서 계속하는 거야?"

그와 동시에 하야마는 그 자리에서 고꾸라질 뻔했다.

"……어? 히카룽?"

"아, 저기, 아무것도 아냐. 잠시만 기다려."

하야마는 니시자와를 향해 그렇게 말하고 나서 장지문을 닫았다.

거실로 돌아가는 게 아니라 부엌으로 들어오면서.

"그래서? 이게 대체 어떤 상황인 거야?"

"이건 말이지……. 저기, 뭐랄까……."

나기를 쳐다보니 그녀는 고개를 끄덕였다. 그리고 내 가슴에 댄 손을 치웠다.

하지만 나도 손을 치우려 하자 쓸쓸한 눈길로 나를 올려다봤다.

……결국 패배한 나는 나기의 머리를 계속 쓰다듬어줬다. 그리고 나기는 그 상태에서 하야마를 쳐다봤다.

"지금 보고 있는 것과 지금부터 해주는 이야기는 비밀로 해줬으면 해요."

"오케이~ 오케이~. 그 정도는 나도 알아."

하야마가 몇 번이나 고개를 끄덕였고 나기는 이야기를 시작했다.

"소우타 군을 만나고 눈치챈 건데, 사실 저는 상당한 어리광쟁이였어요."

"……오호라?"

하야마는 자기 입으로 한 말과 달리, 전혀 이해하지 못한 것 같았다. 일단 받아들이고 보잔 생각에 고개를 끄덕인 것이리라.

"그래서 말이죠? 우여곡절 끝에 소우타 군이 이렇게 제 머리를 쓰다듬어주는 걸…… 조, 좋아하게 됐어요. 그래서 단둘이 있을 때, 머리를 쓰다듬어달라고 부탁해요."

"……지금은 단둘이 있지 않잖아?"

"이, 이 타이밍이 아니면 오늘치를 못 받을 테니까요. 그러면 아쉬울 것 같았어요."

나기는 얼굴을 새빨갛게 붉히며 그렇게 대답했다. 나는 무심코 손을 멈추고 말았다. 그것을 의아하게 생각한 건지 나를 응시하는 푸른 눈동자와 눈이 마주쳤다.

"소우타 군? 왜 그러세요?"

"……아니, 나기가 원한다면 하루에 몇 번이라도 해줄 수 있는데……."

"저, 정말인가요?!"

나기는 무심코 그렇게 외쳤다. 거실에 있는 이들에게도 목소

리가 들렸을 것 같지만…… 다행히 그들은 이쪽으로 오지 않았
다.

"앗. 크, 큰 소리를 내서 죄송해요."

"아냐, 괜찮아."

별생각 없이 손을 움직여서 머리를 쓰다듬어주자 불안이 어
려 있던 나기의 얼굴이 밝아졌다.

"저, 저기, 정말 괜찮겠어요?"

"응? 아, 물론이야. 원래부터 하루에 한 번으로 정해둔 것도
아니잖아."

하루 한 번이란 말도 지금 처음 들었다. 딱히 힘든 일도 아니다.
내 심장에 매우 안 좋기는 하지만 그 또한 딱히 싫지는 않았다.

나기의 표정이 환해졌다. 그러나 곧 난처한 표정을 지었다.

"하, 하지만 제한이 없으면 하루에 열 번은 부탁할 것 같아
요……."

"그, 그렇구나."

역시 하루 열 번은 많나. 거절하진 않겠지만…….

"나도 나기의 머리를 쓰다듬는 걸 싫어하진…… 아니, 좋아
하는데 말이야. 뭐, 어쩔 수 없지."

내가 그렇게 말한 순간, 나기가 화들짝 놀라며 고개를 치켜들
었다.

"그, 그러면 하루에 두 번, 두 번까지는 어떨까요. 부탁드려
요!"

그 눈동자에 깃든 초조함을 감지한 나는 무심코 웃음을 흘렸다.

"알았어. 혹시 더 늘리고 싶다면 언제든 말만 해."

"네!"

기뻐하는 나기의 머리를 쓰다듬어주니 그녀의 표정은 더욱 느슨해졌다.

"저기, 내가 있는 걸 잊은 거 아냐?"

"……아."

하야마가 옆에서 고개를 빼꼼 내밀었고 나와 나기는 서로의 얼굴을 쳐다보며 웃음을 흘렸다.

"우와, 대박. 맛있어~."

"맞아~. 끝내주게 맛있는걸."

"정말 훈훈한 맛이야. 응. 정말 맛있어."

나기가 만든 고기 감자조림은 정말 호평이었다. 물론 내 입에도 맞았고 매우 그리운 맛이었다.

"후후, 다행이네요. 소우타 군 집안 스타일의 고기 감자조림이에요."

그녀가 그렇게 말한 순간, 에이지와 시니자와가 사레들렸다.

"으극…… 콜록, 콜록. 소, 소우타 집안 스타일?"

"······나도 에이지의 집안 레시피는 모르거든?"

"레시피가 부엌에 있어서, 그걸 보고 만들어봤어요."

나기가 그렇게 말하자 하야마를 비롯한 세 사람은 이해했다는 듯 고개를 끄덕였다.

그리고 다 같이 고기 감자조림을 먹으며 식사를 즐기고 있을 때였다. 문득 뭔가가 생각난 듯한 나기가 입을 열었다.

"맞아요. 여러분에게 부탁······이 아니라, 괜찮다면 와줬으면 하는 장소가 있어요."

"와줬으면 하는 장소?"

"네! 식사 중이지만, 잠시 실례할게요."

나기는 그렇게 말하면서 자기 가방을 가져왔다. 그리고 안에서 종이 한 장과 티켓 네 장을 꺼냈다.

커다란 종이는 광고지 같았다.

"실은 11월 초에 제가 참가하는 일본 무용 공연회가 열려요. 그리고 저는 출연자라서 가족과 친구를 초대하기 위한 티켓을 받았죠. 괜찮다면 보러 와주시지 않겠어요?"

"나기가 출연한다면, 보러 갈게."

나는 반사적으로 그렇게 대답했다.

그러자 불안해 보이던 나기의 얼굴에 안도의 빛이 어렸다. 이어서 다른 이늘노 입을 열었다.

"오~! 나도 이런 걸 좋아하거든. 갈래."

"그러고 보니 에이지는 이런 예술이나 예능 같은 것에 관심이 많잖아. 그럼 나도 갈게!"

"시노노메도 나온다니, 나도 갈까?"

에이지가 이런 것에 관심이 있는 줄은 나도 몰랐다. 니시자와가 저렇게 말하는 것을 보면 사실이리라.

"고마워요! 기말고사 전이겠지만, 꼭 오셔서 즐겨주셨으면 해요!"

나기는 세 사람의 말을 듣고 기쁨에 찬 미소를 지었다.

시간이 흘러서 11월이 됐다.

일본 무용 공연회가 모레로 다가왔다.

정확하게는 토요일과 일요일, 이틀에 걸쳐 공연을 한다. 출연자 숫자가 많은 듯하며 나기 차례는 일요일…… 그것도 가장 마지막이다.

내일, 나기는 가족과 공연을 보러 가게 됐다. 그래서 금요일인 오늘 우리 집에 오기로 했다. 참고로 이번 주는 다도와 꽃꽂이를 쉰다고 한다.

"긴장, 되지?"

이번 주 들어서 나기의 표정이 딱딱해 보였다. 그럴 만도 했다. 나는 학교에서 발표할 때도 긴장한다. 그런데 공연은 수백 수천 명 앞에서 하는 것이다. 게다가 가장 마지막을 맡게 됐으니 그 긴장은 말로 다 표현할 수 없을 정도이리라.

소파에 앉은 나기는 온몸에 힘이 들어가 있었다. 그녀는 내 말을 듣고 억지로 웃음을 흘리며 고개를 끄덕였다.

"네. 부끄럽지만, 조금 긴장했어요."

"딱히 부끄러워할 일은 아니잖아. 긴장했다는 건, 그만큼 노력해 왔다는 증거 아닐까?"

연습한 대로 할 수 있을까. 노력이 결실을 볼까. 연습과 노력을 아끼지 않았기에 그런 불안에 사로잡히는 것이다.

"고마워요. 그렇게 말해주시니 기뻐요."

나기는 이어서 휴우 하고 긴 한숨을 토했다.

마음이 진정되지 않는 것 같았다.

뭔가, 내가 할 수 있는 일이 없을까.

팔짱을 끼고 고민하다 보니 어떤 생각이 머릿속을 스쳤다.

"……저기, 나기."

"……? 무슨 일이죠?"

"나는 나기가 정말 노력한다고 생각해. 내가 안 보는 데서도 쭉 노력해 왔을 거야."

나기는 영문을 모르겠다는 듯이 고개를 갸웃거렸다. 이대로는 이야기가 싫어질 것 같았기에   나는 일단 심호흡을 했다.

"무대에 서기 전에, 특별한 포상을 줄까?"

"……! 저, 정말이에요?"

"내가 해주고 싶어. 싫다면 거절해도 돼."

나기는 고개를 세차게 젓더니 강한 빛이 어린 눈으로 나를 응시했다.

"소우타 군이 해주는 거라면, 그게 뭐든 저는 기쁠 거예요."

나기가 빈말이 아니라 진심으로 그렇게 말해줘서 기뻐진 나는 그 마음을 숨기지 않고 표정에 드러냈다.

"알았어. 이쪽으로 와봐."

"아, 네!"

나기를 데리고 내가 향한 곳은…… 침실이다.

"소우타 군의 방…… 처음 들어와 봐요."

"항상 거실에서 지냈잖아."

"네. 방에서 소우타 군의 향기가 감돌아요."

나기가 신기한 듯이 방 안을 둘러보자 조금 부끄러워졌다.

방구석에 있는 침대에 걸터앉은 후 나는 옆을 두드렸다. 그러자 나기는 약간 긴장한 표정으로 다가왔다.

"설명이 좀 부족했는걸. 딱히 이상한 짓을 하려는 건 아니니 안심해."

"그런, 가요?"

안도한 듯이…… 내 옆에 앉았다.

—착각일 것이다.

약간 아쉬워한 것처럼 보인 건, 내 착각이 틀림없다.

휴우, 하고 번뇌를 한숨에 담아서 입 밖으로 토했다.

"나기. 여기 누워 봐."

"……네?"

더욱 세차게 뛰는 심장을 무시하면서 나는 자기 무릎을 두드렸다. 그러자 그녀는 얼이 나간 표정을 지었다.

"싫으면 됐—."

"싫지, 않아요."

내 말을 끊은 나기가 옆에…… 내 무릎을 베고 누웠다.

"……기뻐요. 정말 기뻐요."

작지만 방울이 굴러가는 것처럼 맑은 목소리가 내 고막을 뒤흔들었다. 나는 대답 대신 그녀의 머리카락을 쓰다듬어줬다.

"기분 좋아요."

"다행이야. 시간제한 같은 건 없으니까, 네가 원하는 만큼 쓰다듬어줄게."

나기는 미소를 머금으며 고마워요, 하고 정중히 말했다.

천만에요, 하고 답한 나는 한동안 나기의 머리를 쓰다듬어줬다. 그리고 기분 좋은 듯이 가늘게 뜬 그녀의 눈동자가 나를 향하고 있다는 것을 눈치챘다.

"……욕심쟁이 같지만, 조금만 더 어리광을 부려도 될까요."

"욕심쟁이는 무슨. 얼마든지 해도 돼."

나기는 욕심이 없는 편이다. 그러니 조금은 욕심을 부려도 될 것이다.

하지만 그녀는 내 예상보다 더 욕심을 부렸다.

나기는 내 몸쪽을 향해 돌아누웠다.

나는 딱딱하게 굳어버리고 말았다. 머리부터 발끝까지 완벽하게……

천장을 쳐다보며 휴우 하고 한숨을 토했다. 그리고 나기의 머리…… 정확히는 내 쪽에서 반대편에 있는 그녀의 뒤통수에 손을 얹었다.

"에헤헤."

작은 웃음소리와 함께, 허벅지에서 느껴지는 압력이 강해졌다.

"소우타 군의 향기를 맡으면 마음이 진정돼요. 저는 이 향기를 참 좋아해요."

"……그래."

조금, 아니, 꽤나 부끄러웠다. 하지만 나기가 기뻐하니 됐다고 생각하며 그녀의 머리를 계속 쓰다듬어줬다.

한동안 그러고 있자, 나기의 숨소리가 점점 규칙적으로 변했다. 시선을 내려보니, 그녀의 푸른 눈동자가 눈꺼풀에 가렸다 드러나기를 되풀이하고 있었다.

"오늘은 아직 시간이 있으니까, 졸리면 잠시 눈 좀 붙여도 돼."

"……그럴, 까요. ……저기, 소우타 군."

"왜?"

나기는 손을 들어 올리더니 자기 가슴 근처에 올려뒀다.

"손, 잡아주지 않겠어요?"

두근. 빠르게 뛰고 있던 심장이 더욱 격렬하게 두근거렸다.

"그러면 잠이 더 잘 올 것 같아?"

"네에~ 부탁, 드려요."

"알았어."

나기의 손에 내 손을 얹자 그녀는 내 손을 꼭 움켜쥐었다.

"따뜻해요."

"응, 그런걸."

편안한 표정으로 미소 짓는 나기를 보니 나까지 절로 미소가 어렸다. 그런 그녀가 눈을 감는 모습을 지그시 응시했다.

"잘 자요. 소우타 군."

"그래. 잘 자, 나기."

그 말을 끝으로, 나기는 완전히 잠들었다. 잠들었지만 그녀는 내 손을 한사코 놓지 않았다.

이렇게 보니 정말 어린애 같았다. 【얼음공주】란 말은 어울리지 않았다.

볼에 붙어 있는 머리카락을 귀 뒤편으로 쓸어 넘겨주었고 그녀는 간지러워했다.

"……정말 귀엽네."

무심결에 그렇게 말하고 말았다. 즉시 입을 다물었지만 아무래도 나기는 이미 잠든 것 같았다.

그 사실에 안도한 나는 다른 한 손으로 그녀의 머리를 쓰다듬어줬다. 그녀의 얼굴에는 여전히 미소가 어려 있었으며 완전히 릴렉스한 것 같았다.

―가족 앞에서는 태도를 신경 쓰는 걸까.

양자라서…… 아니면 원래 가족 앞에서는 태도를 신경 쓰는 성격이었을까. 그녀 이외의 누구도 그 답을 알지 못하겠지만 무심코 생각에 잠겼다.

가족에게 어리광을 부릴 수 없다. 그것은 나에게 있어 미지의 영역이다. 나는 어리광을 부리고 싶지 않더라도 어리광을 부려왔는데, 지금 생각해 보면 친구가 없는 나를 부모님이 배려해준 것일지도 모른다.

고개를 숙여보니 곤히 잠든 나기의 모습이 눈에 들어왔다.

긴장도 되겠지만 육체적으로도 꽤 피곤할 것이다. 어제까지 쭉 일본 무용 연습을 해왔으니까.

생각해 보니 밤에 통화할 때도 그렇다. 평소에는 나기가 졸음을 못 이기고 잠들면서 통화가 끝났지만, 요즘은 적당히 시간을 봐서 통화를 끝내고 있다. 어쩌면 그 후에 잠들지 못한 것일지도 모른다.

"하다못해 여기서라도 푹 자."

흠냐흠냐 하는 소리를 내는 나기를 쳐다보며 나는 미소 지었다.

그 모습을 보다, 나는 문뜩 생각했다.

나는 이제, 나기 없이는 살 수 없지 않을까…… 하고 말이다.

특히 식사 쪽이 그랬다. 요즘은 평일에 나기가 도시락을 싸줬고 주말에는 나기가 만들어주거나 만들어둔 것으로 식사를 해결한다. 실은 그것이 하루하루의 즐거움이 되어가고 있다.

공부 면도 그렇다. 모르는 부분이 있으면 그녀가 매우 이해하기 쉽게 설명해 준다.

물론 이 두 가지만이 아니다. 정신적인 면에서도 그녀에게 꽤 의지하고 있다.

나기가 곁에 있으면 신기하게도 진정됐다. 요즘은 혼자 있으면 쓸쓸하게 느껴질 지경이다.

이제, 그 시절의 일상으로는 돌아가고 싶지 않다는 생각마저 들었다.

─안 된다. 더는 생각하지 마라.

그렇게 자기 자신에게 말했지만 감정이 내 말을 듣지 않았다.

─그녀와 떨어지고 싶지 않다

그런 감정이 부풀어 올랐다. 이윽고…… 좋아한다, 사랑스럽다는 감정에 휩싸였다. ……이제는 에이지에게 『모르겠다』라고 말할 수 없을 만큼 감정이 커졌다.

얼굴이 활활 타오르는 것처럼 뜨거워졌다.

이 마음은 가슴 싶숙한 곳에 밀어 넣어둬야만 한다. 그래서 눈을 돌려왔지만…….

나는 나기에게 인정받았다……. 그녀가 나에게 인생을 건 이유를 떠올려라. 그녀는 나를 믿어줬단 말이다.

그러니 이 감정을 겉으로 드러내선 안 된다. 설령 나기에게 연인이— 생길지라도.

문득 일전에 에이지가 했던 말이 뇌리를 스쳤다.

—10년 후. 【얼음공주】, 시노노메 나기의 옆에 있는 남자는 누구였으면 좋겠어?

등골을 타고 불쾌한 무언가가 스멀스멀 기어다녔다.

나 이외의 누군가가 10년 후에 나기의 옆에 있다면……

"싫어."

무심결에 그렇게 중얼거리고 만 나는 입술을 깨물었다. 이 정도로 감정이 커진 것이다.

어떻게든 숨겨야만……

"……소우타, 씨? 왜 그래요?"

자기 가슴에서 손을 뗀 나기가 눈만 움직여서 나를 쳐다봤다. 눈을 깜빡이고 있는 그녀에게 나는 미소를 지어 보였다.

"……아무것도 아냐. 신경 쓰지 마."

그대로 나기의 머리에 손을 얹었다. 그러자 나기는 다시 눈을 감더니 그대로 잠에 빠져들었다.

그 모습을 지켜본 후, 휴우 하고…… 기나긴 한숨을 내쉬었다.

큰일 날 뻔했다. 들키지 않아서 다행이다.

나기의 남성 공포증은 꽤 완화됐다. 만약 지금 내가 나기에게 이 감정을 전한다면?

……미움받고 싶지 않다.

지금의 나기는 나를 미워하지 않는다고 생각한다. 하지만 그렇다고 좋아하는…… 걸까? 모르겠다.

전에도 말한 것처럼 나기와는 매우 가까워졌다. ……이렇게 내 무릎을 베고 무방비하게 잠을 잘 정도로.

하지만 나기는 나를 친구로서 신뢰하고 있을 뿐인 게 아닐까? 만약 내가 『좋아한다』 하고 말하면…… 그 신뢰가 무너지는 게 아닐까.

무리다. 생각을 정리할 수가 없다. 생각하면 할수록 모르겠다.

눈을 돌려보니 나를 지그시 응시하는 푸른 눈동자와 시선이 마주쳤다. 그 바람에 화들짝 놀라고 말았다.

"소우타 군?"

"나, 나기. 깼어? 더 자도 돼."

나는 그렇게 말했지만 나기는 고개를 저었다.

"다시 잠들려고 했는데, 소우타 군이 뭔가를 골똘히 생각하는 것 같아서 잠이 깨고 말았어요. 무슨 일 있나요?"

"……아니, 아무것도 아냐. 신경 쓰지 마."

이 일은 나기와 상의할 수 없다. 나 혼자서 생각해야 할 일이다.

하지만 이대로 있다간 끝도 없이 생각에 계속 잠길 것만 같았다.

나기의 머리를 쓰다듬어주면서 손을 잡아줬다. 그러자 나기는 빙긋 웃으며 내 손을 움켜쥐었다.

만약, 이 감정이 내가 억누르지 못할 만큼 커진다면…….

그때, 나는…… 어떻게 할까.

"오오, 사람 되게 많네. 게다가 높으신 양반이 잔뜩 있어."

"우와아…… 엄청 고급스러운 정장을 입은 사람에, 기모노를 입은 사람도 많이 있네. 그리고 보니 시노노메의 집은 엄청나다며?"

"이 일대에서는 유명해. 아버지가 상당한 사업가에, 권력을 가지고 있다던걸."

드디어 나기가 일본 무용 공연을 하는 날이 찾아왔다.

공연장은 사람들로 가득 차 있었다. 유복해 보이는 사람들이 많아 보였는데 그럴 만도 했다. 일본 무용을 하기 위해서는 기모노가 필요하며 그런 기모노는 싸지 않다고 들었다. 이렇게 사람이 많이 보러 오는 공연에서는 고급 기모노가 필요하리라.

하지만 다행인 것은 우리 같은 학생은 예복이 아니라 교복을 입은 이가 많았다. 덕분에 그렇게 튀지는 않는 것 같았다.

"공연장 분위기를 생각해서 너무 튀는 행동은 자제해. 특히 거기 커플 말이야."

"알았으니까 걱정하지 마. 이래 봬도 일본 예능의 에이지라고 불리거든?"

"에이지는 예술 감상에 의외로 빠져 살았거든. 에이지가 조용히 한다면, 나도…… 아니, 이런 데서 시끄럽게 떠들 만큼 비상식적이진 않으니까 안심해. 내 평소 행실을 가지고 그런 소리 하는 거라면 할 말이 없지만."

……그런 걱정은 안 해도 될까. 에이지도 평소에는 수다스럽지만 절도는 지키는 편이다.

"미안해. 아무래도 신경이 곤두섰나 봐."

"이런 일 가지고 사과하지 마. 우리의 평소 행실 탓이잖아?"

에이지가 평소처럼 낄낄 웃으려고 하니 옆에 있던 니시자와가 옆구리를 팔꿈치로 찔러서 물리적으로 입을 다물게 했다. 보아하니 문제가 생기더라도 서로에게 주의를 줄 것 같았다. 그런 두 사람의 옆에서 하야마가 웃고 있었다.

"나는 분위기 파악할 줄 아는 여자니까 안심해."

"자기를 되게 높게 평가하는걸. 뭐, 나기도 그렇다고 말했었으니 사실이겠지."

나기가 친해지고 싶단 생각을 한 인물이다. 게다가 나기에게 들은 이야기에 따르면 하야마는 상냥하고 상식적인 사람 같았다.

"그러면 들어가자."

다른 이들과 함께 홀에 들어간 후 접수처에서 티켓을 보여줬다. 차질 없이 통과한 우리는 무사히 공연장 안으로 들어갔다.

지정된 좌석으로 향한 나는…… 무심결에 식은땀을 흘렸다.

공연장 입구에서 지정된 좌석 주위를 쳐다봤다. 긴장한 나를 본 하야마가 쓴웃음을 머금었다.

"시노노메한테 들었는데, 걔의 가족들은 다른 곳…… 완전 VIP석 같은 곳에 있나 봐. 그쪽도 우리 자리가 어디인지까지는 모를 거래. 그리고 친구를 초대했단 말도 한 것 같아."

"그랬구나."

확실히 이렇게 사람이 많다면 서로를 찾는 건 어려우리라.

그 점에 안도하면서도…… 나기의 부모님과 만나보고 싶다는 마음도 있었기에 조금 유감스러웠다.

그 후로는 최소한의 대화만 나누면서 자리를 찾아서 앉았다. 한가운데에서 앞쪽 자리였고 무대가 잘 보이는 위치였다. 친구와 지인을 위한 자리이리라

왼쪽에서부터 니시자와, 에이지, 나, 하야마 순서로 자리에 앉았다. 공연을 고대하며 안절부절못하는 에이지를 곁눈질하면서 나는 조용히 공연이 시작되기를 기다렸다.

잠시 기다리자 안내 방송이 들려왔다. 주의 사항을 알려준 후 이어서 공연명과 출연자의 이름을 발표했다. 팸플릿을 훑어보다가 마지막에 적혀 있는 내용을 보고 눈을 치켜떴다.

『그리고 오늘 마지막을 장식하는 것은 인간 국보이신 이치타케 츠루 님의 유일한 제자, 시노노메 나기 님의 춤입니다.』

나는 에이지와 얼굴을 마주했다. 『알고 있었냐』라고 눈으로

말하는 에이지를 향해 나는 고개를 저었다.

이어서 하야마를 쳐다봤지만 그녀 또한 몰랐다는 듯이 고개를 저었다.

이치타케 츠루. 들어본 적 있는 이름이었다.

일본 무용을 관람하게 된 만큼 그 역사와 기초 지식 등을 조사했다. 세세하게 조사하지는 않았으나 『인간 국보』일람에 그이름이 있었던 것 같았다.

인간 국보. 그런 인물의 제자인 줄은 몰랐다. 그것도 유일한제자인 것이다.

공연이 시작됐기에 일단 우리는 마음을 진정시키며 등받이에 몸을 맡겼다. 이거…… 정말 기대되는걸.

공연 소개가 끝난 후 무대의 막이 올랐다.

첫 번째 공연은 전통 현악기인 샤미센과 북소리에 맞춰 시작됐다.

일본 무용 안에도 그 내용은 다양했다. 나기에게 들은 바에따르면 오늘은 전통적인 무용과 춤을 중심으로 한 공연이라고한다.

샤미센과 악기, 피리 소리에 맞춰서 공연자가 춤을 췄다.

인산 국보를 스승으로 둔 나기가 나오는 공연인 것이다. 일본무용에 관해 해박하지 않은 나도 알 수 있을 정도로…… 아니,이것은 그런 레벨을 넘어섰다.

공연자의 춤은 움직임 하나하나가 섬세해서 자기도 모르게 매료되고 말았다. 숨 쉬는 것조차 잊은 바람에 뒤늦게 허둥지둥 심호흡했다. 눈조차 깜빡이지 않은 탓에 안구도 건조해졌다. 이러면 안 된단 생각에 틈을 봐서 억지로 눈을 감았다. 그 정도로 우리는 이 무대에 몰입했다.

공연에 따라서 춤을 추는 공연자의 움직임이 다양한 동작을 표현하고 있는 것 같았다. 무용으로 이야기를 표현한다는 말이 적절할까.

미리 조사해 보기 잘했다. 모르는 동작이 많지만 그래도 저것들이 일상의 한 부분을 재현하고 있다는 것을 이해할 수 있었다. 공연자의 기술력이 뛰어나기에 어쩌면 미리 조사하지 않았어도 이해했을지도 모른다.

그렇게 첫 공연이 끝난 후…… 무대가 어두워졌다.

"……."

말로 표현하기 힘든 감정이 마음속에서 소용돌이쳤다. 그것들을 숨결에 담아서 토해내려 했지만 감정이 너무나도 거대한 탓에 토해낼 수가 없었다. 숨돌릴 틈도 없이 다음 공연이 시작됐다.

그 후의 공연도 엄청났다.

저 세계에 빨려들고 말았다. 화면 너머로 보는 것과는 비교도 안 됐다.

그저 곡을 듣는 것과 라이브에 가서 연주와 노래를 직접 듣는 것이 다른 느낌일까.

춤, 노래, 그리고 소리 하나하나도 감동적이었다. 그것들이 조화를 이루면서 무대 위에 하나의 세계가 형성됐다.

공연자들이 공연장을 지배하고 있었다.

마치 꿈속에 있는 것 같았다. 아직 공연이 꽤 남았다고 생각했지만 어느새 시간이 꽤 흘렀다. 공연이 끝나고 대접받은 진수성찬의 여운에 잠기듯 곱씹다 보면…… 곧 다음 공연이 시작됐다. 꿈이 끝나더니 또 시작됐다. 그렇게 계속 이어지리라 생각했지만…….

『다음이 마지막 공연입니다.』

갑자기 그런 안내 방송이 들려왔다. 손목시계를 보고 거듭 놀랐다. 벌써 시간이 이렇게 흐른 건가. 하지만 생각해 보면 그만큼 많은 공연을 봤다.

그와 동시에, 머리끝부터 발끝까지 소름이 돋았다.

—그렇다. 마지막은 바로 나기의 공연인 것이다.

그녀가 긴장하는 것도 이해가 됐다. ……저렇게 레벨이 높은 이들이 서는 공연의 마지막을 장식하게 됐으니 말이다.

마른침을 꿀꺽 삼킨 나는 팔짱을 끼며 시간이 흐르길 기다렸다. 짧으면서도 긴 시간을 정적 속에서 보낸 후…….

—그녀가 나타난 순긴. 이렴풋이 느끼고 있던 긴장과 불안이 사라졌다.

한순간, 무대 위에 있는 이가 그녀라는 것을 눈치채지 못했다.

눈을 치켜뜨며 숨 쉬는 것마저 잊었다. 온몸의 모든 세포가 그녀에게 집중했고 심장조차 뛰는 것을 망각한 듯했다.

─모른다. 나는 이 감정을 어떤 말로 표현하면 될지 모른다.

원래 피부가 새하얘서 그런지, 분을 발랐는데도 그녀의 얼굴은 평소와 크게 다르지 않았다. 긴 백발은 모아 묶고 비녀를 꽂았다.

새하얀 천에 벚꽃잎이 그려진 기모노 차림인 그녀는…… 내가 아는 나기가 아니었다.

가늘게 뜬 눈동자가, 꼭 다문 입이, 그 모든 동작 하나하나가…….

─아아, 그래.『아름다워』.

그 말이 이 세상 그 누구보다도 잘 어울렸다. 그녀를 위해 그 말이 존재한다는 의문이 들 정도였다.

일본 무용은 백발인 사람도 할 수 있구나, 같은 의문은 금세 사라졌다. 흑발로는 이 아름다움을 자아낼 수 없다. 흰색은 나기에게 가장 어울리는 머리 색깔이니 말이다.

그리고 나기는 연주도 없이 춤을 추기 시작했다.

살며시 움직이는 얼굴이, 그리고 손발의 움직임이 이제까지 본 그 누구보다도 세련됐다. 어디를 주목해야 할지도 한눈에 알 수 있었다.

표현력도 대단했다. 시선으로, 손의 움직임으로 무엇을 표현하는지 알려주지 않는데도 전부 알 수 있었다. 머릿속에 투영됐다.

앞선 공연도 레벨이 높았지만 그녀의 움직임은 아마추어가 보기에도 차원이 달랐다.

표정 또한 평소와 다르게 진지했다. 이렇게 집중하고 있는 그녀의 모습은 본 적이 없다.

─아아, 정말 아름답다.

그 시선이 한순간, 한순간만 나를 향했다. 표정에는 변함이 없다.

하지만 그 시선이 부드러워진 느낌이 든…… 다음 순간─.

부채가 가슴 앞에서 펼쳐졌다.

나기의 눈동자처럼 푸른색을 띠고 있었다. 하늘빛과 푸른색의 그러데이션이 아름다운 부채였다.

분위기가 달라졌다. 말로 표현하기 어렵지만…….

─마치,【얼음공주】에서【나기】로 변한 것처럼 보였다.

천천히 그녀는 부채를 회전시켰다. 움직임이 느릿느릿한 데도 손을 어떻게 움직이는 건지 처음 봐서는 파악할 수가 없었다. 부채뒤집기, 였던가. 조사할 때 나왔던 기술이지만…… 이렇게 아름답게 선보일 수 있는 줄은 몰랐다.

매끄럽게 부채를 뒤집는 그 움직임을 정신없이 쳐다봤다. 아니, 지금도 쳐다보고 있다. 휴우 하고 한숨을 내쉬어야 계속 볼 수 있었다. 안 그랬다간 감정이 폭발할 것만 같았다.

그후의 움직임은 이제까지와 명백하게 달랐다. 부채는 마치 몸의 일부처럼 움직이고 있었다.

손발의 움직임도 달라졌다. 아까보다 매끄러웠다. 표정에는 변함이 없지만…… 생동감이 넘치는 것처럼 보였다.

—아아, 그렇구나.

그제야 움직임이 달라진 이유를 눈치챘다.

나기도 긴장하고 있었구나.

그녀의 움직임이 달라지는 것과 동시에 샤미센 소리가 공연장에 울려 퍼지기 시작했다.

안 그래도 뛰어나던 움직임은 시간이 흐를수록 더욱 숙련되었다. 아이가 나이를 먹듯, 관람자들조차 따라가지 못할 정도의 속도로 그녀의 움직임은 더욱 세련되어졌다.

이것이 나기의 진짜 실력이리라.

정신을 차리고 보니 나는 소리 없이 웃고 있었다.

처음 무대에 나타났을 때는 한순간 그녀를 알아보지 못했다. 하지만 이제 나기다운 면모가 보였기에 왠지 기뻤다.

나기는 누구보다 노력가에, 상냥하며…… 아름답다. 그 모든 것이 이 춤 하나에 집약된 것만 같았다.

정말, 정말 기뻤다. 그와 동시에 나는 내면에서 더욱 커져가는 감정을 눈치챘다.

—나는 정말 나기를 좋아하는구나, 하고 말이다.

"······대단했어."

"그래. 정말 대단했지."

나는 에이지의 말을 듣고 고개를 끄덕였다. 주위에서 걷고 있는 이들도 나기가 대단했다거나 아름다웠다며 찬사를 보내서 정말 기뻤다.

그 탓에 에이지가 능글맞은 표정으로 나를 쳐다보고 있다는 것을 뒤늦게 깨달았다.

"이야~ 소우타가 즐거워하니 다행이야. 또~『역시 사는 세계가 달라』같은 소리를 하면 어쩌나 싶었거든."

나는 에이지의 말을 듣고 쓴웃음을 흘렸다.

"솔직히 처음에는 그런 생각을 했어. 하지만, 중간부터 나기다운 면이 드러났거든. 덕분에 나기는【얼음공주】가 아니라 어디까지나 나기이며, 한 명의 여자애란 사실에는 변함없다고 생각했지."

"으, 응. 그랬구나. ······너도 좀 변한 거 아냐?"

"······그럴지도 몰라."

나는 그렇게 대꾸하며 생각했다.

부풀어 오르는 이 마음을 이제 무시할 수는 없다. 분명 숨기지도 못할 것이다. 그렇다면 차라리 마주할 수밖에 없다. 설마 이렇게 빨리 그때가 찾아올 줄은 몰랐지만 말이다.

내가 그렇게 각오를 다진 직후…….

"미노리 소우타 님 맞으신지요?"

—누군가가 내 등 뒤에서 말을 걸어왔다. 고개를 돌려보니…… 40대로 보이는 여성이 서 있었다.

검은 머리카락을 짧게 깎은 여성이었다. 그 몸가짐에서는 기품이 느껴졌기에 느슨해져 있던 내 마음에 긴장감이 흘렀다.

"아, 네. 제가 미노리 소우타인데요……. 누구시죠?"

"실례했습니다."

그 여성은 절도있게 인사를 건넨 후 나를 쳐다봤다.

"저는 시노노메 가의 고용인…… 그리고 나기 님의 전속 가정부를 맡고 있는 스자카 쇼코라고 합니다."

……나기의 전속 가정부?

"미노리 소우타 님. 당신께 드릴 말씀이 있습니다. 시간을 내주시면 감사하겠습니다."

"아, 네……. 그건 괜찮은데……."

나는 다른 일행을 쳐다봤다. 그들과 같이 가도 괜찮을지 생각하고 있을 때 눈앞의 여성, 스자카 씨는 고개를 끄덕였다.

"물론 친구 여러분께서 같이 들으셔도 상관없습니다."

"알겠어요."

하지만 여기는 사람이 너무 많다. 공연장 밖으로 나간 후 주차장 구석으로 향했다. 그곳에는 자판기와 벤치가 있었다.

다행히 그쪽에는 사람이 없었다.

"자, 우선 미노리 님. 아가씨와 친하게 지내주셔서…… 그리고, 아가씨를 도와주셔서 감사합니다."

스자카 씨는 그렇게 말하며 깊이 고개를 숙였다. 그 말을 이해한 나는 마음속에 의문이 생겨났다.

"아, 아니, 즈음, 저기, 나기…… 나기 양한테서 이야기를 들은 건가요?"

"안심하시길. 미노리 님의 이야기를 들은 건 저뿐입니다. 그리고, 편한 호칭과 말투를 쓰셔도 됩니다."

나기가 내 이야기를 다른 사람에게 했다는 이야기는 처음 들었다.

"저는 현재 아가씨의 전속 하우스키퍼이며, 주로 요리 보조를 담당하고 있습니다. 예전에는 사모님의 전속 가정부였죠."

"아, 그렇게 된 거군요."

도시락 건으로 알게 된 것이리라. 그렇다면 내가 요리를 못한다는 것도 알고 있을 것 같은데…….

"안심하십시오. 아가씨로부터 자초지종도 들었습니다."

"이, 이해해 주셔서 감사해요."

스자카 씨는 어험 하고 헛기침했다.

"여러분의 시간을 너무 빼앗을 수도 없으니, 바로 본론으로 들어갈까 합니다."

뭘까. 나쁜 일은 아니면 좋겠는데…… 그렇게 생각하고 있을 때였다. 스자카 씨가 갑자기 고개를 숙였다.

"오늘, 아가씨께서 본실력을 발휘할 수 있었던 것은 미노리 님 덕분입니다. 진심으로 감사드립니다."

"……제 덕분요?"

"네. 아가씨의 움직임이 변했을 때, 그 시선은 미노리 님을 향하고 있었습니다."

……그래서 나를 알아본 건가.

아니, 잠깐만. 그래도 이상했다.

"하, 하지만, 제 자리는 무대와 꽤 거리가 있잖아요. 제가 아니라 다른 사람을 봤을 가능성은 생각하지 않은 건가요?"

"네, 안 했습니다. 이유가 하나 더 있으니까요."

스자카 씨는 빙그레 웃었다. 보는 이들을 안심시키는 미소였다.

"미노리 님은 공연장에 있는 그 누구보다도…… 누구보다도, 아가씨를 넋 놓은 채 쳐다보고 계셨습니다. 그래서 눈치챈 겁니다."

"윽……."

나는 그 말을 듣고 얼굴이 달아올랐다. 등 뒤에서 다른 일행이 히죽거리고 있다는 것을 쳐다보지 않아도 알 수 있었다.

"그래서 감사 인사를 드리고 싶었습니다. 아가씨께서는 요즘 들어 즐거운 나날을 보내고 계십니다. 그렇게 즐겁게…… 옛날처럼 말을 걸어주시는 아가씨는 정말 몇 년 만이죠."

스자카 씨는 뭔가를 그리워하는 눈길로 먼 곳을 응시했다.

……하지만 그녀는 곧 진지한 표정으로 나를 응시했다.

"부끄러운 일인 줄 압니다만, 부탁을 하나 드려도 될지요."

"……네? 뭔가요?"

느닷없이 부탁이라는 말을 들었더니 무슨 일인지 짐작이 안 됐다. 스자카 씨는 그런 나에게 설명해 줬다.

"아가씨는 사장님과 사모님…… 아버님과 어머님께 진심으로 감사드리고 계십니다. 자신을 거둬주셨을 뿐만 아니라 소중히 길러주신 두 분께 감사의 마음을 품고 계시죠."

이야기를 나누면서 그런 느낌을 받기는 했지만 역시 그랬던 건가. 그 자체는 나쁜 일이 아니라고 생각하지만…… 스자카 씨는 약간 난처한 표정을 지었다.

"물론 두 분 또한 아가씨를 사랑하고 계십니다. 하지만, 저 또래 딸과 어떻게 교류하면 좋을지 모르는지라…… 사장님의 행동이 역효과만 나거나, 두 분 다 일로 바쁘시기도 한 탓에 엇갈리는 일이 잦습니다."

"그랬군요."

고등학생 여자아이와 교류하는 게 어렵다는 것도 어렴풋이, 정말 어렴풋이 이해는 된다. 우리 반에서 가족과의 불화를 이야기하는 애들도 적지 않다.

"특히 사장님은 그런 쪽으로 서툰 분입니다. 일에 있어서는 누구보다 뛰어나십니다만…… 이러다간 이야기가 엇나갈 것 같군요. 죄송합니다."

"괜찮아요. 나기한테서 부모님 이야기는 거의 듣지 못했거든요."

괜히 캐묻는 것도 좀 그럴 것 같아서 나기에게는 질문을 거의 하지 않았다. ……가족에 관해서는 정말 들은 게 없구나. 왠지 나기가 그런 이야기를 피한 듯한 느낌이 들었다.

"감사합니다. 하지만, 더는 귀중한 시간을 빼앗을 수 없으니까요."

스자카 씨도 소중한 시간을 할애해 주고 있을 것이다. 나는 순순히 그 말에 따르기로 했다.

"아직, 회복이 가능한 수준입니다. 하지만 언젠가, 사장님께서 아가씨와 크게 엇갈리는 일이 벌어질지도 모르죠. 그렇게 되면 아가씨께서 깊은 상처를 입을 가능성도 충분히 있습니다. 그 사실을 사장님이나 저에게 말하지도…… 얼굴에 드러내지도 않으실 테죠. 그때는 미노리 님과 친구 여러분께서 아가씨의, 나기 님의 버팀목이 되어주셨으면 합니다."

스자카 씨의 시선은 나만이 아니라 내 뒤에 있는 세 사람도 향하고 있었다. 나는 그 말을 듣고 고개를 깊이 끄덕였다.

"나기가 힘든 상황에 부닥친다면 돕겠어요. 반드시 버팀목이 되어줄 거예요."

"네! 저도요!"

"우리는 알게 된 지 얼마 안 됐지만, 무슨 일이 있으면 걔의 힘이 되어줄게요."

"나기링…… 나기 양과는 더 친해지고 싶거든요! 꼭 도와줄게요!"

내 뒤를 이어 세 사람도 그렇게 말했다. 스자카 씨는 그 말을 듣더니 손수건을 꺼내서 눈가를 훔쳤다.

"죄송합니다. 나이 탓인지, 요즘 눈물이 많아져서……. 물론 저도 최대한 아가씨의 힘이 될 생각입니다."

스자카 씨는 손수건을 집어넣은 후 빙긋 웃었다.

"오늘은 정말 감사했습니다. 아가씨께서 비밀로 해달라고 하셔서, 미노리님의 일은 사장님과 사모님께 말씀드리지 않았습니다만…… 언젠가 꼭 만나주셨으면 합니다. 분명 두 분도 기뻐하실 겁니다."

"아, 네. 알겠어요."

이 마음과 마주하기 위해서는 언젠가 만나야만 할 것이다.

"저야말로 감사했어요. 그러면 이만 가볼게요."

"네. 가까운 시일 내에 다시 뵐 수 있기를 진심으로 빕니다."

그렇게 스자카 씨와 헤어졌다.

오늘은 나기의 새로운 일면을 알게 됐는걸. ……그리고, 내 마음도 말이다.

눈치채고 말았으니 각오를 다져야만 하겠지.

　소우타 일행과 스자카와 만나고 있을 때. 어느 방에서 한 부자지간이 마주하고 있었다.

　"아버님. 부탁이 있습니다."

　그렇게 말한 이는 정장 차림의 인상 좋은 청년이었다. 나이는 스무 살 전후로 보였다. 그 표정은 진지했으며 긴장한 것 같았다. 꼭 말아쥔 주먹에는 땀이 맺혀 있었다.

　"뭐지?"

　그와 마주한 이는 검은색 머리카락을 헤어 왁스로 깔끔하게 세팅한 남성이었다. 눈앞에 있는 청년의 아버지라면 나이가 꽤 될 테지만 그 얼굴에서는 노쇠함이 느껴지지 않았다.

　"……마지막 공연에서 춤췄던 여성에게 관심이 있습니다."

　청년은 약간 머뭇거린 후에 그렇게 말했다. 완곡한 표현이지만 그 의미는 상대방에게 전해졌다.

　"진심이냐. 상대가 사업상 라이벌의 딸이라는 건 알면서 하는 소리겠지?"

　그렇게 말하는 남자의 표정에는 눈곱만큼의 변화도 없었다. 하지만 청년은 시선을 돌리지 않았다.

　"네. ……만약 무리라면 저와 인연을 끊으셔도 상관없습니다. 이미 각오했습니다."

　남자는 머리를 감싸 쥐었다. 그가 진심이라는 것을 이해했기 때문이다.

"불효자라 송구합니다. 하지만 인연을 끊을지라도, 언젠가 꼭 보은하겠습니다."

"바보 같은 소리 마라."

남자는 이 청년, 친아들을 사랑했다. 그래서 남자의 마음속 저울이 흔들리고 있었다.

일인가, 가족인가. 어느 쪽을 선택할 것인가.

얼마 후 남자는 한숨을 내쉬었다.

"그게 네 행복으로 이어지는 거냐?"

"네, 틀림없습니다."

"상대가 고등학생인 것도 알고 있겠지?"

"나이는 상관없습니다. 설령 그녀가 아버님과 동갑일지라도, 저는 이렇게 부탁드렸을 겁니다."

남자는 조용히 고개를 숙였다.

"일단 생각해 보마. ……언제 만나도 괜찮도록, 준비만은 해 두거라."

청년은 그 말을 듣고 표정이 환해졌다.

"……감사, 합니다!"

─이 일을 그들이 알게 되는 건, 미래의 일이다.

　나기의 공연이 끝난 다음 날인 월요일, 그녀가 집으로 찾아왔다. 이번 주는 레슨을 전부 쉬는 것 같았다.

　그리고 지금 나와 나기는 소파에 나란히 앉아서 얼굴을 마주하고 있었다.

　"여, 열심히 했으니까, 포상을, 받고 싶어요."

　"좋아."

　"대, 대답을 너무 빨리하는 것 아닌가요? 거절당할 줄 알았는데요."

　"나기가 노력했다는 건 잘 알고 있거든. 게다가 나도 답례하고 싶었어. 정말…… 정말 멋진 공연을 봤잖아."

　공연은 정말 엄청났다. 그런 경험은 평범하게 살아서는 할 수 없는 것이다.

　"나기 덕분이야. 내가 해줄 수 있는 게 있다면 말해. 뭐든 할게."

　"뭐, 뭐든…… 하, 함부로 그런 말을 하면 안 돼요."

　나기의 말을 듣고 웃음을 흘렸다.

　"괜찮아. 나기 말고는 누구한테도 이런 말 안 해."

　나기가 심한 짓을 할 리가 없다고 생각해서, 그렇게 말한 거지만……

　"……안, 돼요. 그런 말을 들으면, 저…… 나쁜 애가 될 거예요."

나기는 작은 목소리로 그렇게 중얼거렸으나 이 조용한 방에서는 그 말이 너무나도 잘 들렸다.

"내 앞에서는 나쁜 애가 되어도 괜찮지 않겠어? 그런다고 내가 나기를 싫어할 리 없잖아."

"지, 진심이죠? 지, 진짜로 나쁜 애가 될 거라고요."

그 푸른 눈동자가 흔들리면서도 나를 지그시 응시했다. 나는 그녀와 시선을 마주하며 고개를 끄덕였다.

나기는 욕심이 많지 않다. 요즘 들어 조금씩 드러내고 있는 정도다.

—하지만 아직 부족하다. 그녀에 대해 더 알고 싶다.

"그, 그럼, 말할게요. 말할 거라고요."

"그래. 뭐든 말해 봐."

나기는 가슴 앞으로 든 주먹을 말아쥐었다. 그런 그녀의 연분홍색 입술이 떨리면서 벌어졌다.

그와 동시에 그녀는 팔을 살짝 벌렸다.

"꼬옥, 안아주세요. 세게, 끌어안아 줬으면 해요……."

…….

이건, 예상 못 했는걸. 예상 못 했지만…….

"그래. 좋아."

거절할 이유는 없었다.

살짝 벌린 팔 위로 그녀를 끌어안았다.

가늘고 새하얀 팔을 내 등 뒤로 돌리더니 그대로 나를 꼭 끌어안았다. 거기에 호응하듯 나 또한 나기를 끌어안은 팔에 더욱 힘을 줬다.

몸 전체에 따뜻하고 부드러운 감촉이 퍼져 나갔다. 격렬하게 뛰는 심장 소리를 그녀가 듣는 게 부끄럽지만, 그 소리에 포개지듯 다른 이의 심장 뛰는 소리 또한 들려왔다.

그것이 나기의 심장 소리라는 것을 내가 눈치챘을 때 그녀는 미소 지었다. 흘러나온 한숨이 내 어깨와 등을 간지럽혔다.

"소우타 군의 심장 소리, 정말 안심돼요."

"응, 나노 그래."

그녀의 손이 닿은 등에서, 끌어안긴 부위에서 그녀의 체온이 느껴졌다.

살랑거리는 머리카락이 손을 간지럽혔고 그녀의 달콤한 체취가 뇌를 마비시켰다.

"소우타 군."

"왜?"

"……후후, 아무것도 아니에요."

나기가 입을 열 때마다 내 어깨에 놓인 그녀의 턱이 움직이는 바람에 약간 간지러웠다.

무슨 말을 하려던 것일까, 아니면 그냥 불러본 것일까. 나는 모르겠다. 하지만 몰라도 괜찮다는 생각이 들었다

이 심장 소리가, 그녀의 온기가…… 그 모든 것이 전해져오는 느낌이 들었다.

이 시간이 영원히 계속되면 좋을 텐데, 하고 생각하다 보니 어느새 한 시간이나 이러고 있었다. 나기도 시계를 보고 만족한 듯이 나한테서 떨어졌다. 그녀의 푸른 눈동자와 마주한 나는 미소를 머금었다. 마찬가지로 미소를 머금은 그녀가 옅은 입술을 벌렸다.

"다음은 소우타 군 차례예요."

"나?"

"소우타 군에게 포상을 주고 싶어요."

나는 그 말을 듣고 고개를 갸웃거렸다. 나기는 열심히 했으니 포상을 받을 이유가 있지만…… 나는 아무것도 하지 않았다.

"소우타 군이 와준 덕분에, 저는 열심히 할 수 있었어요."

"열심히 한 건 나기야. 나는 아무것도 안 했어."

"공연회에 와줬잖아요."

나기의 새하얗고 긴 손가락이 내 옷을 움켜쥐었다. 그녀의 얼굴은 진지하달까…… 약간 필사적인 것처럼 보였다.

"소우타 군은 모를 거예요. 제가 얼마나, 몇 번이나, 당신에게 도움을 받았는지를 말이에요."

나기의 얼굴이 다가왔다. 손이 움직이더니 가슴 위에 놓였다.

그녀의 체온이 내 가슴에 직접 전해졌다. 내 심장 소리가 더욱 선명하게 들려왔다.

"소우타 군의 옆은 제가 저 자신을 드러낼 수 있는 유일한 장소예요. 그날, 소우타 군이 와줬으니까…… 아뇨."

그 손이 점점 위쪽으로 향했다. 다른 한 손도 뻗더니 내 두 볼을 감쌌다.

햇빛이 반사되고 있는 바다 같은 눈동자. 그것을 넋 놓고 바라보자 가늘고 긴 손가락이 내 볼을 간질렸다.

"소우타 군과 눈이 마주친 후, 저는 더 좋은 춤을 선보일 수 있었어요. 그 후에 선생님에게 칭찬을 받았어요. 『한 계단 올라서며 더욱 아름다워졌어요』 하고요."

"……그랬, 구나."

"네. 『좋은 만남을 가졌나 보군요』란 말도 들었어요. 그러니, 저는 소우타 군이 생각하는 것보다 몇 배는 더 소우타 군에게 도움을 받았어요."

―그 손가락이 몇 번이나 내 볼을 상냥히 매만졌다.

―나기의 달콤하면서 상냥한 향기가 내 코끝을 간질렸다.

"감사, 라는 말로 다 표현할 수 없을 정도예요."

―방울이 굴러가듯 깨끗하고 산에서 샘 솟은 물처럼 투명한 목소리였다. 그것이 고막을 통해 뇌를 뒤흔들었다.

온몸에서 나기가 느껴지니 정신이 나갈 것만 같았다. 하지만 그녀의 공세는 아직 끝나지 않았다.

"그러니, 소우타 군도 포상을 받아야만 해요. 뭐든 말만 하세요. 진짜로, 뭐든 괜찮아요."

―그 말은 나에게 있어 너무나도 달콤한 극약처럼 들렸다.

"그, 그런 말은…… 함부로, 하면 안 돼."

나는 목을 쥐어 짜내서 겨우겨우 그렇게 말했다. 하마터면 쉰 목소리를 낼 뻔했다.

그녀의 목소리가 내 머릿속에서 강렬하게 울려 퍼졌다. …… 겨우 그녀를 향한 마음을 깨닫기 시작한 타이밍에 『뭐든』이라는 말을 들으니 좋지 않은 방향으로 상상의 나래가 펼쳐졌다.

부끄러운 나머지 고개를 돌리려고 했지만 그녀의 눈동자에서 도망칠 수는 없었다. 그녀는 빙긋 웃었다.

"괜찮아요. 소우타 군 말고는 누구한테도 이런 말 안 하니까요."

그 말을 듣고 눈을 치켜뜬 나는 이어서 웃음을 흘렸다.

"한 방 먹었네."

"후후. 제가 아까 어떤 마음이었는지 이제 알겠죠?"

"그래. 확실히 곤란한걸."

그제야 나기는 나한테서 손을 뗐다. 나는 안도하면서도 볼 언저리가 약간 서늘해진 것을 쓸쓸하게 여겼다.

"뭐든 괜찮아요. 제가 할 수 있는 일이라면, 뭐든 하겠어요."

또 그 말을 듣고 심장이 불길한 방향으로 쿵쿵 대기 시작했다. 이러면 안 된다. 방금 그 말은 나기가 나를 신뢰한다는 증표다. 하지만……

"곁잠 같은 것도 괜찮아요."

이어지는 말을 들은 순간, 목이 옥죄어 들었다. 무슨 말을 하고 싶지만 입을 열어도 목소리가 나오지 않았다.

"농담……이 아니에요."

그 미소는 평소와 마찬가지로 가련했지만 눈과 말에는 진심이 어려 있었다. 머릿속에서 부풀어 오르는 사념을 떨쳐내듯 나는 고개를 저었다.

"그, 그건 관둘래. 시, 싫어서가 아니라, 매우 매력적인 제안이지만, 따로 부탁하고 싶은 게 있거든."

내가 거절하자 나기의 표정이 어두워져서 나는 허둥지둥 이유를 덧붙였다. 잠시 흐려졌던 눈동자에 다시 빛이 돌아온 그녀는 고개를 약간 갸웃거렸다.

"뭔가요?"

"아~ 저기, 원래부터 부탁할 생각이었는데 말이야."

약간 멋쩍어진 나는 볼을 긁적이며 각오를 다졌다.

"하루만, 나기의 시간을 나한테 주지 않겠어?"

나기가 눈을 치켜떴다.

"그 말은……."

"응. 나기, 나와……."

가슴이 너무 뛰는 탓에 호흡이 옅어졌다. 입이 말라 들어가는 가운데, 심호흡을 연거푸 했다.

"나와 같이 놀러 가자."

"……그 말은, 데, 데이트를 하자는 거군요!"

그녀의 말이 내 심장을 그대로 강타했다. 그 사실을 숨기려는 듯이…… 살며시 고개를 끄덕였다.

"소우타 군과의 데이트라니, 꼭 가고 싶어요."

나기는 즐거워하며 그렇게 중얼거렸다. 그 모습을 보니 심장이 점점 진정되었고 마음이 따뜻한 무언가로 채워져 갔다.

"다행이야."

나는 진심으로 안도하며 숨을 토했다. 거절당할 가능성은 적다고 생각했지만 그래도 그녀가 승낙해 주니 정말 기뻤다.

"소우타 군과의 데이트, 정말 기대돼요. 목적지는 이미 생각해 뒀나요?"

"저기, 좀 뻔하지만…… 유원지에 갈까 해."

"유원지!"

나기의 눈이 어린아이처럼 반짝였다. 그 반응을 의아하게 생각하고 있을 때, 그녀는 약간 부끄러워진 건지 어험 하고 헛기침했다.

"시, 실은 유원지에 가본 적이 없어요."

"그래?"

"네. 저기, 어릴 적에 부모님이 가자고 하신 적이 있긴 해요. 하지만 두 분이 바쁘시다는 걸 어릴 때부터 알고 있어서, 거절했죠……."

"그랬, 구나."

나기가 구체적으로 몇 살 때 그런 건지는 모르지만 자기 마음을 억누르며 부모님을 배려하는 그녀의 모습은 쉬이 상상할 수 있었다.

"그러면 그때 못 즐긴 만큼 더 즐겁게 놀다 오자."

"네!"

나기를 향해 그렇게 말하면서도 나는 문득 생각했다.

언젠가 나기가 부모님과 함께 다양한 곳에 갔으면 좋겠다, 하고 말이다.

다음 주 토요일. 약속한 날이 됐다.

지난주는 나기의 휴식 주간이어서 오늘 가게 됐는데…… 지난주 토요일 이후부터 그녀의 기분이 좋지 않은 것처럼 보였다. 토요일에 아버지와 중요한 이야기를 나눴다는 말을 들은 이후부터다.

조금 걱정이 되어 데이트를 미룰까 하고 물어봤지만 나기는 고개를 끄덕이지 않았다. 「절대로 미룰 수 없어요」라고 말하면서 말이다. 무슨 일이 있는 건지 물어봤으나 그녀는 고민 끝에 이야기하지 않는 것을 선택했다. 나도 억지로 캐묻지 않는 편이 좋겠다고 생각해서 더는 물어보지 않았다.

긴장 탓에 저린 손을 쥐락펴락하면서 손끝까지 피를 돌게 했다. 그러는 사이, 나기가 기다리는 역 플랫폼에 도착했다. 창문 너머로 눈처럼 새하얀 머리카락이 보이니 긴장이 누그러들었다.

"좋은 아침이에요! 소우타 군!"

"조, 좋은 아침이야, 나기."

나기는 평소와 다름없다……기보다, 평소보다 기운이 넘치는 것 같았다. 아무래도 내 걱정은 기우로 끝난 것 같았다.

겨울이 다가와서 오늘은 꽤 추웠다. 그래서인지 나기는 따뜻해 보이는 짙은 갈색 코트와 검은색 니트 모자 차림이었다.

"옷, 잘 어울려."

"……아! 감사해요. 소우타 군도 잘 어울려요."

"응, 고마워."

나는 검은색 재킷에 겨울용 청바지 차림이었다. 오늘을 위해 옷도 새로 장만했다.

"그러면 가자."

"네! 정말 기대돼요!"

"……응. 나도 그래. 너무 기대되어서 어제는 좀처럼 잠을 못 잤어."

"후후. 저도 못 잤어요."

나기는 미소 지었다. 그 미소가 약간 어색해 보이는 건 내 기분 탓일까.

일말의 불안을 품으면서 우리는 전철을 탔다.

"와……! 정말 넓군요!"

"처음 와보긴 했는데, 정말 넓은걸."

유원지는 역에서 꽤 가까운 곳에 있었다. 유원지를 보고 들뜬 나기는 빨리 가자며 내 소매를 잡아당겼다.

나는 그런 그녀와 입장하는 줄의 끝에 섰다.

"그래도 의외였어요. 소우타 군이라면 유원지에 가본 적 있을 것 같았거든요."

"응? ……아, 우리 집은 시골에 있거든. 주위에 유원지가 없었어."

동물원과 수족관은 어릴 적에 간 적이 있지만 유원지는 없다.

"유원지는 나이나 키로 입장이 제한되는 시설이 있잖아? 실은 내가 중학생이 되면 가기로 했는데, 마침 그 시기부터 아버지가 일 때문에 바빠졌거든."

"아하, 그렇게 된 거군요."

줄을 보니 티켓을 사려면 시간이 꽤 걸릴 것 같았다. 나기를 향해 고개를 돌린 나는 머릿속에 문득 떠오른 의문을 입에 담았다.

"그러고 보니 나기는…… 아~ 유원지 말고 다른 곳에는 가본 적 있어? 동물원 같은 곳 말이야."

"딱 한 번 가족끼리 동물원에 간 적이 있어요. 제가 지금의 부모님께 입양되고 1년쯤 지났을 때였을 거예요. 다른 곳은……

전부 거절했어요. 유원지와 같은 이유로요."

"……그랬구나."

하지만 나기의 부모님은 그렇게 바쁜 와중에도 동물원에 그녀를 데려갔다. 다른 레저 시설에 가자고 한 것을 봐도 나기를 아끼는 마음이 없지는 않을 것이다.

하지만…….

"그렇다면, 앞으로 나와 다양한 곳에 가보지 않겠어?"

앞으로 나기와 함께 다양한 곳에 가보고 싶다는 생각을 했다. 수족관이나 미술관도 즐거울 것 같다. 일본 무용과 관련이 있는 미술관도 좋을 것이다.

내가 그런 생각을 하며 말을 건네자 나기의 얼굴이 한순간 딱딱하게 굳었다. 눈 한 번 깜빡인 후에는 원래대로 되돌아왔지만 나는 그 순간을 놓치지 않았다.

"그, 래요. 가고 싶어요."

그렇게 말하며 머금은 미소에는 왠지 그늘이 진…… 느낌이 들었다. 기분 탓일지도 모른다. 하지만 신경 쓰이고 말았다.

"무슨 일, 있어?"

순수하게 나기가 걱정됐다.

역시 무리하고 있는 건 아닌지 불안해졌다.

나기는 눈을 치켜뜨더니 이어서 빙긋 웃었다.

"정신적으로 좀 힘든 일이 있어서 그래요. 하지만 소우타 군과 놀다 보면 금방…… 잊을 수 있을 거예요. 그러니 괜찮아요."

"……그렇구나."

구체적으로는 말하지는 않았다. 말하기 싫은 것이리라.

그렇다면 내가 할 일은 하나다.

"실컷 놀자."

내 옷자락을 잡은 나기의 손에 내 손가락을 댔다. 나기의 손가락은 내 옷에서 떨어졌지만 내 손가락에서 떨어지지는 않았다.

내가 그 손을 움켜쥐자 눈을 가늘게 뜬 나기가 미소 지으며 내 손을 꼭 움켜쥐었다.

"오늘은 실컷, 실컷 놀아요!"

그녀는 그렇게 말하며 나에게 한 걸음 더 다가오더니 어깨를 맞댔다.

유원지에 들어가자마자 우리가 향한 장소는 바로 미로였다.

"아하. 이쪽은 원래 장소로 돌아오는 길인가요."

"반대쪽이 정답이었네."

함께 팸플릿을 살펴보면서 가장 먼저 어디에 갈지 물으니 나기가 가리킨 곳이 바로 여기였다. 미로는 이 유원지 안에서도 가장 큰 건물이고 본격적으로 만들어져 있다. 나기가 가보고 싶었던 곳 중 하나인 것 같았다.

그리고 실제로 그녀는 이 미로를 꽤 즐기고 있었다. 그래서 나도 꽤 즐거웠다.

뇌 운동 체조가 될 뿐만 아니라…….

"흐음. 전체적인 윤곽이 보이는 것 같네요."

진지한 표정으로 생각에 잠긴 나기를 볼 수 있어서 좋았다.

턱에 손을 댄 채 어느 한 곳이 아닌 허공을 응시하고 있었다.

……무의식적으로 맞잡은 내 손을 조물조물하고 있었다.

그 모습이 사랑스러울 뿐만 아니라 보고 있어도 질리지 않았다.

"……?"

나기는 나와 눈이 마주치자 빙긋 미소 지었다.

그 모습 하나하나가 너무 귀여웠다. 무의식적으로 한숨을 토할 정도였다.

"그러면 아까 그 길로 돌아가죠."

"그래. 알았어."

나는 그런 나기에게 끌려가듯 미로를 나아갔다.

그리고 우리는 무사히 골에 도착했다.

아까와 반대로 이번에는 내가 나기의 손을 잡아끌었다.

왜냐하면 이곳이 귀신의 집이라서다.

"나기, 괜찮아? 저기, 너무 무서우면 관둬도 돼."

어둑어둑한 방 안. 어렴풋이 보이는 나기에게 그렇게 말했지만 그녀는 고개를 세차게 저었다. 그 움직임에 맞춰 눈처럼 새하얀 머리카락이 흔들리며 내 어깨를 간지럽혔다.

"아, 아뇨! 제, 제가 들어가자고 했으니까요!"

나기는 그렇게 말하면서 내 손…… 아니, 팔 전체를 끌어안았다.

매우 좋지 않은 상황일 뿐만 아니라, 나 또한 전혀 무섭지 않은 건 아니다. 나는 공포 영화를 좋아하지만 공포 그 자체를 즐기는 타입이다.

바로 그때 차가운 물체가 볼에 닿은 바람에 화들짝 놀라며 어깨를 떨었다. 그 바람에 나기도 온몸을 부르르 떨었다.

"소, 소우타 군?! 무슨 일이에요?!"

"그, 그게, 뭔가가 내 볼에……."

뒤를 돌아봤지만 아무도 없었다. 팔에서 느껴지는 부드러운 감촉이 더욱 강해지더니 어깨에 따뜻한 무언가가 닿았다. 고개를 돌려보니 나기는 내 팔을 더욱 세게 끌어안고 볼을 내 어깨에 대고 있었다.

"으, 으으……. 가, 가죠! 소우타 군!"

"무리하지는 마."

"괘, 괜찮아요! 여차하면, 소우타 군이 분명 저를 지켜줄 테니까요!"

무심결에 그렇게 말한 것이리라. 나기를 쳐다보니 그녀는 탄력 넘치는 볼을 내 어깨에 꼭 댄 채 걸음을 옮기려 했다.

그런 나기를 보며…… 이런 상황인데도 불구하고 잠시 훈훈한 기분에 사로잡혔다.

그러다 느닷없이 누군가에게 발목을 잡힌 우리는 줄행랑치듯 도망쳤다.

우리는 공원에 있는 벤치에 앉아서 한숨 돌리기로 했다. 나기는 가슴에 손을 얹더니, 크게 숨을 내쉬었다.

"휴우……. 꽤 농밀한 시간을 보냈군요."

"그래. 고등학생이 되어서 처음으로 꾸중 들은 상대가 선생님이 아니라 괴물의 집 연기자 분일 줄은 생각도 못 했어."

귀신의 집은 위험하니 뛰는 게 금지되어 있다. 그래서 탈출하고 나서 꾸중을 들었다.

나기는 쓴웃음을 머금더니 자기 무릎 위에 둔 가방에서 꾸러미 두 개를 꺼냈다.

"그러면 점심 먹을까요?"

"아, 고마워."

이곳은 음식을 먹어도 되는 공간이다. 이 유원지는 음식물 반입이 가능하며 공원까지 있다. 마치 소풍 온 기분으로 식사를 할 수 있었다.

"……소우타 군의 도시락은 많이 썼지만, 같이 먹는 건 처음이네요."

"아, 그러네."

다른 학교에 다니니 당연할지도 모르지만 그래도 조금 신기한 느낌이 들었다.

"오늘은 소우타 군이 좋아하는 걸 가득 넣었으니까, 많이 드세요."

"아, 고마워. 열어봐도 돼?"

"네! 물론이죠!"

나기에게 고맙다는 말을 건넨 나는 허락을 받고 도시락을 열어봤다.

"오오……!"

햄버그와 닭튀김. 매콤달콤하게 볶은 채소볶음과 흰쌀밥.

전부 내가 좋아하는 것이다.

고개를 돌려보니 도시락 뚜껑을 연 나기는 기쁜 듯이 웃으며 나를 쳐다보고 있었다.

내가 두 손을 모으자 나기도 마찬가지로 두 손을 모았다.

""잘 먹겠습니다.""

그리고 우리는 도시락을 먹기 시작했다.

"……우와! 맛있어! 정말 맛있는걸, 나기!"

"후후, 입에 맞는 것 같아서 다행이에요."

나기도 기뻐하며 도시락을 먹더니 「으음, 맛있어요!」 하고 환한 표정으로 말했다.

상당한 양의 도시락을 순식간에 깨끗이 비웠다.

"잘 먹었습니다."

"후후, 소우타 군은 정말 맛있게 먹어주네요."

"진짜로 맛있었거든."

그리고, 내가 만족할 수 있는 절묘한 양이었다.

"고마워, 나기. 나기 덕분에 식사의 즐거움을 다시 깨달았어."

나기와 만나기 전까지 식사는 사무적인 것이었다. 내가 다시 감사하자 그녀는 부드러운 미소를 머금었다.

"천만에요."

하지만 그 미소가 어두워 보이는 건 내 기분 탓일까.

"저는 제트코스터를 처음 타봤는데, 정말 즐거웠어요!"

"응. 나도 즐거웠어."

점심 식사를 마치고 나서도 다양한 놀이기구를 즐겼다. 하지만 즐거운 시간은 빨리 흐르기 마련이다. 해가 기울기 시작한 가운데, 놀이기구를 하나 정도 더 즐길 수 시간이 됐다.

정신을 차리고 보니 나는 나기의 푸른 눈동자와 시선을 나누고 있었다.

"마지막으로 타고 싶은 놀이기구가 있어."

"……이런 우연도 다 있네요. 실은 저도 소우타 군과 같이 타고 싶은 놀이기구가 있어요. 아마 같은 놀이기구일 거예요."

그 말을 끝으로 우리는 대화를 멈췄다. 그리고 손을 맞잡으며 그대로 걸음을 뗐다.

그렇게 도착한 장소는…… 관람차였다.

"관람차. 옛날부터 타보고 싶었어요."

"나도…… 타보고 싶었어."

심장 소리가 너무 큰 탓에 내 입에서 나온 목소리조차 또렷하게 들리지 않았다.

여기까지 왔으니 돌이킬 수 없다. 아니, 돌이킬 생각은 없다.

이미 각오는 다졌다. ……그렇다고 긴장이 안 되는 건 아니었다.

신기하게도 줄을 서서 기다리는 동안에는 말수가 줄었다.

나기의 얼굴이 잘 보이지 않았다. 손이 땀에 젖어서 기분 나쁘지는 않을까. 그것조차 알 수가 없었다.

줄을 서서 30분가량 기다렸다. 뭔가를 하기에는 짧지만 아무것도 안 하면 길게 느껴지는 시간이다.

그 사이, 나와 나기는 한마디도 하지 않았다. 긴장 탓에 그녀의 얼굴을 볼 수 없었다. 호흡이 가늘어지지 않도록 몇 번이나 몰래 심호흡을 되풀이했다.

길면서도 짧은 시간이었다.

그리고 드디어 관람차에 탈 시간이 됐다.

"승차 시에 넘어지지 않도록 조심하세요."

"감사합니다."

나기가 먼저 탔다. 이어서 내가 탔다. 그사이에도 우리는 속을 꼭 잡고 있었다.

상상했던 대로 내부는 그렇게 넓지 않았다. 최대 네 명 정도 탈 수 있는 공간이었다.

나기와 나란히 앉아서 복잡하게 뒤엉킨 머릿속을 정리하려 했다. 아까부터 계속 그렇게 했지만 마음이 계속 술렁이는 탓에 뜻대로 되지 않았다.

어느 타이밍에 말해야 할까. 역시 꼭대기에 도착했을 때일까. 그때까지 무슨 이야기를 해야 할까. 거절당하면 어떻게 할까…… 그런 생각을 하던 나는 문득 어떤 위화감을 감지했다.

관람차 안의 공기가 이상했다. 팽팽한 실 같은 긴장감으로 가득 차 있었다.

"나기?"

─30분 만에 나기의 얼굴을 쳐다봤다.

같이 있으면서 이렇게 오랫동안 얼굴을 마주하지 않은 건 오랜만…… 아니, 그녀와 만나고 처음일지도 모른다. 그 사실에 놀란 나는 나기의 얼굴을 보고 한층 더 놀라며 눈을 치켜뜨고 말았다.

나기는 지그시 긴장된 표정으로 나를 응시하고 있었다.

"소우타 군."

어느새 그녀의 목소리에서 부드러운 기색이 사라졌다. 어쩌면 내가 자신을 쳐다보길 쭉 기다렸던 걸지도 모른다.

"할 이야기가 있어요. ……정말, 중요한 이야기예요."

찬물을 뒤집어쓴 것처럼 머릿속이 차가워졌다. 그 냉기는 물이 피부를 타고 흐르듯 등골까지 퍼져 나갔다.

불길한 예감이 들었다.

매우, 불길한 예감이 말이다.

나기의 아름다운 푸른색 눈동자가 내 얼굴을, 눈을 지그시 응시하며 놔주지 않았다.

"소우타 군. 실은, 말이죠."

나는 이어지는 말을 듣고 싶지 않았다.

가슴이 술렁거리는 게 마치 누군가가 내장을 만지고 있는 것만 같았다.

무슨 말을 듣게 될지 짐작조차 안 되지만 귀를 막고 싶어졌다.

평소의 부드러운 목소리를 듣고 싶다. 웃어줬으면 했다.

그녀의 말을 끊고 싶지만 그럴 상황이 아니라고 직감이 호소하고 있었다.

듣고 싶지 않지만 들어야만 한다.

그런 상반된 마음이 가슴속에서 싸우고 있다.

그리고 내 예감은…….

"오늘이 소우타 군과 만나는 마지막 날이에요."

최악의 형태로 적중하고 말았다.

자기 귀를 막는 것조차 할 수 없었다.

머릿속이 새하얗게 되더니 아무 생각도 할 수 없었다.

다시 생각을 시작하는 데 몇십 초…… 아니, 어쩌면 몇 분은 걸렸을지도 모른다.

"방금, 뭐라고 했어?"

내 목소리는 쉴 대로 쉰 탓에 알아듣기 어려울 것이다.

하지만 나기는 그런 기색을 보이지 않고 담담히 말했다.

"오늘을 끝으로, 저는 소우타 군을 만날 수 없어요. 그렇게, 말했어요."

─잘못 들은 것이길 바란, 바로 그 말을 말이다.

하지만…… 저 푸른 눈동자와 말은 한 치의 흐트러짐도 없었다. 거짓말을 하는 게 아니라는 듯이.

다양한 생각이 뇌리에 떠올랐다 사라졌다.

틀렸다. 생각을 정리할 수가 없다.

"……이유를, 이유를 물어봐도 될까?"

어찌어찌 그 말을 쥐어 짜냈다. 나기는 고개를 끄덕이더니 차갑게 식은 내 손을 꼭 움켜쥐었다. 그녀의 손도 어느새 차가워져 있었다.

"어떤 분과, 약혼을 하게 됐어요. ……정확히 말하자면, 아직 확정된 것은 아니지만 말이에요."

그 말은 물속에서 들려오는 것처럼 분명치 않았다.

내장이 움켜쥐어진 것처럼 구역질이 났다. 어찌어찌 그것을 참으면서 엉망이 된 뇌에 그 내용을 새겼다.

"계속, 해줘."

"상대는 어느 회사의 사장 아들…… 올해로 스무 살이라던가요. 일전의 일본 무용 공연회에서 저를 보고, 한눈에 반했다는 것 같아요."

연상. 그리고 사장 아들.

잘 돌아가지 않는 머리로도 이해하고 말았다.

"말씀드리지 않았는데, 제 아버님은 사업가세요. 구체적으로는 기모노에 관련된 사업…… 그중에서도 해외를 대상으로 한 사업을 중심으로 전개하고 계시죠. 그리고, 상대방은 국내에서도 유수의 기모노 회사를 운영하고 있어요."

"……그렇게 된 거구나."

여러모로 이해됐다. 아니, 이해하고 말았다.

나기가 일본 무용과 다도, 꽃꽂이를 익히는 것도 그런 이유일지도 모른다. 기모노는 해외에서도 인기가 있고 해외를 대상으로 한 어필을 겸하고 있는 걸까.

"지난주 토요일, 아버님께서 이야기하셨어요. 상대방이 제시한 조건은 『다음 주 일요일에 맞선을 봤으면 한다. 그리고 약혼하게 된다면, 시노노메 그룹에 흡수 합병되어도 괜찮다』…… 좀 더 복잡한 내용이지만, 알기 쉽게 설명하자면 이런 내용이에요."

"……나기의, 의지는……."

"제가 하겠다고 말했어요."

아마 나는 심각한 표정을 짓고 있을 것이다.

나기는 미소 짓고 있지만 그 미소는 어딘가 처연해 보였다. 그래도 그녀는 결코 눈을 돌리지 않았다.

"……저는 달라지지 못했어요."

작은 목소리로 그렇게 중얼거리더니 얼음처럼 차가운 손으로 내 볼을 감쌌다.

"휘말리게 해서 죄송해요. ……실은 옛날부터, 이런 혼담이 들어오리라고 생각했어요. 저는 그때를 대비해, 소우타 군을 이용했어요."

"그게, 무슨……?"

"처음에 소우타 군과 이야기를 나눴을 때, 제가 한 말을 기억하나요?"

나기의 말을 듣고, 자연스럽게 그때 일을 떠올린 나는 이해했다.

남성을 무서워하게 되어서 그것을 극복하고 싶다고 그녀가 말했을 때의 일이다.

—시간이 언젠가 해결해 줄 것이다. 저도 그 생각을 했어요. 하지만 그『언젠가』탓에 저는 가까운 장래에 커다란 기회를 놓칠지도 몰라요. 인간관계나 학업, 혹은 수험……. 어쩌면 그런 것 이외의 중요한 기회일지도 몰라요.

—저는 이 공포심을 극복해야만 해요. 그러니, 당신을 믿고 제 인생을 걸어보기로 결심했어요.

그녀가 공포를 극복하고 싶다고 말한 이유를 나는 이제야 이해했다.

"네. 언젠가 이런 혼담이 들어왔을 때, 남성을 무서워해선 불이익이 발생할 테니까요. 그래서, 소우타 군을 이용했어요."

말이 이어질수록 나기의 몸이 떨렸다. 눈동자 또한 젖어 들어갔다.

하지만 그 푸른 눈동자는 나를 지그시 응시하고 있었다.

"그럴 생각, 이었어요."

나기의 볼을 타고 눈물 한 방울이 흘러내렸다.

"……좋아하게 되고 말았어요."

그 고백은 너무나도 작은 목소리였다. 그래도 내가 나기의 말을 못 들을 리가 없었다.

"그래서, 저는 변하고 싶어졌어요. 아버님에게 그런 말을 들어도, 단호하게 거절하기로 마음먹었죠. 그러기 위해, 결의를 다졌다고 생각했어요."

나기의 볼을 타고 이슬이 흘러내렸다.

"소우타 군을 더욱 좋아하게 되었고, 당신 이외의 누구도 눈에 들어오지 않게 되어서, 뭘 어쩌면 좋을지, 하야마 양과도 상의했어요. 소우타 군이 저를 좋아하게 되면…… 저는 소우타 군을 더 깊이 사랑하게 될 거라고, 생각했어요."

눈물이 쉴 새 없이 흘러내렸다. 정신을 차리고 보니 나는 손가락으로 그녀가 흘리는 이슬을 훔쳐주고 있었다.

나기가 그런 내 손 위에 자신의 손을 얹었다.

"저는 소우타 군의 이런 상냥한 면을 정말 좋아해요. ……소우타 군이 저를 좋아하게 되도록 노력했어요. 저 또한 소우타 군을 더욱 깊이 알고, 더 좋아하게 되려고 노력했죠. 그래서 언젠가 혼담이 들어오기 전에 부모님에게 당신을 소개하고 싶었어요. 설령 혼담이 들어오더라도 『좋아하는 사람이 있다』하고 말할…… 생각이었어요."

나기의 눈물을 더 닦아주고 싶지만 그녀가 내 손을 꼭 쥐고 있는 탓에 그럴 수가 없었다.

"무리였어요. 제가 상상한 것 중에서 최악의 결과를, 저는 제 손으로 선택했어요."

"나기는, 어째서…… 거절하지 못한 거야?"

"아버님과 어머님을 사랑하기 때문이에요."

주저 없이 그렇게 답한 나기는 억지로 웃었다. 그것은 너무나도 처연한 미소였다.

"아버님과 어머님에게는 너무나도 많은······ 평생을 들여도 다 갚지 못할 만큼 큰 은혜를 입었어요. 그래서, 저는 선택한 거예요. 가족과 소우타 군을 저울에 올리고 말이죠."

눈물에 젖은 나기와 눈을 맞추자 나는 마음이 옥죄어 들었다.

"······내가 개입할 여지는 없는 거야?"

"없어요. ······저는 무슨 말을 듣더라도, 마음을 바꾸지 않아요. 이제 바꿀 수 없는 데까지 오고 말았어요."

그 눈동자는 눈물로 젖어있지만 흔들리지는 않았다. 각오를 다진 것이다.

누가 무슨 말을 해도 마음이 바뀌지 않는다고 나에게 전하고 있었다.

내가 붙잡아봤자 나기가 상처 입을 뿐이라는 것을 깨닫고 말았다.

"전부, 제 잘못이에요. 뭐든 어중간하게 끝내버리고 만 저의 잘못. ······실은, 소우타 군에게 더 일찍 전했어야 한다는 것도 알고 있었어요."

그 푸른 눈동자가 가라앉더니 그녀는 처음으로 고개를 숙였다.

"소우타 군에게 전하는 게 무서웠어요. 당신을 만나면 마음이 편안해지면서, 싫은 일을 전부 잊게 됐고······ 내일 말하자는 생각을 거듭하다 보니, 오늘에 이르고 말았어요."

나기가 나와 포개고 있던 손을 치웠다. 그와 동시에, 내 손은 그녀의 볼에서 흘러내리고 말았다.

"저를 원망해 주세요, 소우타 군."

나기는 주먹을 말아쥐더니 가슴에 댔다. 힘껏 말아쥔 건지 그 주먹은 희미하게 떨리고 있었다.

"저를 실컷, 실컷 원망해 주세요. 이딴 여자, 이제 알 바 아냐, 하고 여기며 잊어주세요. ⋯⋯아니, 죄송해요. 상냥한 소우타 군에게 그런 건 무리라는 걸 알고 있어요. 당신이 그러면 편해질 거라고 여기다니⋯⋯ 저는 정말 나쁜 여자예요."

나기는 고개를 저으며 자리에서 일어났다.

관람차에서 내릴 때가 된 것이다.

"마지막으로 소우타 군에게 전할 말이 딱 하나 있어요."

관람차에서 내린 나기가 걸음을 옮겼다. 나는 그 뒤를 따랐다.

대화는 나누지 않았다. 나눌 수 없었다. 무슨 말을 하면 좋을지 알 수가 없었다.

적당한 장소. 인적이 적은 장소에서 나기는 또 이야기를 시작했다.

나를 돌아선 나기는 빙긋⋯⋯ 웃으려는 것 같았다. 하지만 볼이 굳은 탓에 『웃었다』고 불러도 될지 알 수 없는 표정이 됐다.

"소우타 군은 꼭, 행복해지세요. 소우타 군이라면 분명 저보다 훨씬, 훨씬 좋은 사람을 만날 거예요."

―싫다.

"그리고, 그 사람과 행복해지세요. 저 같은 애보다 훨씬 행복한 가정을 만들어…… 주, 세요."

―그만해.

그렇게 외치고 싶었다. 하지만 목소리가 입에서 나오지 않았다. 공기가 목을 통과하기만 할 뿐 목소리가 나오지 않았다.

"소우타 군의 자식이라면 정말 귀여울 거예요. 소우타 군이라면 정말 멋진 아버지가 되어서…… 휴일에는 같이 놀아주겠죠."

목소리가 점점 작아졌다.

"싫어요."

그녀는 작게 고개를 저었다. 그와 동시에 그녀의 볼을 타고 커다란 눈물방울이 흘러내렸다.

"……실은, 싫어요. 당신의 가정에 제가 없는 건…… 싫어, 요."

입술을 꼭 깨물었다. 피 맛이 입안에 감돌았지만 그래도 계속 입술을 깨물었다.

―10년 후. 나기의 옆에 내가 아닌 누군가가 있다니…….

"나, 도, 싫어."

겨우 입에서 나온 그 말은 너무나도 작고 한심했다.

"싫, 어   . 니기와 같이 있을 수 없는 건……."

절대로, 절대로 싫다.

그래도…… 내가 무슨 말을 하든 나기의 마음을 괴롭게 만들

뿐이기에 아무 말도 할 수 없었다.

나기의 결의가 얼마나 굳건한지 알고 있다. 그녀의 결의가 흔들릴 리가 없다는 것을 알고 있다.

"역시 소우타 군은 상냥해요."

나기는 눈물을 닦지 않고 시선을 마주했다.

"이렇게 약해 빠져서 죄송해요."

나기는 그렇게 말하며 한 걸음 나에게 다가왔다.

내 눈앞에서, 나기가 나를 향해 얼굴을 내밀었다.

눈물이 어린 푸른 눈동자가 나를 지그시 응시하고 있었다.

"비겁하고, 치사한 여자라 죄송해요."

그녀는 웃었다. 이번에야말로 평소처럼. 부드러운 미소를 지었─.

"마지막 추억, 받아 갈게요."

부드럽고, 따뜻한 무언가가 입술에 닿았다.

그것은 한순간 벌어진 일이었다.

나기는 물러나더니 손으로 얼굴을 훔쳤다. 다시 나를 바라보는 그녀의 얼굴에는 여전히 미소가 어려 있었다.

"이 처음은, 이것만은 소우타 군에게 꼭 주고 싶었어요."

"나, 기."

"소우타 군."

나는 손을 뻗었다. 하지만 나기의 목소리를 들으니 몸에 힘이 들어가지 않았다.

"죄송해요. ……그리고, 고마웠어요."

나기는 정말 비겁하다.

"천만에요."

나와 나기를 이어주는 말. 그것을 그녀와의 작별을 위해 입에 담았다.

나기는 내 말을 듣고 더욱 진한 미소를 머금었다.

"소우타 군에게 행복한 미래가 찾아오기를 진심으로, 누구보다도 빌고 있어요."

나기는 돌아서며 등을 보였다.

"잘 있어요, 소우타 군.^{내 사랑}"

첫 키스는 쓰디썼다.

"……나기의 옆자리가 아니면, 나는 이제 행복해질 수 없어."

입술에서 방울져 흘러내린 피가 지면을 더럽혔다.

머리가 아팠다.

약을 먹기 위해 침대에서 일어났다.

……어라. 나, 어떻게 돌아왔더라.

뭐, 됐다. 그런 건 아무래도 상관없다.

쉴 새 없이 울리는 스마트폰의 전원을 껐다. 지금은 누구와도 이야기를 나누고 싶지 않다.

진통제를 먹은 후 내 방의 침대에…… 돌아갈 기력도 남아 있지 않았다.

그대로 소파에 쓰러졌다.

뭐가 최선인지 모르겠다.

아무것도 모르겠다. 아무것도 알고 싶지 않다.

이대로 잠들어 사라져 버리고 싶다.

점점 몰려오는 졸음을 거부하지 않으며 눈을 감았다.

이대로 의식을 잃는다면 두 번 다시 일어나지 못할지도 모른다. 농담이 아니라 진짜로 그렇게 생각하며, 나는 잠에…….

―딩동.

인터폰 소리에 정신이 들었다. 하지만 이제 현관까지 갈 기력이 없다.

배달이나 택배를 시킨 적 없다. ……미안하지만 집에 사람이 없는 척하기로 했다.

―딩동.

인터폰이 또 울렸다. 방문판매원일까.

―딩동.

……아니면 종교 권유일까. 무시하자.

―딩동.

…….

─딩동딩동딩동딩동딩동.

인터폰이 쉴 새 없이 울렸다.

한숨을 한 번 내쉰 후 천천히 몸을 일으켰다.

이런 늦은 시간에 대체 누구일까.

무거운 발을 질질 끌면서 누구인 것도 귀찮아진 나머지 그냥 문을 열자─.

"……에이지?"

찾아올 리가 없는 에이지[절친]의 모습이 눈에 들어왔다.

"여어, 소우타. 나야."

일주일 전.

토요일 오후. 아버님이 할 이야기가 있다며 나를 불렀다. 그것은 매우 갑작스러운 일이었다.

점심은 가족이 다 같이 모여서 먹었다. 그때 방으로 와달라는 말을 들었고, 무슨 일인가 싶지만 일단 고개를 끄덕였다.

아버님의 방에 가서, 문에 노크했다.

"나기예요."

"들어오렴."

"실례하겠습니다."

짤막한 대화를 주고받은 후 나는 방으로 들어갔다.

아버님의 방은 간소한 서양식 방이다. ……물건은 적지만 눈길을 끄는 것이 있다. 그것은 바로 업무용 책상과 소파다.

책상은 자기 방에서도 일을 할 수 있도록 설치한 것 같았다. 책상이 방에 있으면 기분이 해이해지지 않으며 무엇보다 몸에 잘 맞다고 한다. 그리고 소파는 자신이 이용하는 것이 아니라 나나 어머님, 그리고 손님을 위한 것이다.

아버님은 자기 책상 앞에 앉아 있었다. 그리고 내가 들어오자 자리에서 일어나 소파로 이동했다. ……종이 한 장을 들고 말이다.

"여기 앉으렴."

"네."

나는 아버님의 옆에 앉았다. 무슨 이야기를 하려는 건지 생각해 봤지만 짐작이 되지 않았다.

하지만 약간 마음이 술렁거렸다.

아버님은 작게 헛기침하더니 나를 힐끔 쳐다봤다.

"……나기. 요즘 학교생활을 즐기고 있단 이야기를 스자카에게 들었단다. 즐겁니?"

"네. 즐겁게 지내고 있어요."

딱히 숨길 필요는 없다. 전에 이야기를 나눴을 때 이후로 변함이 없느냐고 묻는 것이리라. 소우타 군……가 아니라 진구 이야기는 아버님에게도 했으며 스자카 씨에게도 입막음하지는 않았다.

그리고 아버님은 시선을 살짝 숙이고 팔짱을 끼더니 약간 머뭇머뭇 입을 열었다.

"그래. ……저기, 좋아하는 사람은 있니?"

심장이 크게 뛰었다. 순식간에 표정이 굳어버리면서 바로 대답하지 못했다.

"질문의 의도를 이해하지 못하겠어요."

아냐.

아니잖아.

『있어요』하고 대답해야 할 상황이다. 이유를 묻지 말고 그저 질문에 답하면 되는 것이다.

나는 주먹을 말아쥐며 아버님의 대답을 기다렸다. 기다리고 말았다.

"아니, 그게 말이지. 나기에게 혼담이 들어왔단다."

—혼담.

그 말에 머릿속이 새하얗게 변했다.

"나기는 아직 고등학교 1학년이니, 나는 이르다고 생각하는데."

심장이 멎을 듯한 충격과 함께…… 드디어 오고 말았다는 생각이 머릿속을 휘감았다.

불가사의하게도 내 마음은 금방 진정됐다. 진정된 후—

"상대는 누구죠?"

나는 그렇게 묻고 말았다.

아니다. 더는 이야기를 진행해선 안 된다.

하지만 그 상대가…… 아버님의 일과 연관이 없는 상대라면…….

나의 그런 실낱같은 희망도…….

"아, 미나미카와 요우토 씨란다."

끊어지고 말았다.

"미나미카와, 라면, 바로 그……?"

"그래. 나도 놀랐지."

국내를 중심으로 기모노와 일본 예능 문화 보전에 힘쓰고 있는 기업이다. 그 기업의 대표가 미나미카와라는 성이었던 것을 기억하고 있다.

그리고 그 기업은 기모노의 해외 전개를 하는 아버님의 라이벌 회사였다.

더는 이야기를 들어선 안 된다. 빨리 거절해야만 한다.

그리고 좋아하는 사람이 있다면서 소우타 군의 이야기를 해야 한다.

이야기해야만 하는데 입이 떨어지지를 않았다.

"……왜, 거기서 혼담이……."

"나기가 일전에 참가했던 공연에서, 그 집의 아들이 너를 보고 한눈에 빈헸다는구나. 조사해 보니, 그 집 아들은 성실하고 좋은 사람인 것 같아. 이게 그의 프로필이야."

아버님은 들고 있던 종이를 나에게 보여줬다. 이력서 같았다.

사진을 보니 인상 좋은 젊은 청년이었고…… 꽤 잘생긴 편이었다. 그 아래에는 학력과 실적을 비롯해 그가 지닌 자격 등이 실려 있었다.

하지만 상대방의 성격이나 외모, 능력은 나한테 아무래도 상관없었다.

내가 좋아하는 사람은 그가 아니라 소우타 군이니까 말이다.

그러니, 소우타 군의 이야기를 해야만 한다.

빨리 말해야만 하지만…….

"하지만 아버님. ……라이벌 관계인 회사의 자제와 제가 결혼하는 건 여러모로 어렵지 않을까요?"

왜 내 입은 뜻대로 움직이지 않는 것일까.

"응? 아…… 회사 이야기는 나기에게 하고 싶지 않은데 말이지."

지금 생각해 보면 이때가 마지막 기회였다.

"들려주세요."

─나는 물러날 기회를 내 발로 걸어찼다.

아버님은 잠시 고민에 잠긴 후 이야기를 시작했다.

"실은 상대방이 조건을 제시했단다. 만약 받아들인다면 다음 주 일요일에 맞선을 봤으면 한다. 그것만으로도 우리 회사에 꽤 득이 될 것이라고 했지. ……그리고 만약 약혼하게 된다면 우리 회사의 사업을 돕기로…… 정확하게는 이쪽의 자회사가 되겠다는구나."

그것이 파격적인 조건이란 것은 사업에 해박하지 않은 나도 이해가 됐다. 그뿐만 아니라 이쪽에 있어 매우 유리한 조건이다. 의심마저 들 정도로 말이다.

"수상하지 않나요?"

"그래. 나도 그렇게 생각해서 여러모로 조사해 봤지. ……결과부터 말하자면, 그들에게는 야심이 없는 것 같구나. 아들을 위해서라면 일을…… 회사를 얼마든지 내놓을 수 있다고 그는 말했단다.『반드시 일본 문화를 지키겠다』, 그렇게 말하던 그의 모습은 이제 찾아볼 수 없었어."

그 정도로 자기 아들을 아끼고 있다. 아니, 부모로서의 아집이라 해도 과언이 아니다.

아들을 위해서라고 말했지만 이 일로 인해 불이익을 겪게 되는 인물은 수십 명…… 아니, 그 이상은 될 것이다.

"……아버님은, 다른 꿍꿍이가 없다고 생각하시는 거군요."

"그래. 만약 있더라도, 어떻게든 돼."

그렇다면…….

아냐.

그게 아니잖아.

거절해야 해. 거절해야만 해.

성말?

정말 거절할 거야?

이런 기회는 평생 한 번밖에 찾아오지 않을지도 모른다. 아니, 한 번도 찾아오지 않을 것이다. 이대로 놓친다면 두 번 다시 이런 기회는 찾아오지 않으리라.

즉, 이것이 아버님과 어머님에게 받은 큰 은혜를 갚을 처음이자 마지막 기회다. 조금씩 은혜를 갚아나갈 수는 있을지도 모르지만, 그 회사를 자회사로 삼는 것에 버금가는 이익을 두 분께 드리는 것은 나에게 불가능하다.

거절해도, 될까?

이 일로 아버님의 사업이 확대될 수 있다면, 다른 라이벌 회사보다 한 걸음…… 아니, 두세 걸음 앞서갈 수 있을 것이다. 그렇게 되면 아버님은 자신의 꿈에 더욱 다가설 수 있으리라.

어릴 적, 아버님과 어머님에게 들었던 꿈.

—기모노의 뛰어남을 전 세계에 알린다.

말로 하면 어린애 같은 생각 같지만 실제로 아버님은 어릴 적부터 그런 꿈을 품어왔다.

아버님은 기모노와 일본 무용을 접하고…… 지금은 고인이 되신 스승에게 배운 것과, 쇠퇴하는 일본 예능을 다시 일으켜 세우고 싶다는 마음으로 회사를 설립했다. 어머님도 아버님과 함께 꿈을 좇아 아버님의 버팀목이 되어 왔다.

물론 두 분 대에서 해낼 수 있는 일은 한정되어 있다. ……하지만, 만약 내가 약혼한다면 아버님은 그 꿈의 성취를 위해 크게 전진할 수 있다.

—거절하면 그 전진은 없었던 일이 된다.

내가 침묵을 지키자 아버님은 나를 향해 미소 지었다. ……아버님이 이렇게 온화한 표정을 짓는 건 드문 일이다.

"아직 고등학교 1학년인 나기에게는 이른 일이라고 생각한단다. 그리고 나기는 옛날부터…… 저기, 남자애와 접하는 것을 어려워했지. 그래서 좋은 기회가 되지 않을까 싶구나. 상대는 절제력 있는 어른이니, 네가 두려워할 일은 없겠지."

그 말을 듣고 눈을 감았다.

……나는.

아니다. 말해야만, 한다. ……말해야만 하지만…….

소우타 군을 소개해야만 한다.

하지만 이 기회를 놓치는 건…… 부모님의 은혜를 원수로 갚는 짓이 아닐까.

머릿속이 새하얗게 변했다. 저울이 쉴 새 없이 좌우로 흔들렸다.

소우타 군과.

아버님과 어머님이.

나는.

나는…….

"알겠, 어요."

고개를 끄덕였다.

끄덕이고, 말았다.

"다음 주 주말, 이죠? 일요일이라면, 괜찮아요."

아버님은 약간 불안한 표정을 지었다.

"······정말 괜찮겠니? 생각할 시간을 가져도 된다만······."

"아뇨. ······옛날부터, 결심하고 있었으니까요."

어릴 적에 아버님에게 물어본 적이 있다.

『저는 크면 아버님께 도움이 되고 싶어요. 어떻게 하면 될까요?』

아버님께 도움이 되고 싶다. 하지만 어떻게 하면 좋을지 어릴 적의 나는 몰랐다. 그래서 그렇게 물어봤다.

『공부를 많이 하렴. ······그리고, 가능하면 내 사업을, 꿈을 이어줬으면 좋겠구나. 아, 그래. 어쩌면 멋진 사위가 생길지도 모르지. 그때는 사이좋게 지내거라.』

『네! 꼭 그럴게요!』

그렇게 말했었다.

약속한, 것이다.

그 말에 따라 나는······ 살아왔다.

이것이 아버님과 어머님의 행복으로 이어진다면.

이 목숨은 나를 거둬주신 두 분을 위해 쓰겠다.
^{인생}

그렇게 생각하며 아버님을 쳐다보니······ 내가 이제까지 살아오면서 겨우 몇 번 봤던 표정을 짓고 계셨다.

"그래. ······드디어 이날이 오고 만 건가. 상대방에게 이야기를 해두마. 하지만 만나보고 무리라고 판단하면, 꼭 말해주렴."

"……감사, 해요."

아버님의 저 표정을 본 게 몇 년 만일까.

그 표정을 봐서 다행이다.

……다행이라고, 생각해야만 한다.

그 후로 지옥 같은 나날이 이어졌다.

밤에는 잠을 잘 수가 없다.

자기혐오에 빠져 소우타 군만 쭉 생각했다.

소우타 군에게 빨리 말해야만 한다. 그것은 알고 있다.

전부 자업자득…… 아니, 그보다 더 나쁜 짓이다. 소우타 군까지 휘말리게 했으니까.

구역질이 나서, 토했다.

배가 아파서, 화장실에 틀어박혔다.

두통이 나서, 쓰러질 뻔했다.

눈치가 빠른 스사카 씨에게 들킬 뻔했지만 어떻게든 얼버무렸다.

스사카 씨에게는 진실까지 비밀로 하자. 아비님에게도 스지카 씨에게는 말하지 말아 달라고 부탁했다. 깜짝 놀라게 해주고 싶다는 이유로 말이다.

어머님과 아버님께는 들키지 않았다. 나는 옛날부터 숨기는 게 특기였다.

"……."

한숨을 쉬는 것조차 허락되지 않는다. 허락할 수 없다.

나 같은 애는 고통받아야 한다. 사람을, 사랑하는 사람을 가지고 논 대가로서는 너무나도 가볍다는 생각이 들 정도였다.

나 같은 건 죽을 때까지 고통받아야 마땅하다.

또, 통화할 시간이 다가왔다. 오늘이야말로, 말하자. 말해야만…… 하는데…….

"그러면, 내일 봐요. 좋은 밤 되세요, 소우타 군."

『그래. 내일 보자. 잘 자, 나기.』

나는 이야기할 수 없었다. 전화로도, 전철 안에서도…….

결국, 소우타 군과 유원지에 가는 날이 찾아오고 말았다.

나는 겨우 결심했다. 아니, 결심할 수밖에 없었다.

오늘, 소우타 군에게 이야기할 것이다. 그것만은 반드시 해야만 한다.

하지만 느닷없이 이야기했다간…… 오늘을 고대해 온 소우타 군의 마음을 짓밟게 된다.

그리고…… 나 또한, 소우타 군과의 마지막 추억을 만들고 싶었다.

쓰레기 같은 추악한 짓이라는 건 알고 있다. 하지만 멈출 수 없었다. 그와 함께 있을 때는 너무나도 즐거워서 불안과 자기혐오가 작아졌다.

무슨 일이 있다는 걸 들킬 줄은 몰랐지만…… 그는 추궁하지 않았다.

그 후로 즐겁게…… 실컷, 실컷 즐겁게 논 후…….

"오늘을 끝으로, 저는 소우타 군을 만날 수 없어요."

나는 그의 신뢰를 전부 배신했다.

―나는 시노노메를 절대로 배신하지 않아.

그렇게 말해준 그를, 나는 배신했다.

자신을 저주하고 원망했다. 소우타 군 또한 그렇게 해주기를 무심코 바랐다. 소우타 군이 절대로 그럴 리가 없는데도 말이다. 나는 또 자신만 편해지려 했고 그런 내가 더욱 싫어졌다.

각오는 이미 다졌다.

설령 소우타 군이 무슨 말을 해도…… 그럴 리가 없지만, 강경한 수단을 취할지라도 저항할 생각이었다.

……자기가 생각해도 참 우스운 이야기다. 아니, 웃기지도 않는 이야기다.

왜냐하면 강경한 수단을 취한 건 나니까.

첫 키스
처음을 소우타 군에게 주고 싶었다. 가능하다면…… 아니, 더는 생각하지 말자.

소우타 군에게 작별 인사를 한 나는 그대로 그 자리를 벗어났다. ……절대로 뒤돌아보지 않았다.

쭉 좋아했다. 사랑했다.

이제 그를 만날 수 없지만, 이런 내가 이런 기도를 해선 안 된다는 것을 알고 있지만…….

그래도, 이 기도만은 허락해 줬으면 한다.

—당신이 앞으로 걸어갈 인생이 행복하기를.

—소중한 사람을 찾을 수 있기를.

첫 키스는, 그 피의 맛이 났다.

돌아온 후에도 한바탕 문제가 발생했다. 스자카 씨와 말이다.

스자카 씨는 내 이야기를 듣고 얼굴이 새파랗게 질렸다. 그리고 아버님에게 소우타 군에 관해 이야기하러 가려고 했다.

『아직 늦지 않았습니다. 늦지 않았어요.』

그렇게 말하면서 말이다.

하지만 나는 스자카 씨를 말렸다. 이제 그 사실을 밝히면…… 정말 곤란한 일이 벌어지는 것이다.

아버님의 일에 영향이 갈 것이다. 그 손실은 헤아릴 수조차 없을 정도이리라. 몇 번이나 몇 번이나, 지칠 때까지 설명했다.

─더는, 소우타 군에게 상처를 주고 싶지 않아요.

내가 그렇게 말하자 스자카 씨는 겨우 이해해 줬다.

눈물 자국은 화장으로 감췄다. 저녁 식사 또한, 배가 부글부글 끓고 있는데도 다 먹었다.

어머님은 의아한 눈길로 나를 쳐다봤지만…… 아마 괜찮을 것이다.

다행히 추궁을 받지는 않았다. 나는 저녁을 먹은 후 도망치듯 자기 방으로 돌아갔다.

새가 지저귀는 소리를 듣고 아침이 왔다는 것을 눈치챘다. 한숨도 자지 않았지만 신기하게도 눈이 뜨였다.

눈도 이상 없다. 약간 빨간 것 같지만 화장으로 충분히 감출 수 있을 것이다.

거울을 본 나는 깜짝 놀라고 말았다.

─소우타 군과 만나기 전의 나와 똑같은 표정을 짓고 있었다.

【얼음공주】.

누가 가장 먼저 한 말인지는 모른다. 자기 입으로 말하는 건 좀 그렇지만 그 별명이 잘 어울리는 얼굴이었다.

그 표정에 감정은 없다. ……아니, 드러내고 있지 않을 뿐이다.

―그래. 이제 드러낼 일은 없을 거야. 소우타 군과 만날 수 없는걸.

고개를 저으며 정신을 바짝 차리라는 듯이 자기 뺨을 때렸다. 오늘은 어머님께서 직접 화장과 옷단장을 해주실 것이다.

시간이 되자 내 방으로 오신 어머님이 내 얼굴을 지그시 응시했다.

"나기. 무슨 일 있나요?"

나는 그 말을 듣고 놀랐다.

"왜, 그렇게 생각하시나요?"

"……어제부터 표정이 평소와 달라 보였어요. 혹시 좋지 않은 일이라도 있는 건가요?"

나는 입을 다물고 말았다.

약간 당황한 탓에 심장이 두방망이질 쳤다.

"아니면…… 오늘 맞선이 실은 내키지 않는 건가요? 아버지에게 말하기 힘든 거라면 제가……."

"아뇨. 싫은 건, 아니에요. ……싫은 건요."

나는 고개를 절레절레 저으며 거짓말을 했다. 거짓말을 관철할 수밖에 없다. 어머님은 뭔가 할 말이 있는 것 같지만…… 더는 아무 말도 하지 않았다.

그 후로 나는 눈을 감고 어머님에게 화장을 받았다. 눈 주위부터 먼저 화장을 해주셨기에 들킨 게 아닌지 불안했지만 아무 말도 듣지 않았다.

화장이 끝난 후 옷단장까지 해주셨다.

화장도, 옷단장도 나는 어머님에게 전부 배웠다. 그런 만큼 어머님은 나보다 훨씬 이런 일에 능숙하셨다.

"……네. 정말 아름다워요. 이 엄마도 넋 놓고 쳐다볼 뻔했어요."

"고마……."

거울을 본 나는 깜짝 놀랐다.

내 화장 실력은 아직 멀었구나, 같은 것보다 먼저 생각하고 말았다.

이 모습을 소우타 군에게 보여주고 싶다.

눈을 감자 그때의 감촉이 떠올랐다. ……부드러운 입술 감촉. 그와 동시에 느껴지는 피 맛과 그의 고통을 떠올렸다.

그 이외의 누군가에게 이 모습을 보여주기 싫다.

"나기?"

"아무것도, 아니에요."

안 된다. 이 자리에서…… 울음을 터뜨려선 안 된다.

안 된다는 건 알고 있다.

그래도 눈물이 넘쳐흘러 나오려 했다.

그를, 만나고 싶다.

이 모습을 보여주고 싶다.

……그가 따뜻한 손길로 쓰다듬어줬으면 했다.

그의 품에 안겨 그의 온기를 느끼고 싶다.

이제 무리라는 것을 아는데도 말이다.

"나, 나기……? 무슨 일이죠?"

눈을 감고 참으려 했지만…… 눈물이 샘솟는 것을 참을 수 없었다.

이러면 안 된다. 빨리 마음을 다잡아야 한다. 어머님께서 해주신 화장이 번질 텐데.

"으음, 으음…… 나기. 잠시, 실례할게요."

바로 그때, 달콤한 향기가 나를 감쌌다.

"어, 머……님?"

"……미안해요. 저는 나기가 왜 우는지 모른답니다. 이야기해서 편해질 것 같다면, 저에게 들려주지 않겠어요?"

이 온기를, 상냥함을 마지막으로 느낀 게 언제였을까.

언제부터 이 온기를 거부해 왔을까.

하지만 어리광을 부려선 안 된다. 나에게는 어리광을 부릴 자격이 없다.

누군가에게 어리광을 부릴 자격 따위, 나에게는…….

딩동.

벨이 울렸다. 아직 이른 시간이니…… 오늘 만나기로 되어 있는 미나미카와 씨는 아닐 것이다.

인터폰은 이 집 곳곳에 있다.

그중 하나는 내 방 앞에 있다.

발소리가 들렸다. ……아마 스자카 씨일 것이다. 목소리가 방 안으로 흘러들어왔다.

"네. 시노노메 가의 고용인인 스자카라고 합니다. 누구신 지…… 어?"

대체 누구일지 생각하고 있을 때 당혹스러운 목소리가 들려왔다.

아직도 쉴 새 없이 흘러내리는 눈물을 손가락으로 막으면서도, 나는 방 밖에서 들려오는 목소리에 자연스레 귀를 기울였다.

"미노리 님?"

두 번 다시, 들을 일이 없으리라 여겼던 그의 이름이 들려왔다. 그러자 몸이 딱딱하게 굳은 뒤 가슴 깊은 곳에 가둬뒀던 불씨가 다시 타오르기 시작했다.

토요일, 밤.

"여어, 소우타. 나야."

"……에이지?"

문을 열자, 이 자리에 있을 리가 없는 에이지의 모습이 눈에 들어왔다.

"몇 번이나 전화해도 네가 안 받았잖아. 불길한 예감은……
적중한 것 같네. 그건 그렇고, 얼굴이 정말 엉망인걸."

에이지는 내 얼굴을 쳐다보며 눈썹을 찌푸렸다.

아, 그렇다. 나는 돌아오자마자 그대로 뻗어버렸으니 옷과 머
리카락이 엉망진창일 것이다.

"……이런저런 일이, 있었어. 한동안 혼자 있게 해줘."

"그럴 수는 없어. 지금 절대로 혼자 있게 두면 안 되는 인물이
바로 너거든."

에이지는 그렇게 말하며 내 어깨를 움켜쥐었다.

"어디 이야기해 봐. 전부 다, 하나부터 열까지, 남김없이 털어
놓으라고. 내가 네 힘이 되어주겠어."

에이지는 내 눈을 똑바로 바라보며 그렇게 말했다.

—왜 그래? 무슨 일 있으면 이야기해 봐. 도와줄게.

그와 만난 날의 일을 떠올리자 거절하려던 나는 몸에서 힘이
빠져나갔다.

"……일단 들어와."

나 자신도 놀랄 만큼 목소리에 힘이 없었다. 나는 에이지를
집 안으로 들였다.

"마실 것은…… 사놓은 건데, 차와 커피가 있어. 뭘 마실래?"

"그러면 차로 할게."

"응."

손님용 컵에 차를 따른 후 에이지에게 건넸다. 나도 커피가 담긴 컵을 놓고 앉았다.

"그래서? 무슨 일이 있었던 거야?"

"……이런저런 일이 있었어."

"이야기해 줄 때까지, 절대로 돌아가지 않을 거야."

에이지가 이렇게 고집을 부리는 건 처음이었다. 그래서 당황스러웠지만 나는 커피를 한 모금 마신 후에 휴우 하고 한숨을 토했다.

"『오늘을 끝으로 만날 수 없다』…… 나기에게, 그런 말을 들었어."

에이지의 미간에 주름이 생겼다.

"자세하게 이야기해봐."

이야기해 줄 때까지 돌아가지 않겠다고 그의 눈은 말하고 있었다.

하지만 어디까지 말해도 될까……. 아니, 에이지라면 전부 들을 때까지 돌아가지 않으리라.

……미안해, 나기.

나는 마음속으로 사과하면서 이야기를 시작했다.

나기에게 들은 것을 전부 밀이다.

"나기는 내일, 맞선을 보나 봐."

일본 무용 공연에서 나기를 보고 한눈에 반한 남자가 있는데 그는 나기 아버지와 라이벌 관계인 기업 사장의 아들이라고 한다.

상대방은 맞선을 제안하면서 나기의 아버지에게 파격적인 조건을 제시했고…… 나기는 그것을 받아들였다.

아버지에게 강요를 받은 것이 아니라, 나기 본인이 받아들이기로 결의했다. 그 모든 것을 말해줬다.

이야기하면서 무심코 떠올리고 말았다.

그녀의 표정을, 그녀의 손에서 느껴진 온기를…… 손가락에 닿은 눈물의 감촉을…….

오열을 흘렸다. 하지만 끝까지 말해야 한다고 생각한 나는 이야기를 이어갔다.

에이지는 내 이야기를 지그시 듣고 있었다. 평소와 다르게 진지한 표정으로 말이다.

결국 전부 이야기하는 데 30분이나 걸렸다. 겨우겨우 이야기를 마치자, 에이지는 하아~ 하고 긴 한숨을 내쉬었다.

"막을 수 있다면, 이미 그렇게 했겠지?"

"응. ……나기는 각오를 다지고 있었어. 내가 개입할 여지는…… 없었지. 없었단 말이야."

에이지는 고개를 숙이더니 생각에 잠겼다. 그리고 1분도 채 지나기 전에 고개를 들었다.

"……나는 소우타가 얼마나 충격을 받았을지 몰라. 함부로 안다고 말해선 안 되겠지. 괜한 동정조차 해줄 수 없어."

나는 에이지의 말을 들으며 천천히 고개를 끄덕였다.

딱히 동정을 원하는 건 아니다.

에이지는 지그시 내 눈을…… 날카로운 눈빛으로 노려보듯 응시했다.

"하지만, 네 친구…… 아니, 절친으로서 이 말은 해야겠어."

아니다. 저 눈빛은 나를 보고 있는 것 같지만 다른 누군가를 보고 있었다.

"헛소리 말라고."

너무나도 어둡고 차가운 목소리였다.

"네가 해준 말을 듣고 생각했어. 너는 이제까지 있었던 모든 일을 받아들이면서 나와 친구가 되어줬어. 그러니 친구로서, 절친으로서 절대 가만히 있을 수 없어. 네가 행복해지기 위해서라면, 나는 뭐든 할 거야. 무슨 말이든 할 거라고."

그 말은 차가운 것 같지만 그렇지 않았다. 화상을 입을 정도로 열기를 머금고 있었다.

"각오니 뭐니 라고 하지만 말이야. 결국 그건 자기희생이잖아. 소중한 사람을 위해 자신을 희생해, 불행해지겠다니…… 그래선 누구도 행복해지지 못해."

힘껏 말아쥔 에이지의 주먹이 부들부들 떨렸다.

"그런 각오, 네가 박살내 버리면 되잖아."

"……어떻게 그래."

나는 무심코 그렇게 대답했다.

"에이지가 그렇게 말해주는 건 정말 기뻐. 하지만 남의 각오를 무시하는 건…… 아니, 그 이전에 나기가 불행해지리라고 단정 지을 순 없잖아."

"흐음? 그건 너와 만나기 전의 【얼음공주】가 행복했단 소리야?"

나는 에이지의 말을 듣고 입을 다물었다.

"소우타. 네가 지금 웃지 못하는 것처럼, 시노노메 나기도 지금 웃지 못할 거야. 그것만은 단언할 수 있어. 게다가 지금만 그런 게 아니야. 앞으로도 쭉 그렇겠지."

에이지는 나에게 다가오더니 양손으로 내 볼을 때렸다.

"【얼음공주】…… 시노노메 나기는 너 말고 다른 사람과는 행복해질 수 없어. 설령 그 약혼 상대가 초절정 미남에 머리가 좋을 뿐만 아니라 운동도 잘하는 근육 우락부락 나이스가이일지라도 무리야. 왜인지 알아?"

에이지의 눈이 지그시 내 눈을 똑바로 바라봤다.

"【얼음공주】의 얼음을 녹인 게 누구지?"

강하지만 상냥한 말.

"【얼음공주】가 유일하게 마음을 허락한 상대가 누구지?"

그것은 서서히…….

"【얼음공주】가 진심으로 좋아한 남자는 누구지?"

마음에 녹아 들어왔다.

"【얼음공주】의 첫 번째는 누구지?"

그 말을 듣자 그날의 기억이 되살아났다.

—첫 번째는 미노리 군으로 정해졌었으니까요.

"알고 있잖아, 미노리 소우타. 너야. 전부 너라고.【얼음공주】
가 이제까지 살아오면서 너뿐이었단 말이야."

두근, 하고 심장이 크게 뛰었다.

"……나, 뿐……."

"그래. 너뿐이야. 초중고를 통틀어 수백수천 명의 사람들과
만났겠지만, 너뿐이었어. 그건 네가 가장 잘 알잖아."

더는 생각해선 안 된다. 그러면 안 된다.

하지만 그는, 에이지는 닫힌 마음의 문을 비집어 열려고 했
다.

"앞으로 그런 녀석이【얼음공주】앞에 몇 명이나 나타날 것
같아? 이제까지 딱 한 명뿐이었어. 맞선을 보는 상대가 그런 녀
석일 가능성이 얼마나 될까?"

"하, 하지만, 분명 나쁜 사람은……."

"나쁜 사람이 아니기만 하면, 이 세상을 뒤졌을 때 얼마든지
있겠지. 반대도 마찬가지지만 말이야."

그 말은 내가 그녀에게 한 말과 비슷했기에 나는 그 과거에서

눈을 돌렸다.

"……나기도, 이제 남성이 무섭지 않을 거야."

"그게 어땠는데? 네가 없어서【얼음공주】로 되돌아갔을 가능성도 있거든? 너와 친해지기 전의【얼음공주】가 누군가와 친하게 지냈냐고."

내 말을 차례차례 부정당했고…… 도망칠 곳이 없어진 나는 천천히 고개를 흔들 수밖에 없었다.

물을 끼얹어서 억지로 껐던 불씨가 다시 열기를 머금기 시작했다.

"너뿐이라고. 어이, 소우타."

에이지는 히죽 웃었다. 평소처럼 말이다.

"각오를 다져. 자신도, 반한 상대도 행복하게 해줄 각오 말이야. 좋아하잖아? 그러면 이런 데서 주저앉지 말라고."

닫혀 있던 마음의 문이 열렸다. 공기가 공급되고 장작에 불이 지펴졌다. 두 번 다시 타오르지 않을 줄 알았던 그것이 다시 타오르기 시작했다.

"왜, 에이지는 나에게 이런 말을…… 해주는 거야?"

그런 의문이 입 밖으로 흘러나왔다. 에이지는 어리둥절한 표정을 짓더니 웃음을 흘렸다.

"아까 말했잖아. 절친이라서야. 절친이니까 네가 듣기 좋은 소리는 안 해. 위로도 안 한다고. 네가 바라는 미래를 거머쥘 수 있도록, 네 등에 채찍질을 해주는 게 내 일이야."

나는 무심코 웃음을 터뜨렸다.

─웃었다. 이대로 죽는 게 아닐까 싶을 만큼 괴로웠는데도 말이다.

갇혀 있던 마음이 넘쳐 흘러나왔다. 억누르고 있던 마음이 점점 부풀어 올랐다.

"에이지답네."

잠시 뜸을 들인 후 나는 에이지의 이름을 불렀다.

"어이, 에이지."

"왜?"

"무모한 소리를 하고 있다는 건 알고 있는 거야?"

에이지는 힘차게 고개를 끄덕였다. 물론 히죽히죽 웃으면서 말이다.

"당연하지."

"내가 할 수 있다고 생각해?"

"글쎄. 하지만 네가 하겠다면, 나는 온 힘을 다해 도와줄 거야."

안이한 마음으로 할 수 있다고 말하지는 않았다. 하지만 지금은 그래서 고마웠다.

"하겠어."

바보 같은 생각을 하면서 바보같이 웃었다.

정말 바보 같다는 생각이 들었다. 그녀의 각오를 짓밟으면서까지 그녀를 행복하게 만들어주겠다니 말이다.

"이제, 후회하지 않겠어. 후회시키지도 않겠어. ……절대로, 나기를 울리지 않을 거야."

휴우 하고, 가슴 속에 품고 있던 것을 전부 토해냈다.

"도와줘, 절친." ^{에이지}

"나만 믿으라고, 절친." ^{소우타}

—이대로 끝낼 수는 없다.

—우는 얼굴은 나기에게 어울리지 않으니까. 또 그녀의 얼굴을 보고 싶으니까.

아직 주저앉기에는 이르다.

"헤어스타일, 오케이~! 복장 오케이~!

"이상한 곳 없음~!"

"아침이라고. 목소리 좀 낮춰."

"아, 미안해."

최종 체크를 해주는 에이지와 니시자와에게 목소리가 너무 크다면서 하야마가 주의를 줬다.

이른 아침. 아직 일곱 시도 안 된 주택가. 너무 큰 소리를 내면 이웃들에게 폐가 될 것이다.

나 또한 손거울을 보고 무심코 놀랐다.

"……그건 그렇고, 화장의 힘은 정말 엄청나네."

"그렇지~? 다크서클도, 눈물 자국도, 상처도, 싹 가릴 수 있어~!"

"실제로 화장으로 그런 걸 가리는 애도 꽤 있다니깐."

두 사람의 말대로 다크 서클과 새빨갛게 부은 눈두덩이가 깔끔하게 숨겨졌다. 찢어졌던 입술도 말이다. 그리고 당연히 피부도 깨끗해졌다.

"좋아. 우리가 할 수 있는 건 이게 다야. 아니면 같이 가줄까?"

"아니, 혼자서 갈게."

심호흡을 되풀이한 나는 도움을 준 절친들을 돌아봤다.

"정말 고마워. 돌아오면 피자라도 주문해서 다 같이 먹자."

"오~! 기다리겠어!"

"나는 치즈가 왕창 토핑된 걸 먹을래!"

"나는 시푸드 계열이 먹고 싶은걸."

"그래. 끝나면 연락할게. 그때까지 뭘 시킬지나 정해둬."

오케이, 하고 답한 그들에게서 돌아선 나는 걸음을 내디뎠다.

"그러면 나중에 보자."

"나중에 봐. 너라면 할 수 있어. 어떻게든 될 거라고."

"맞아, 맞아~! 자신감 가져~. 그러면 나중에 봐~!"

"응. 둔감 아버지와 착각 나기에게 따끔한 꿀밤을 먹여주고 와."

"또 허들이 올라갔네. 뭐, 최선을 다해보겠어."

세 사람의 목소리를 등 너머로 들으면서 나는 걸음을 내디뎠다.

이곳은 목적지에서 그렇게 멀지 않다. 곧 목적지가 보이기 시작했다.

"……실제로 보니 엄청난걸."

넓은 집이다. 고저택이라고 말하면 이해가 될까.

집을 둘러싼 담 때문에 내부는 보이지 않지만 평범한 집이 아니란 것은 넓이만 봐도 알 수 있다.

이 정도면 도우미…… 아니, 가정부가 여러 명 있더라도 이상하지 않을 것이다.

그런 생각을 하다 보니 호화로운 목제 대문이 눈에 들어왔다.

"요즘에도 이런 집이 있긴 하구나."

하지만 보안은 엄중한 것 같았다. 방범 카메라 같은 것도 있는 것 같았다.

그 자리에서 심호흡을 두 번 한 후 나는 벨을 눌렀다.

『네. 시노노메 가의 고용인인 스자카라고 합니다. 누구신지…… 어?』

스자카 씨가 받았다. 잘됐다 싶었다.

카메라로 나를 알아본 것이리라. 카메라가 있는 곳을 향해 고개를 가볍게 숙였다.

"스자카 씨, 오래간만이에요. 미노리 소우타입니다."

『어? 미노리 님……?』

스자카 씨의 놀란 목소리를 들으면서 나는 다시 주먹을 말아 쥐며 각오를 다졌다.

"아침 일찍 찾아와서 죄송합니다. 시노노메 나기 양과 가족 분께 드릴 말씀이 있어서 찾아왔어요."

―10년 후에도 나기의 옆에 있기 위해서 말이다.

"그래, 자네가 미노리 군인가."

나보다 키가 컸다. 아마 180센티미터는 되지 않을까. 머리를 올백으로 넘긴 남성이었다.

얼굴 또한 매우 젊어서 30대…… 아니, 20대 후반이라 해도 믿을지도 모른다.

그건 그렇고 이렇게 올백이 잘 어울리는 남자는 처음 봤다. 위압감이 어마어마했다.

―매우 젊어 보이지만 아마 나기의 아버지일 것이다. 어떻게 할까. 설마 이 사람이 처음부터 나타날 거라고는 생각하지 못했다. 스카카 씨가 이 자리에 있어서 그나마 다행이다.

"이른 시간에 실례했습니다. 그리고, 처음 뵙겠습니다. 나기 양에게 항상 신세를 지고 있는 친구인 미노리 소우타라고 합니다."

"……딸에게 이성 친구가 있다는 이야기는 처음 듣는군."

"사실입니다, 사장님. 미노리 님은 아가씨에게 있어 매우 소중한 친구분입니다."

스자카 씨가 옆에서 한마디 거들어줬다. 나기의 아버지는 그 말을 듣고 눈썹이 살짝 흔들렸다.

"……들어오게. 안에서 이야기를 나누도록 하지."

"감사합니다."

"그리고 무리하면서까지 말투를 신경 쓸 필요는 없네. 학생에게 그 정도의 예의를 바라지는 않거든."

"네, 감사해요."

솔직히 말해 존댓말에는 익숙하지 않았다. 아예 못 쓰는 건 아니지만 평범한 수준이며 격식 있는 존댓말 같은 건 잘 모른다.

나는 그대로 나기의 아버지를 뒤따라 가려 했지만 갑자기 그가 뒤돌아섰다.

"아, 이거 실례했군. 내 소개를 안 했는걸. 나는 시노노메 나기의 아버지인 시노노메 소이치로라고 하네."

"……그러면, 소이치로 씨라고 불러도 될까요?"

"편한 대로 부르게."

대화를 짤막하게 마친 후 소이치로 씨는 다시 걸음을 내디뎠다. 다시 그 뒤를 뒤따르자 스자카 씨가 내 뒤를 따랐다.

안내된 곳은 객실처럼 보이는 빙이있다.

"들어가지. 편한 곳에 앉게."

"아, 네."

집의 분위기를 훼손하지 않는 다다미방이고 길고 커다란 좌식 탁자 주위에 방석이 깔려 있었다. 탁자도, 방석도 매우 고급스러워 보였다.

……으음, 이런 장소에서는 앉는 데도 예절이 있던가. 상석과 하석이었지?

"미노리 님은 이쪽에 앉으시죠."

"아, 네. 감사해요."

결국 스자카 씨가 알려준 자리에 앉았다.

긴장한 탓에 자연스럽게 등을 꼿꼿이 폈다. 입안이 마르는 느낌을 받았을 때 고용인으로 보이는 사람이 차를 준비해 줬다. 감사히 한 모금 마셔서 목을 축였다. 소이치로 씨는 그 타이밍에 입을 열었다.

"물어볼 게 산더미처럼 있지만, 우선 용건부터 듣도록 하지. 미노리 군."

"네."

"자네는 왜 여기에 왔지?"

두근두근 하고 심장이 뛰기 시작했다. 자신이 이제부터 할 일을 생각하니 식은땀이 나려 했다. 그뿐만 아니라 위압감이 어마어마했다.

모든 빛을 흡수하는 듯한 검은 눈동자가 나를 꿰뚫듯이 쳐다봤다.

그래도 나는 이제 와서 관둘 수 없다.

"나기 양의 맞선을 막으러 왔어요."

소이치로 씨가 눈을 가늘게 떴다. 마음속 밑바닥까지 꿰뚫어 보는 게 아닌가 싶을 만큼, 그 시선은 날카로웠다. ……실은 전부 꿰뚫어 봐주는 편이 여러모로 좋은데 말이지.

한심한 소리 말라며 일축당해도 이상하지 않은 발언이라고 나 자신도 생각했다. ……하지만 소이치로 씨는 기다렸다. 내가 말을 잇는 것을 말이다. 그만큼 너그러운 것일까. 아니면 나기의 친구라서 봐주는 것일까. ……양쪽 다라는 생각이 들었다.

그쯤에서 생각을 멈춘 후 나는 상대방의 검은 눈동자를 마주 쳐다봤다.

"후회할 거라서예요. 저도, 나기 양도, 소이치로 씨도 말이죠."

소이치로 씨는 눈을 치켜떴고 방 전체의 시간이 멈췄다.

아직 머릿속이 정리되지 않았겠지만…… 그를 믿어보자.

"저는 어제, 나기 양과 유원지에 갔어요."

"……윽!"

소이치로 씨의 눈빛이 격렬하게 물결쳤다. 하지만 몇 초도 채 지나기 전에 그 물결은 잦아들었다.

"나기가 매주 찾아간 장소는…… 자네의, 집인가?"

─눈치채겠다.

에이지 일행과 어젯밤 많은 이야기를 나눴다. 나기의 혼담을 막으려 해도 그것은 매우 어려운…… 불가능에 가깝다는 생각이 몇 번이나 뇌리에 떠올랐다.

하지만 그것도 에이지가 어떤 가능성을 떠올릴 때까지의 일이었다.

—서로의 마음이 엇갈리고 있는 게 아닐까.

그것이 에이지가 도달한 결론이었다.

나기는 부모님께 사랑받고 있다. 스자카 씨에게 그렇게 들었다.

『시노노메 나기의 부모님이 왜 이 혼담을 추진했다고 생각해?』

그의 질문에 나는 답하지 못했다.

『이상하잖아? 고등학생인 딸의 혼담이야. 보통은 거절할 거야. 분명 이익이 있겠지만, 그것만은 아니라고 생각해.』

에이지는 확신에 찬 어조로 말을 이었다.

『시노노메 나기는 친구가 생기면서, 소우타와 만나면서 변했어. 물론 좋은 의미로 말이지. ……딸을 사랑하는 부모라면, 친구가 더 많이 생기기를 바라지 않을까?』

그것을 에이지의 망상으로 치부하기엔 지금 상황과 너무 정확하게 맞아들어갔다.

『부모의 행복을 위해 자신을 희생하려 하는 자식과, 자식의 행복을 바란 나머지 헛바퀴 도는 부모…… 그렇게 생각하면 여러모로 맞아들어가는 것 같지 않아? 그…… 스자카 씨란 사람이 한 말과도 같고.』

에이지가 자신만만하게 웃는 모습이 머릿속에 떠올랐다. 그의 자신감이 나에게 전해졌다.

『엇갈린 거야. 부모를 위해서, 딸을 위해서. 전부, 싹 다 말이지.』

물론 그랬으면 한다는 소망도 포함되어 있다고 생각한다. 그래도 나는 그 가능성에 걸어볼 수밖에 없었다.

아무래도…….

"잠깐만. 그렇다면, 나는 무슨 짓을……."

나는 도박에서 승리한 것 같았다.

소이치로 씨는 동요를 넘어 낭패한 표정이었다. 스자카 씨가 놀란 표정으로 쳐다보고 있었다. 그만큼 흔치 않은 일인 것이리라. ……괜찮으려나.

걱정과 달리, 소이치로 씨는 금세 마음을 추슬렀다.

"미안하지만, 잠시 생각을 좀 해야겠네."

진정하기는 했지만 머릿속을 정리할 필요가 있어 보였다.

소이치로 씨는 자리에서 일어나더니 턱에 손을 댔다. 그리고 검은 눈동자는 먼 곳을 응시하고 있었다.

……나기가 자주 취하는 포즈다.

"사장님은 뭔가에 집중할 때는 꼭 저 자세를 취하십니다. ……손님 앞에서 저러신 것은 처음이지만 말이죠."

스자카 씨가 귓속말로 가르쳐줬다. ……그래. 나기는 이 모습을 쭉 봐온 탓에 따라 하게 된 건가.

멍하니 그 모습을 쳐다보며 생각에 잠겨 있을 때였다. 소이치로 씨가 그 자리에서 휘청거렸다.

"사, 사장님?!"

"……그래. 그렇게, 된 건가."

소이치로 씨의 눈동자가 나를 향했다.

"내 탓에…… 나기는 그런 가혹한 선택을 한 건가."

아무래도 전부 이해한 것 같았다.

가혹한 선택이란 것은 나기가 말했던 『가족』과 『미노리 소우타』를 저울질하는 것이리라.

『가족』을 선택한 나기를 누구도 비난할 수 없다.

딱 하나 그녀가 한 오산을 꼽자면 나에게 절친이라는 존재가 있다는 점.

그리고 나기의 예상보다 더 내가 그녀를 좋아한다는 점이다.

"나기의 소중한 사람이 동성 친구라고 생각했는데…… 자네였군."

"네. 그렇습니다, 사장님."

"……그래. 아아, 그랬어."

몇 번이나 그 사실을 확인하듯 소이치로 씨가 그렇게 중얼거렸다.

그는 눈의 초점이 맞지 않았고 그 후로 아무 말도 하지 않았다. 어쩐지 싶어서 스자카 씨를 쳐다보니 그녀는 괜찮다는 듯 고개를 끄덕였다.

몇 분 후 소이치로 씨는 몸을 추스르며 다시 자리에 앉았다.

"실례했네."

"아뇨, 괜찮아요."

―그래도 대단한걸. 에이지가 말한 대로야.

『만약 아까 말한 대로라면, 계기만 만들어주면 돼. 그것만으로 가장 큰 문제는 해결될 거야. ……그것 말고도 아직 문제가 남아 있을 테고, 거기까지 가는 것도 힘들겠지만 말이지. 만약 이 도박에서 이겨서 나기의 아버지가 눈치챈다면, 일단 우리의…… 아니, 소우타의 승리야.』

큰 산은 넘었다.

긴장이 풀리려던 때 소이치로 씨가 입을 열었다. 긴장을 풀때가 아니라고 여긴 나는 등을 꼿꼿이 폈다.

"물어볼 게 하나 있네."

나를 응시하는 그 시선은 날카롭지 않았다. 하지만 그 진지한 표정을 보고 내가 자연스럽게 긴장했을 때…….

"자네는…… 나기의 무엇이지?"

"친구예요."

그 긴장은 기우로 끝났다. 생각할 것도 없이 바로 답이 입에서 나왔다.

나는 나기의 친구다. 그것은 틀림없는 사실이다.

―하지만.

"나기 양의 제일 가는 친구예요. 누구보다 나기 양을 소중히 여기고 싶어 하는 친구죠. ……저는, 나기 양이 행복해지기를 가장 바라고 있어요. ……가능하다면, 그녀가 행복해지는 모습을 가장 가까운 곳에서 보고 싶어요."

아니다. 말을 고르지 마라. 자신의 솔직한 마음을 전해야 한다. 소이치로 씨도 그것을 바라고 있다.

"아뇨. 저야말로 그녀를 가장 행복하게 해줄 수 있다고, 생각해요."

그것이 나의 숨김없는 솔직한 마음이다.

소이치로 씨는 내 말을 듣고 눈을 치켜떴다. 오만하게 들릴 수도 있는 그 말을 어떻게 생각하는 것일까. 나는 알 수 없다.

그리고 그는 천천히 고개를 숙였다.

"자네에 관해서는 잘 알겠네. ……이번 일로 마음에 깊은 상처를 입었을 거야. 사과하지, 미노리 군."

그 말을 듣고 안도하면서도 나는 고개를 저었다.

"사과하지 마세요. 그것보다, 신경 쓰이는 점이 하나 있어요. 좀 물어봐도 될까요?"

지금은 나보다 나기가 중요하다. 전부터 그녀에 관해 신경 쓰이는 점이 있었다.

"뭐지?"

"……괜찮다면, 나기가 변한 날에 무슨 일이 있었는지, 가르쳐 주시지 않겠어요?"

─아버지에게『약한 모습을 보이지 마라』라는 말을 듣고 변

했다고 그녀는 말했다.

대체 언제부터…… 언제부터 그녀는 남에게 어리광을 부리지 않게 된 것인지, 전부터 신경 쓰였다.

"……그래. 음, 그래. 자네에게도 말해둬야겠지."

그저 내가 신경을 썼을 뿐, 이야기할 필요는 없는 일일지도 모른다고 생각했지만…… 이야기해 주려는 것 같았다.

"그 이야기를 하기 전에 우선, 내가 범한 죄부터 이야기해야겠지."

—죄, 인가.

"옛날이야기를 해도 되겠나……. 나기에 우리 집에 왔을 때의 일이지."

소이치로 씨가 그렇게 말해서 나는 조용히 고개를 끄덕였다.

"나는…….."

한순간 망설인 후, 소이치로 씨는 말을 이었다.

"옛날에 나기를 사업을 이어받게 할 도구처럼 여겼다네."

수십 초 동안, 침묵이 흘렀다.

나도, 스자카 씨도 소이치로 씨에게서 시선을 뗄 수가 없었다.

"……하, 하지만, 나기는 사랑받으며 커 온 게……."

겨우 내 입에서 나온 건 그런 말이었다. 세나가 이런 말을 들으리라고는 예상도 못 했기에 말을 더듬고 말았다.

"물론 지금은 딸을 누구보다 사랑하지. 하지만 나는 그것을 너무 늦게 깨달았다네. ……전부 늦었던 거야."

그 말의 의미는 아직 이해할 수 없었다. 하지만 그 모습을 보고 딱 하나 깨달은 점이 있다.

소이치로 씨는 그것을 너무나도…… 너무나도 후회하고 있다는 것이다.

"나와 아내 사이에서는 자식이 생기지 않았다네."

소이치로 씨는 담담히 이야기를 시작했다.

아내는 내 비서였다. 결혼 후에도 변함없이 내 비서로서 일해줬다. 회사도 순조롭고 모든 일이 잘 풀리고 있다…… 그렇게 말하고 싶지만 딱 하나 문제가 있었다.

회사 안에는 내 뒤를 이어받을 만큼 사업에 재능이 있는 인물이 없었다. 나는 곧 묘안을 떠올렸다.

그렇다면 자기 자식에게 내 모든 것을 가르치면 된다.

하지만 곧 어떤 문제에 부딪혔다. 나와 아내 사이에서…… 자식이 생기지 않은 것이다.

나도, 아내도 고민했다. 하지만 곧 답을 찾았다.

"꼭 피가 이어진 아이일 필요는 없지 않을까요, 소이치로 씨. 피가 이어지지 않았더라도, 저는 소이치로 씨와의 자식이 있다면 행복할 거예요."

아내에게는 아이를 후계자로 삼겠다고 말하지 않았지만 아마 눈치챘을 것이다. 그래도 그녀는 나와의 아이를 가지고 싶어 했다. 아내의 제안에 따라 우리는 양자를 들이기로 했다.

양자라고 해도 사업을 물려주려면 우수한 아이여야만 한다. 하지만 직접 아이를 만나보고 고르게 해주는 단체는 거의 없다.

그래도 나는 찾고 또 찾은 끝에 한 소녀를 만났다.

그녀를 고른 이유는 두 가지다. 하나는 요령이 좋다는 점이다.

나는 옛날부터 눈썰미가 좋았다. 이 애는 진지하고 상냥한 아이이다. 머리도 나쁘지 않으니 우수한 아이로 자라리라는 것을 금세 눈치챘다.

다른 하나는 외모가 뛰어나며 외국인의 피가 섞였다는 점이다.

내 회사는 세계를 시야에 두고 있다. 외모는 강력한 무기가 된다.

그래서 나는 북유럽 지방의 피를 이어받은 그녀를 골랐다. 나기는 내 조건에 맞는 인재라고 여겼지. ……당시의 나는 어리석었어. 사람을 물건처럼 다루다니, 용서받을 수 없는 행위야.

이야기가 옆길로 샜군. 계속하지.

그녀를 양자로 들이기로 했지만 마음에 걸리는 짐이 하나 있었다. 그것은 그녀가 기아(棄兒)…… 버림받은 아이라는 점이다.

우리가 양자로 들였을 때, 나기는 세 살 정도였다. 하지만 그 걱정은 기우였으며 가족에게 학대를 받지는 않았다.

"오늘부터 네 이름은 나기란다."

"……나기?"

"바람도 파도도 없는, 조용한 해수면을 일본어로 나기(凪)라고 해요. 바다처럼 푸르고 아름다운 당신의 눈에서 따온 이름이죠."

그렇게 말하며 나기를 꼭 안아주는 아내를 보며 나는 생각 했다.

교육방침은 어떻게 하면 좋을까.

우선 나기에게 일본 무용을 가르쳤다. 이어서 다도와 꽃꽂이 를 가르쳤다.

이유는 하나다. 기모노를 입는 외국인 아이가 있다, 그것만으로도 해외에서 유리하게 작용하는 경우가 많아서다. 상대가 일본을 좋아한다면 더욱 효과적일 것이다. 다행히 나기도 그런 문화를 즐겨줬다.

하지만 일단은 부모라는 자각은 가지고 있다. 바쁜 와중에도 부모로서 나기를 대했고…… 아내의 제안으로 그녀를 동물원에 데려간 적도 있다.

그런 와중에 나기 또한 나에게 존경심을 품기 시작했다. 그러던 어느 날의 일이다.

"저는 크면 아버님께 도움이 되고 싶어요. 어떻게 하면 될까요?"

기회라고 생각했다. 아이들은 보통 공부를 싫어한다고 들었는데, 이걸 잘 이용하면 공부를 좋아하게 되리라고 생각했다.

"공부를 많이 하렴. ……그리고, 가능하면 내 사업을, 꿈을 이어줬으면 좋겠구나. 아, 그래. 어쩌면 멋진 사위가 생길지도 모르지. 그때는 사이좋게 지내거라."

시선을 마주하며 그렇게 말하자 아직 어린 나기는 기쁜 듯이 고개를 끄덕였다.

"네! 꼭 그럴게요!"

이것이 첫 번째 실수였다.

그리고 그로부터 며칠 후. 나는 두 번째 실수를 범했다.

"아버님이 일을 하면서 신경을 쓰시는 점이 있나요?"

나는 뭐라고 대답할지 잠시 고민했다. 신경 쓰는 점이라면 많다. 이 애에게 가르쳐줘야 하는 건 그중 무엇일까.

망설인 끝에 나는 말했다.

"남에게 약한 모습을 보이지 않는 것, 일까. 그러기 위해 나 자신을 꾸미고 있단다. 이것을 꾸준히 지키다 보면, 사업에 있어서도 유리하게 작용할 때가 많지."

—그렇게, 말했다. 말하고 말았다.

이것이 내 두 번째 실수이자, 가장 큰 실수였다.

아내와 함께 나기를 기르면서 나는 어떤 점을 깨닫기 시작했다.

나기에게 딸로서 애정을 느끼게 된 것이다.

그녀가 일본 무용으로 상을 받으면 자기 일처럼 기뻤다. 다도와 꽃꽂이가 더욱 재미있어졌다는 말을 들었을 때도 기뻤다.

그리고 나는 생각했다.

나기가 자유롭게 살아줬으면 한다고 말이다.

좋아하는 것을 하며 인생을 즐겨줬으면 한다.

이 아이에게 내 꿈을, 그리고 일을 떠넘기고 싶지 않다. 인생을 속박하고 싶지 않다고 생각했다.

다행히 돈이라면 얼마든지 있다. 나기가 하고 싶은 일이라면 얼마든지 시켜줄 수 있다.

그런 생각을 하게 됐을 때는 이미 늦었다. ……너무나도 늦었다.

나기의 표정에서 서서히 미소가 사라졌다. 내가 그런 말을 한 탓이다.

나는 아내와 의논하며 나기를 원래대로 되돌릴 방법을 찾았다.

─하지만, 무리였다.

어릴 적에 부모에게 들은 말은 기억에 강렬하게 남았고 크게 영향을 끼친다. 게다가 나는 몇 번이나, 몇 번이나 같은 말을 나기에게 했다.

"나기. 다른 일을 해보고 싶진 않니?"

"네. 지금 배우는 것만으로도 즐거워요."

나기는 어린아이지만 어린아이답지 않게 행동했고 그에 따라 우리 사이는 점점 벌어졌다.

나는 무리다. 아네에게 예전처럼 지내도 된다는 말을 전해달라 부탁했다.

—하지만 소용 없었다.

"하지만, 그래선 아버님처럼 멋진 사람이 될 수 없어요."

그녀의 내면에서 나는 너무나도 거대한 존재가 되어 있었다.

몇 번이나 설득을 시도했다. 하지만 나기는 감정을 숨기는 게 버릇이 되어 있었고, 겉보기에는 고쳐진 줄 알았더니 어느새 원래대로 되돌아가 있었다.

아아, 우리에게는 무리다. 그렇게 생각했다.

초등학생이 된 직후에는 지금과 다름없는 모습이 되어 있었다.

누가 한 말인지는 모르겠지만 나기가 【얼음공주】라 불리게 된 것은 이즈음부터다.

사립의 상류층 자제들이 다니는 학교에 다니게 했는데 그것은 좋지 않은 징후라고 느꼈다.

주위로부터 고립된다. 혼자가 되고 만다. 그렇다면 평범한 학교에 다니게 하는 편이 좋지 않을까. 우리가 아니라, 나기를 즐겁게 해주는 누군가가 나타난다면 그녀는 달라지지 않을까.

아내와 상의해서 전학을 제안했더니 나기는 순순히 그 말에 따랐다.

하지만 그때도 내가 족쇄가 되고 말았다.

―나기의 아버지는 대단한 사람이니, 허튼짓을 했다간 부모가 일자리를 잃게 된다.

곧 그런 소문이 퍼진 것이다. 물론 나는 그런 짓을 하지 않는다.

하지만 무리였다. 전부 하나같이 역효과만 나고 말았다.

……전부, 내 탓이다.

"어린 자식은 부모에게서 상식을 배우지. 그런 당연한 것마저 나는 눈치채지 못한 거야. ……이윽고 나기도 커서 사춘기가 되면 아버지를 싫어하게 될 거란 말을 듣고, 대화를 줄이는 편이 좋겠다는 생각을…… 아냐. 그런 이유를 대며, 나는 나기에게서 계속 도망쳤지."

강렬한 위압감이 느껴지던 목소리가, 표정이 연약해졌다.

"언젠가 괜찮아질 것이다. 지금 바로 해결하지 않아도 된다. 그렇게 자기 자신에게 말하며, 나는 일로 도망쳤다네. 나기를 스자카와 다른 이들에게 맡기고 말이야."

그 후로 몇 년 동안, 나기는 나와 만날 때까지 그런 상태였던 건가.

소이치로 씨의 눈동자가 허공을 응시했다.

"요즘 들어서 나기는 외출이 잦아졌지. 좋은 징후라고 생각했다네. 그게 기쁜 나머지…… 나는 괜한 짓을 벌이고 만 거야. 나기의 약혼자이자 친구 같은 사이인 인물이 있다면 나기의 인생이 더 즐거워질 거라고, 행복해질 거라고 멋대로 여겼다네. ……딸과 제대로 이야기도 나누지 않고, 그 아이의 변화조차 눈치채지 못한 주제에 말이지."

그 눈동자의 초점이 맞아들어가더니 나를 향했다.

"미안하네, 미노리 군. 딸에게, 그리고 자네에게 괴로운 일을 겪게 했어."

방금 이야기를 듣고 나름대로 생각하는 바가 있었다. 확실히 괴로운 일도 겪었다.

하지만…….

"저한테 사과할 필요는 없어요. 나기 양에게 해주세요. 그리고 화해해 주셨으면 해요. 이렇게 부탁드립니다."

내 입가에 자연스레 미소가 어렸다.

"아직 돌이킬 수 있어요. 나기 양은 부모님을 그 누구보다도 사랑하니까요."

나기는 아버지와 어머니를 진심으로 좋아한다. 소이치로 씨도 이렇게 후회하며 딸을 생각하고 있다. 분명 아직 늦지 않았을 것이다.

"그리고 다시 예전처럼 대해 주세요. 나기 양도 분명 그 마음을 알아줄 거예요. ……부탁드립니다."

"그래, 알았네. 지금 바로⋯⋯."

소이치로 씨가 자리에서 일어나려 한 바로 그때였다.

"그러실 필요 없어요, 아버님."

별실로 이어지는 장지문이 열렸다.

"전부 듣고 있었으니까요."

숨을 삼키고 말았다.

"⋯⋯윽."

흰 백합이 그려진 기모노를 입은 나기가 모습을 보였다.

피부는 평소보다 조금 더 하얗다. 그 점이 나기의 투명한 피부와 얼굴을 더욱 돋보이게 했다.

머리카락은 머리 뒤편으로 모아 올렸으며 푸른색 구슬이 달린 옥비녀가 꽂혀 있었다.

한순간 의식을 빼앗기고 말았다. 그래서 그녀의 옆에 아름다운 여성이 서 있다는 것을 뒤늦게 눈치챘다.

"⋯⋯듣고 있었구나, 나기. 치에."

"죄송해요. 방에 들어갈 타이밍을 재다 보니⋯⋯."

정신 차려 나. 적어도 지금은 얼이 나가 있을 때가 아니라고.

"어차피 나기에게도 같은 이야기를 해줄 생각이었단다. 그 수고를 덜었을 뿐이지."

소이치로 씨는 그렇게 말한 후 다시 두 사람을 응시했다.

"할 이야기가 있단다. 나기, 치에. 앉아주렴."

소이치로 씨가 그렇게 말하자 두 사람은 고개를 끄덕이며 그의 옆에 앉았다.

"그전에 치에에게 미노리 군을 소개해야겠는걸."

"네. 하지만 실은 방금 나기에게 이야기를 들었어요."

아까부터 치에라 불린 이는 나기의 어머니일 것이다.

아름다운 검은 머리카락을 포니테일 스타일로 묶었으며 단정한 외모를 지녔다.

정말 아름다운 사람이었다. 소이치로 씨와 마찬가지로 20대 후반이라고 해도 믿을 것 같았다.

"처음 뵙겠어요. 나기의 어머니인 시노노메 치에라고 해요. ……나기에게 이야기 들었답니다. 이제까지 정말 고마워요."

"아, 아뇨. 저야말로 나기 양에게 신세를 많이 졌어요. 아, 나…… 저는 미노리 소우타라고 합니다."

허둥지둥 말하느라 실수하고 말았다. 느닷없이 실수를 한 바람이 얼굴이 달아올랐고 치에 씨는 그런 나를 향해 상냥히 미소 지어줬다.

─그것은 데자뷔가 느껴지는 미소였다.

"말투를 너무 신경 쓸 필요는 없어요. 자, 그러면 이야기를 이어가 볼까요."

그렇게 말한 치에 씨는 소이치로 씨를 쳐다봤다.

"……나기."

"네."

소이치로 씨는 나기를 지그시 응시했다.

그리고 다다미를 손으로 짚더니 그대로 이마 또한 다다미에
댔다.

"이제까지 정말 미안했다. ……무엇부터 사과해야 할지도 모
를 만큼, 나는 나기의 인생을 망쳐놨어."

"아버님."

나기는 소이치로 씨를 바라보며 부드러운 미소를 지었다. 그
미소는 방금 본 치에 씨의 미소와 흡사했다.

"아버님, 고개를 들어 주세요. 저는 아버님과 어머님을 정말
좋아해요. 그러니, 저를 도구로 여겼다는 말을 듣고도…… 놀라
긴 했지만, 슬프진 않아요."

"나기."

치에 씨가 나기를 등 뒤에서 끌어안아 줬다.

"……이런 말을 하게 해서 정말 미안해요."

치에 씨는 입술을 깨물며 어깨를 부르르 떨었다.

"눈치채주지 못해서 미안해요. 하지만 저와 소이치로 씨
도……. 아니, 이 엄마와 아빠도, 지금은 나기를 가장 소중하게
생각해요. 나기의 행복만을 생각하고 있어요. 나기는 우리 딸이
라고, 생각하고 있어요. 이제 와서 무슨 말을 하는 거냐 싶을지
도 모르겠지만 말이에요."

"아뇨. 그런 생각은 안 해요. 아버님과 어머님은 저에게 있어
이 세상에 한 분뿐인 아버님과 어머님이시니까요."

치에 씨는 나기를 더욱 세게 끌어안았다. 소이치로 씨는 고개

를 들더니 나기를 지그시 응시했다.

"우리는 나기를…… 적어도 지금의 우리는 나기의 행복을 최우선으로 생각한단다. 나기의 행복이 우리의 행복이지. 일 따위는 그에 비하면 아무것도 아니다 싶을 정도야. ……그러니, 다시 물으마."

소이치로 씨는 올곧기 그지없는 검은 눈동자로 나기를 꿰뚫어 봤다.

"오늘 맞선이, 정말로 너를 행복하게 해줄 거라고 생각하니?"

나기는 푸른 눈동자로 소이치로 씨를 마주 처다봤다. 그리고 갑자기 소이치로 씨에게서 시선을 떼더니 나를 응시했다.

―드디어 나를 봐줬다.

하지만 그것은 잠시에 지나지 않았다. 나기는 다시 소이치로 씨를 처다봤다.

"아버님. 이번 혼담은 제가 진심으로 바란 것이에요. 그건 틀림없어요."

그렇게 말했다.

나는 고개를 푹 숙이며 주먹을 말아쥐었다.

"하지만……."

이어지는 말이 들려와서 나는 고개를 들었다.

"가능하다면 수우타 군과 다시 한번 이야기를 나누고 싶어요."

그녀는 미소를 짓고 있지만…… 왠지 괴로워 보였다.

◆◆◆

다른 이들은 다른 방으로 향했다. 이 방에 남아 있는 건 나와 나기, 둘 뿐이다.

"하고 싶은 말이 잔뜩…… 정말 잔뜩 있어요. 하지만, 그 전에 물어봐야만 할 게 하나 있어요."

나기는 조용히, 지그시, 나를 응시했다.

"……왜 온 거죠?"

"왜, 라."

앵무새처럼 따라 말한 나는 나기를 지그시 응시했다.

"나기를 너무 좋아해서, 포기할 수가 없었어."

한 문장으로 전하려면 이렇게 말할 수밖에 없으리라.

나기는 내 말을 듣고 눈을 치켜뜨더니…… 이어서 고개를 숙였다.

"……저는, 소우타 군에게 실컷 상처를 입혔어요."

"가족을 위해서잖아. 악의를 가지고 그런 게 아니야."

"소우타 군를, 배신했단 말이에요."

"나는 배신 당했다고 생각 안 해…… 나기."

나기를 부르자 그녀는 고개를 들어서 나를 쳐다봤다. 흔들리는 푸른 눈동자는 빛바래있었다.

"저, 저따위보다 소우타 군에게 더 어울리는 여자가 언젠가 나타날 거예요. 당신을 절대로 배신하지 않는 여자가……."

"나기 이외에는 싫어. 아직 얼굴도 모르는 누군가가 아니라, 나기가 좋아."

나기의 표정이 서서히, 서서히 일그러졌다.

"하, 하지만, 저는…… 소우타 군을 또, 배신할지도, 몰라요."

"배신하지 않아. 배신할 이유가 이제 없잖아. 나기의 아버지와 어머니도, 스자카 씨도 있어. 그러니, 나기는 이제 누구도 배신하지 않아."

자연스럽게 표정이 풀리면서 나기를 향해 미소 지었다.

"이유가 하나 더 있어. 나기가 얼마나 죄책감과 자기혐오로 힘들어했는지…… 상상이 안 돼. 하지만, 틀림없이 괴로웠을 거야. 그걸 알았으니, 나기는 이제 배신하지 않아. 나는 그렇게 생각해."

나기는 상냥한 아이다. 죄책감을 느끼지 않는 사람이라면 어제 그렇게 울지도…… 괴로운 표정을 짓지도 않았을 것이다.

나기는 고개를 숙인 채 작게 중얼거렸다.

"……저는, 바보예요."

그렇게 말하며 고개를 든 나기의 눈동자는 희미하게 젖어있었다.

"소우타 군만이 아니에요. ……결과적으로 부모님까지 배신했다 해도 과언이 아니에요."

"그저 엇갈렸을 뿐이야. 앞으로 얼마든지 돌이킬 수 있고, 앞으로 더욱 가까워질 수도 있어."

"저는 소우타 군을 거절했단 말이에요."

"진심으로 그런 게 아니잖아. 그럴 수밖에 없었을 뿐이야. 진심으로 거절당했다면 나는 지금 여기 없어. 이 집에 들어오지도 못했겠지."

"……저, 저는, 뭐 하나 제대로 못하는 애예요. 소우타 군에게 또 상처를 줄지도 몰라요."

"그렇다면 둘이 함께 고쳐나가자. 나기에게 몇 번 상처 입더라도, 나는 나기에게서 절대로 떨어지지 않겠어. 약속할게."

"……저는, 더 이상 소우타 군을 상처 입히고 싶지 않아요."

"알아. 그러니까 변하는 거야. 나기는 성장할 수 있어. 그렇게 어려워했던 영어도 극복했잖아? 우리 둘이라면…… 모두와 함께라면, 분명 해낼 수 있을 거야."

입술이 희미하게 떨렸고 눈동자가 흔들렸다.

"저는, 저는……."

나기의 볼이 구겨졌다.

"저 같은 게, 행복해져도 될까요?"

"당연하잖아."

솔직한 마음이 전해지도록 그녀와 눈을 마주했다. 절대로 시선을 눠주지 않았다.

"내가 반드시 행복하게 만들 거야. 다른 누군가가 아니라, 내가 행복하게 만들어주고 싶어. 그러려고 나는 여기에 온 거야."

나기의 옆으로 다가갔다. 나기는 커다란 눈물방울을 흘리면서 나를 응시했다.

"나기."

"……네."

"나는, 나기를 좋아해. 정말 좋아한다고."

눈물을 줄줄 흘리면서도 나기는 결코 시선을 돌리지 않았다.

그녀의 눈을 지그시 응시하며 손을 내밀었다.

"10년 후에도 나기의 옆에 있고 싶어. 나기의 옆에서 웃고, 내 옆에서 나기가 웃어줬으면 해."

그러니까…….

"나와 결혼을 전제로 사귀어줘."

나기가 가냘픈 손을 떨면서 들어 올렸다.

"……네."

그렇게 말하며 내 손을 잡아줬다.

나기의 손을 잡아당기며 그녀를 끌어안았다.

"……미안해요. 정말 미안해요, 소우타 군. 너무나도, 너무나도 당신에게 상처를 줬어요……."

"괜찮아, 나는 지금, 정말 행복해."

나기의 체온이 몸을 통해 느껴졌다.

그 온기가 온몸으로 퍼져나갔다.

두 번 다시, 그녀를 끌어안을 수 없으리라고 생각했다.

다시는 놓지 않겠다는 마음을 담아 그녀를 꼭 끌어안자 그녀 또한 손에 힘을 줬다.

"저를, 저를 계속 좋아해 줘서 정말 고마워요."

나기는 눈물을 흘리면서 빙긋 웃었다.

"천만에요."

나와 나기를 이어주는 말. 그리고 그녀와 헤어지기 위해 쓴 말. ……그것이 이번에는 나와 나기를 다시 이어줬다.

나기의 조그마한 손이 내 등을 힘차게 끌어안았다.

"좋아해요. 저도, 소우타 군을 정말 좋아해요. 누구보다도 당신을 사랑해요."

"나도 마찬가지야. 사랑해, 나기."

나기가 내 품에서 얼굴을 떼더니 나를 지그시 응시했다.

나는 그런 나기에게 얼굴을 내밀어서 입술을 포갰다.

"……."

"……."

입술을 뗀 우리는 시선을 마주하며 말없이 서로를 응시했다. 나기의 아름다운 얼굴이 눈앞에 있었다.

이번에는 나기 쪽에서 조용히 나와 입술을 포갰다.

"……소우타 군."

"왜?"

햇살이 비추는 바다 같은 눈동자가 나를 부드럽게 감쌌다.

"반드시, 반드시, 저도 소우타 군을 행복하게 만들겠어요."

"……그래."

나기의 말을 듣고 고개를 끄덕인 나는 그녀와 다시 입술을 포 갰다.

"둘이서 행복해지자."

"……이미, 너무나도 행복하지만요."

"더욱, 더욱 행복해지는 거야."

마지막으로 그녀를 한 번 더 끌어안고 몸을 뗀 순간…….

―갑자기 졸음에 휩싸인 나는 그대로 의식을 잃고 말았다.

"……그건 그렇고, 정말 놀랐는걸. 무슨 큰 병이라도 걸린 줄 알았어."

"의사 선생님의 말씀에 따르면, 긴장이 풀리면서 수면 부족 과 피로가 한꺼번에 몰려왔나 봐요. 큰 문제가 있는 게 아니라 다행이군요."

아버님과 어머님의 말을 듣고 나는 고개를 들었다.

"저기, 아버님. 어머님."

두 사람은 나를 쳐다보며…… 부드러운 미소를 머금었다.

"두 분께 여러모로 걱정을 끼쳤어요. 정말 죄송해요."

아버님과 어머님의 마음도 헤아리지 못하고 엉뚱한 행동을 했다.

"제가 조금만 더 자기 마음을 앞세웠다면, 이야기를 더 많이 나눴다면……."

나는 도중에 말을 멈췄다. 아버님이 내 머리에 손을 얹었기 때문이다.

"괜찮단다, 나기. 우리 또한 너에게 다가가려 하지 않았잖니. 무엇보다 내가 가장 잘못이 커."

"네, 맞아요. 소이치…… 당신 아버지가 가장 잘못했어요. 이 엄마도 당신과 더 많은 시간을 함께 보냈어야만 했어요. 이제 와서 반성하고 있답니다."

어머님에게 쓴소리를 들은 아버님은 쓴웃음을 머금었다. 하지만 두 사람 다 표정에서 자책하는 기색이 어려 있었다.

그건 그렇고 아버님이 내 머리를 쓰다듬어주는 건 대체 얼마만일까.

"……저기, 아버님, 어머님. 무리한 부탁을 하나 드려도 될까요?"

"뭐죠? 뭐든 말만 하세요, 나기. 당신은 더 어리광을 부려도 된답니다."

어머니가 그렇게 말해서 표정이 훤해졌다. 뿌옇게 번한 시야로 두 사람을 응시하며 주먹을 꼭 말아쥐었다.

"……집에 있을 때는, 엄마와 아빠라고 불러도 될까요?"

그렇게 말했다.

어릴 적부터 그렇게 부르고 싶었다. 하지만 처음에 아버님과 어머님이라고 불렀기에 쭉 그 말을 못 했다.

두 사람은 놀란 표정을 짓더니 미소를 머금으며 고개를 끄덕였다.

"응. 물론이지, 나기."

"꼭 그렇게 불러주세요. 그편이 저희도…… 이 엄마와 아빠도 기쁠 거랍니다."

마음속에 그렇게 햇살이 쏟아지면서 훈훈해졌다.

"네! 아빠, 엄마!"

그것이 기뻐서 싱글벙글 웃자…… 두 사람은 놀란 표정으로 나를 쳐다봤다.

아아, 그래. 이런 표정을 두 분에게 보여드리는 건 처음…… 아니, 오래간만이다.

"미노리 군, 덕분인가. 그에게는 정말 감사해야겠는걸."

"그래요."

아버님…… 아빠는 내 머리에서 손을 뗐다.

"나기는 그를 보고 있으렴. 나는 혼담 상대에게 연락하고 오마."

"……아."

그렇다. 혼담을 잊고 있었다.

"저도 같이 사과를……"

"나기."

아빠는 나를 부르더니 눈을 맞췄다. 아빠의 검은 눈동자에는 왠지 밝은 기운이 감도는 것 같았다.

"마음만 기쁘게 받아두마. 하지만 솔직히 말해 나 혼자인 편이 움직이기 편할 것 같구나."

옆에 있는 엄마도 고개를 끄덕였다.

"그래요. 그편이 좋겠군요. ……그래도 다음에 사죄의 편지를 한 통 보내야 할 것 같답니다. 그때는 부탁할게요, 나기."

"……네, 알았어요."

부모님의 말씀이 옳을 것이다. 아빠는 고개를 끄덕이는 나를 보고 마지막으로 내 머리에 손을 살며시 얹었다.

"그러면 준비하고 오마. 나기, 미노리 군에게 잘 말해주렴."

"네. 다녀오세요, 아빠."

그렇게 아빠, 엄마와 헤어진 나는…… 소우타 군이 잠들어 있는 방으로 향했다.

방 앞에는 스자카 씨가 있었다.

"스자카 씨."

"아가씨, 저기……."

스자카 씨는 약간 송구한 표정을 짓고 있었다. ……아마 그 일 때문이리라.

"저 몰래 소우타 군을 만난 것, 때문인가요?"

"……송구합니다."

소우타 군은 스자카 씨를 아는 것 같았다. 스자카 씨가 송구하다는 표정을 지어서 우스운 일이 아닌데 왠지 웃음이 났다.

"후후, 괜찮아요. 사과할 사람은 저예요. 정말, 정말 폐를 끼쳤어요. 죄송해요."

나는 고개를 숙인 후 다시 스자카 씨를 쳐다봤다.

"그리고, 감사해요. 소우타 군을 이 집에 들여줬잖아요. 스자카 씨가 없었다면, 소우타 군은 문 앞에서 쫓겨났을지도 몰라요."

"아뇨. 저는 그렇게 거창한 일을 하진……."

"스자카 씨."

나는 그렇게 말하는 스자카 씨의 이름을 불렀다.

"이럴 때는『천만에요』라고 말하면 돼요."

"……천만에요."

"네, 고마워요! 앞으로도 저희를 잘 부탁드려요!"

"물론입니다……. 아가씨께서 이런 표정을 짓게 되셔서, 정말 기뻐요."

스자카 씨는 손수건으로 훔쳤다. 그런 그녀의 듣고 나는 더 기뻐졌다.

인사를 적당히 마친 나는 방 안으로 들어갔다.

소우타 군은 여전히 침대에 누워서 자고 있었다.

나는 침대 옆에 앉아서 잠든 그를 응시했다.

"소우타 군."

그의 이름을 불렀다. 쿨쿨 자는 소우타 군은 귀엽고 사랑스러웠다.

들리지 않으리라는 것을 알면서도 나는 말을 이었다.

"사랑해요, 소우타 군."

이불 안으로 손을 집어넣어서 그의 따뜻한 손을 움켜쥐었다.

그의 체온이 혈관을 돌면서 내 온몸으로 전해졌다.

"우리, 꼭 행복해져요."

그의 상냥한 얼굴을 보니 너무나도 기쁜 동시에 가슴이 너무나도 아팠다.

"이런 저지만…… 소우타 군이 선택해 준 저잖아요. 그러니 꼭, 누구보다도 당신을 행복하게 해줄 거예요."

다른 한 손으로 그의 손을 감싸듯 움켜쥐었다.

"앞으로 쭉, 고등학교 2학년, 3학년이 되어서도, 대학생이 되어서도, 어른이 되어서 일하게 된 후에도 쭉…… 쭉, 소우타 군의 버팀목이 되겠어요."

손을 하나 꺼내서 소우타 군의 얼굴에 댔다.

"……아이가 생기고, 그 아이가 크는 모습을 보며, 아저씨 아줌마가 되고, 할아버지 할머니가 되어도……. 쭉, 당신을 행복하게 해줄게요. 그리고, 마지막 순간이 오면, 소우타 군에게 이 말을 들을 거예요."

머리카락을 쓰다듬으면서, 훈훈한 표정으로 그의 얼굴을 들여다봤다.

"『이 세상 그 누구보다 행복한 인생이었다』……. 그리고, 당신의 임종을 지키겠어요. 그러고 나면 분명, 저도 머지않아 당신의 뒤를 따르게 되겠죠. 저세상에서도, 당신을 쭉 행복하게 해줄게요."

따뜻한 마음이 넘쳐 나오더니 볼을 타고 흘러내렸다.

"……가능하다면 내세에서도, 그다음 인생에서도……. 소우타 군과 만나서 생애를 함께하고 싶어요."

아니, 그럴 것이다. 반드시 이 넓은 세상에서 소우타 군을 찾아낼 것이다.

바로 그때 나는 소우타 군의 귀가 빨개진 것을 눈치챘다.

"사랑해요, 소우타 군. 이 세상 그 누구보다도 당신을 사랑해요."

"……나도 그래."

소우타 군은 작은 목소리로 그렇게 대꾸했다. 그 말이 기쁜 나머지 나는 무심코 눈가를 훔치면서 침대 안으로 들어갔다.

"어, 나기?!"

"좋은 아침이에요, 소우타 군. 막 깼는데 이래서 죄송하지만, 좀 끌어안을게요."

당황한 소우타 군을 꼬옥~ 하는 소리가 들릴 정도로 세게 끌어안았다.

"……이제, 참지 않을 거예요."

소우타 군의 귓가에서 나는 속삭였다.

"사랑한다고, 실컷 전하겠어요. 몇 번이든, 몇 번이든, 당신이 질리더라도 계속 전할 거예요."

"……질릴 리가, 없잖아."

소우타 군은 꼬물거리며 나를 향해 몸을 돌렸다.

"사, 사랑해, 나기."

그는 나를 끌어안아 줬다. 따뜻하고 편안한…… 동시에 가슴을 뛰게 만드는 공기가 폐를 가득 채웠다.

―아아, 나…….

"정말, 행복해요."

"나도 그래, 나기."

소우타 군도 같은 마음이라는 것을 알고 기쁨과 행복이 마음속을 가득 채웠다.

그것이 또 눈물이 되어서 흘러나왔다.

"……정말, 이제까지의 인생을 통틀어서 지금이 가장 행복해요."

소우타 군의 가슴에 얼굴을 묻었다. 행복을 깊이, 깊이 곱씹었다.

나를 꼭 안고 있는 소우타 군의 손은 따뜻했다.

고개를 들어서 소우타 군과 시선을 마주했다. 입술을 포개니 더욱 행복해졌다.

―몇 번이든, 몇 번이든, 몇십 번, 몇백 번이라도 말할게요. 소우타 군.

"사랑해요. 정말 사랑해요. 소우타 군. 이 세상 누구보다도 당신을 사랑해요."

"응, 나도 사랑해."

앞으로 아빠의 일과 이번 혼담으로 인해 이런저런 일이 벌어질 것이다.

하지만 신기하게도 전혀 두렵지 않았다.

소우타 군과 함께라면 괜찮을 거라고 믿으니까…… 그리고 둘이서 행복해지기로 정했으니까.

아직 보이지 않는 미래를 향해 상상의 나래를 펼쳤다.

"앞으로 잘 부탁드려요, 소우타 군."

"응, 잘 부탁해."

이불 안에서 몸을 움직여 소우타 군의 이마에 내 이마를 댔다.

─이 행복은 절대로 놓치지 않겠다. 그렇게 맹세하면서 그의 눈동자를 지그시 응시했다.

소우타 군은 내 친구다. 하야마 양들도 내 친구다. 하지만, 그들을 향한 감정과 그를 향한 감정은 명백히 다르다.

그래도 나는 그를 이 단어로 부르고 싶다.

나에게 있어서 이 단어는 그가 가장 처음으로 되어준, **특별한 것**이니 말이다.

─소우타 군은 나에게 있어, **첫 번째 친구**다.

후기

처음 뵙겠습니다. 사츠키 히류라고 합니다. 평소 카쿠요무에 주로 러브코미디 작품을 올리고 있습니다.

본작인「다른 학교 얼음공주를 구했더니, 친구부터 시작하게 되었습니다」줄여서「얼음공주」는【제8회 카쿠요무 Web 소설 콘테스트】의【러브코미디 부문】에서【특별상】과【ComicWalker 상】을 동시에 수상한 작품입니다. 정말 영광입니다.

자, 본작을 재미있게 읽으셨는지요. Web판 2장까지의 내용을 이 1권에 가득 채워 넣었습니다. 그러면서 대대적인 가필 수정이 이뤄졌습니다. Web판을 읽은 분도 재밌게 읽으실 수 있는 작품이라고 생각합니다.

여러분의 마음에 남는 장면이 하나라도 있다면 그리고 소우타 군과 나기 양, 에이지 군들의 매력이 조금이라도 전해진다면 정말 기쁠 겁니다.

「얼음공주」의 서적화 과정에서 많은 분께 신세를 졌기에 이 자리를 빌려 감사 이사를 드릴까 합니다.

본작의 일러스트를 맡아주신 미스미 선생님. 정말, 정말 감사드립니다. 투명감과 아름다움, 그리고 덧없음을 갖춘【얼음공주]와 인간다움과 귀여움이 넘쳐나는 【시노노메 나기】란 인물의 매력이 선생님 덕분에 크게 증폭됐습니다. 소우타 군과 에이지 군, 키리카 양과 히카루 양도 매력 넘치는 존재가 됐죠. 일러스트를 볼 때마다 애정이 제 안에서 넘쳐 흘러나왔습니다. 정말 감사드린다는 말씀 말고는 드릴 수가 없을 지경입니다.

그리고 아무것도 모르는 저를 성심성의를 다해 이끌어주신 담당 편집자님. 편집자님 덕분에 【얼음공주】를 서적으로서 더욱 재미있고 즐겁게 읽을 수 있는 작품으로 완성할 수 있었습니다. 미숙하고 불안장애가 있는 애송이인 저와 이렇게 함께 해주셔서, 그리고 배려해 주셔서 고맙습니다. 진심으로 감사드립니다.

이어서 Web판 때부터 응원해 주신 독자 여러분. 여러분 덕분에 상을 받았을 뿐만 아니라 서적화도 이뤄졌습니다. 중학생 시절부터의 꿈을 이룰 수 있었어요. 정말 감사드립니다.

마지막으로 콘테스트의 심사 위원 여러분, 전격문고 편집부 여러분, 이 책의 제작에 관여해 주신 모든 분. 그리고 이 책을 읽어주신 여러분. 진심으로 감사드립니다.

그러면 또 어딘가에서 뵐 수 있기를 진심으로 빕니다.

역자 후기

안녕하십니까. 근로청년 번역가 이승원입니다.

『다른 학교 얼음공주를 구했더니 친구부터 시작하게 되었습니다』의 번역을 담당하게 되었습니다.

잘 부탁드립니다!

『다른 학교 얼음공주를 구했더니 친구부터 시작하게 되었습니다』는 러브코미디 작품입니다. ……아니, 이 작품을 러브코미디라고 해도 될지 의문이 드는군요. 작가님께서 후기에 『제8회 카쿠요무 Web 소설 콘테스트의 러브코미디 부문에서 특별상과 ComicWalker상을 수상』했다고 하셨습니다만, 저는 솔직히 이 작품을 『러브코미디』로 분류해도 될지 확신이 들지 않습니다.

그것도 그럴 것이…… 이 작품은 너무 달콤합니다. 너무 달달~해서 충치가 생겨도 이상하지 않을 지경입니다. 태어나서 처음으로 튀르키예 전통 과자인 바클라바를 먹고 으아아악~ 하면서 에스프레소를 원샷했을 때가 생각날 정도예요.「이 작품의 대체 어디에 코미디 요소가 있는데?! 그냥 치음부터 끝까지 꽁냥꽁냥 러브 그 자체잖아!」라는 게 제 솔직한 심정입니다.

아, 그래서 싫냐고요? ……싫어할 리가 없지 않습니까. 진짜 좋아죽겠습니다, AHAHA.

　남들 앞에서는 찬 바람 쌩쌩~ 부는 『얼음공주』가 주인공 앞에서만 얼음이 사르르~ 녹아서 『나기』가 된다니…… 최고 아닙니까? 그런 주인공과 히로인의 꽁냥꽁냥으로 책 한 권이 가득 채워져 있는데, 지루하다는 생각이 눈곱만큼도 들지 않습니다. 게다가 사랑에 서툰 두 사람을 돕는 친구 포지션의 캐릭터들이 정말 매력적입니다. 눈치 없는 주연들은 ???하고 있는데 두 사람 주위의 친구들이 고도의 심리전(?)을 펼치는 부분은 이번 권에서 가장 손에 땀을 쥐게 하는 부분이었다고 해도 과언이 아닙니다.^^ 그리고 그런 친구들의 심리전 스킬이 파국 직전인 주인공 커플을 구원하는 장면 또한 정말 통쾌합니다.

　얼음공주와 얼음공주의 얼음을 녹인 주인공, 그리고 두 사람의 곁을 지키는 매력적인 조연들이 자아내는 이 달콤~한 소설을 독자 여러분께서도 재미있게 즐겨주셨으면 합니다!

　그러면 이만 줄이겠습니다.

　오팬스노벨 편집부 여러분, 이번에도 재미있는 작품을 맡겨주셔서 감사합니다. 앞으로도 잘 부탁드립니다!

　미리 연락도 안 하고 증정본 얻으러 온 악우여. 밥도 안 먹고 처들어온 그대를 솔로 우육탕 드링킹~(결제는 모 역자가 대신 함) 형에 처하노라~.

　마지막으로 언제나 제게 버팀목이 되어주시는 어머니와 『다른 학교 얼음공주를 구했더니 친구부터 시작하게 되었습니다』를 읽어주신 모든 분께 진심으로 감사드립니다.

소우타의 퇴로(﹅)를 하나하나 틀어막는 얼음공주님을 볼 수 있는『다른 학교 얼음공주를 구했더니 친구부터 시작하게 되었습니다』2권 역자 후기 코너에서 다시 뵙겠습니다!

2026년 3월 중순
역자 이승원 올림

다른 학교 얼음공주를 구했더니
친구부터 시작하게 되었습니다 1

초판 1쇄 발행   2026년 4월 20일

지은이   사츠키 히류
일러스트   미스미
옮긴이   이승원

책임편집   김기준
디자인   윤가영, 이지희
책임마케팅   최혜령, 박지수, 도우리, 양지환, 박지빈
마케팅   콘텐츠 IP 사업본부
해외사업   한승빈, 박고은
경영지원   백선희, 권영환, 이기경, 최민선, 강아현
제작   재영 P&B

펴낸이   서현동
펴낸곳   ㈜오팬하우스
출판등록   2024년 5월 16일 제2024-000141호
주소   서울특별시 강남구 테헤란로 419, 11층 (삼성동, 강남파이낸스플라자)
이메일   ofansnovel@naver.com

TAKO NO KORIHIME O TASUKETARA OTOMODACHI KARA HAJIMERU KOTO NI
NARIMASHITA Vol.1
©Hiryu Satsuki 2024
Edited by 전격문고
First published in Japan in 2024 by KADOKAWA CORPORATION, Tokyo.
Korean translation rights arranged with KADOKAWA CORPORATION, Tokyo.

ISBN   979-11-7577-269-4 (04830)
ISBN   979-11-7577-268-7 (세트)

플레이어 네임 유우키, 17세.
스스로 말하기 좀 그렇지만,
살인 게임 전문가입니다.

제18회 MF문고J 라이트노벨 신인상 《우수상》 수상작
TV 애니메이션 제작 확정!

사망 유희로 밥을 먹는다.

우카이 유시 지음 | **네코메타루** 일러스트

교사와 학생의
가깝고도 비밀스러운
청춘 러브 코미디!

너의 선생님이라도 히로인이 될 수 있을까?

하바 라쿠토 지음 | 시오 코우지 일러스트

후시미 츠카사 X 칸자키 히로

이번에는 수줍음 많은
쌍둥이의 여동생 러브코미디!

내 첫사랑은 너무 부끄러워서 아무한테도 말 못 해 1
후시미 츠카사 지음 | 칸자키 히로 일러스트

조금 특별한 이웃의 위장과 심장을 사로잡는
식욕 자극 러브 코미디!

제19회 MF문고 신인상 ≪우수상≫ 수상작

내 배덕한 밥을 조르지 않고는 못 배기는, 옆집의 톱 아이돌님
오이카와 키신 지음 | 히즈키 히구레 일러스트

어째선지 신부 수업만 받고 있다
어학 유학하러 왔다는 귀족 영애,

사쿠라기 사쿠라
일러스트
GreeN

NOVEL

츤데레 미소녀와의
동거 러브코미디!

어학 유학하러 왔다는 귀족 영애, 어째선지 신부 수업만 받고 있다
사쿠라기 사쿠라 지음 | GreeN 일러스트

과연 사람인가, 악마인가.

지금부터 이야기하는 것은

잘못된 것투성이인 사랑 이야기.

괴물인 너에게 고한다, 1

류노스케 지음 | 게소킹 일러스트

@ryunosuke 2024 / Illustration: Gesoking / KADOKAWA CORPORATION